TOUTES
LES COLOMBIES

DU MÊME AUTEUR

ROMANS

Le Baptême du mort, Julliard, 1962 ; rééd. Le Dernier Saut, 1970.
Le Coup de Midi, Julliard, 1964.
Une fille en janvier, Julliard, 1968.
Les Tribulations de Mustafa de Six-Fours, Critérion, 1995.

HISTOIRE

L'Homme espagnol. Attitudes et mentalités du XVIe au XIXe siècles,
   Hachette Littérature, 1975.
Un siècle d'or espagnol, Robert Laffont, 1982.
Histoire de la tauromachie. Une société du spectacle, Desjonquères,
   1993.
Franco, Perrin, 1995.
Franco, Naissance d'un Destin, Autrement, 1999.
Cortés, Payot, 2001.

OUVRAGES EN COLLABORATION

avec Jean Jacquart
Le XVIe siècle, Armand Colin, 1973 (nombreuses rééditions).

avec Bernard Bessière
Le Défi espagnol, La Manufacture, 1992.

avec Lucile Bennassar
Les Chrétiens d'Allah. L'histoire extraordinaire des renégats, Perrin,
   1989.
1492. Un monde nouveau ?, Perrin, 1991.
*Le Voyage d'Espagne, Anthologie des voyageurs français et franco-
   phones, XVIe-XIXe siècles*, Robert Laffont, Coll. Bouquins, 1999.

avec Bernard Vincent
Le Temps de l'Espagne, Hachette Littérature, 1999.

avec Richard Marin
Histoire du Brésil, Fayard, 2000.

avec autres auteurs
L'Inquisition espagnole, XVe-XIXe siècles, Hachette Littérature, 1979.
Histoire des Espagnols, 2 vol., Armand Colin, 1985 ; rééd. Robert
   Lafont, Coll. Bouquins, 1991.

BARTOLOMÉ BENNASSAR

TOUTES LES COLOMBIES

ROMAN

Éditions de Fallois

PARIS

Bien que ce roman n'ait nulle prétention à faire œuvre d'histoire, il est inscrit dans un temps et des espaces que le public français a parfaitement le droit d'ignorer. Les quelques notes de l'auteur en fin de volume n'ont d'autres prétention que d'apporter au lecteur les précisions qu'il peut souhaiter.

On trouvera aussi dans ce glossaire le sens des termes espagnols qui sont inséparables des coutumes et de l'esprit du monde hispanique.

© Éditions de Fallois, 2002
22, rue La Boétie, 75008 Paris

ISBN 2-87706-452-2

C'était dans une autre vie, me semble-t-il, lorsque la Colombie était encore un royaume de l'imaginaire, peut-être dans les années soixante du siècle précédent, lorsque de l'autre côté de l'eau, et même sur nos rivages, Fidel Castro faisait rêver les jeunes gens. À Tunja, de jolies dames me faisaient admirer leurs jardins de pavots. Je les saluais, avec un rien de nostalgie, et je m'en allais par les solitudes de l'altiplano. Je marchais seul sur la route, vers l'inoubliable Villa de Leiva, et personne ne songeait à me tuer. Un paysan, pris de curiosité envers cet étrange voyageur, fit un jour en ma compagnie un bout de chemin et m'offrit une arepa faite de son blé. Il y avait parfois au bord de la route des bidons de lait en attente de camions noctambules, comme dans les douces Europes de l'aube chères à mes souvenirs d'enfance. Déserte, la grand-place de Chiquinquirá espérait les foules pèlerines. Medellín, Cali, Manizales étaient alors des noms de villes honorables dont on ne comparait que les arômes.

Je ne savais pas que cette Colombie n'était déjà plus qu'une illusion.

PROLOGUE

La lune est ronde et pleine, accrochée dans le ciel de l'une des Colombies. Elle divise la nuit en deux univers clos, incommunicables, une voûte lisse, bleue, lointaine, où clignotent les étoiles des Histoires inconnues, et le bas-relief sombre de ce monde aux formes enchevêtrées, inachevées, indéfinies, comme les silhouettes sans visage des hommes innombrables qui n'ont pas encore découvert leur nature...

Helios Pacheco regarde défiler sur la toile claire de ce ciel les têtes de ces hommes dont beaucoup vont mourir et se réjouit de ne point les connaître, de ne pas croiser leurs regards. L'uniforme habille en face la même misère paysanne, le même destin de pauvre à qui la vie n'a pas offert l'ombre d'une chance. Ils sont presque interchangeables, les guérilleros et les soldats, ils boivent le même rhum, tapent les mêmes cartes aux heures vides. Ils jouissent, les uns ou les autres, d'avoir une arme, de pouvoir caresser la crosse d'un fusil. La matière et l'essence de leur pouvoir. Le seul pouvoir qu'ils aient jamais eu sur cette terre, avec celui d'engendrer, celui de tuer. L'alpha et l'oméga. Donner la mort, comme ils peuvent donner la vie. Ils l'ont déjà fait. Grisant, petites têtes.

Les uns se battent pour que ça change, les autres pour que ça ne change pas. Ils se battent tous contre leurs doubles, pitoyable guerre de victimes. Quand ils seront morts, la misère et le désespoir recruteront dans les villages de chaume et de bambou d'autres soldats et d'autres guérilleros, mais ils ne rencontreront jamais leurs véritables adversaires, tous ceux qui montrent les marionnettes et avancent leurs pions, à l'abri feutré des capitales. Piège absurde, presque aussi vieux que l'Histoire. Cette nuit, les soldats vont mourir, dans la fleur de l'âge comme on dit, et l'Ordre vacillera dans ce petit canton d'Amérique. Demain, viendront d'autres soldats et d'autres guérilleros, la fumée montera sur le llano avec une odeur de brûlé portée par le vent jusqu'au pied des montagnes. Helios pose son fusil dans l'herbe brune, près de lui. Il ne s'en servira pas cette fois, il n'aura pas à se défendre. Il vérifie la présence de la trousse qu'il porte en bandoulière, éprouve la fermeté rassurante des objets de métal sous l'épaisseur protectrice du cuir. Au bout du champ de maïs, la tête de la colonne approche du premier bouquet de bananiers. Le hululement du hibou currucucu vient à la rencontre de la nuit, une fois, deux fois. Les muscles d'Helios se contractent, il perçoit la lourdeur nouvelle de ses viscères, leur révolte. Un dégoût incommensurable le ploie en deux, et le nouveau cri le consterne, le cri inévitable, celui du toucan plusieurs fois répété, Dios-te-dé, Dios-te-dé, Dios-te-dé, et déjà la colonne s'est figée : le toucan ne crie pas la nuit. La fusée éclate juste au-dessus de la colonne, éclaire d'une flamme orange les visages hallucinés et le feu se déchaîne : il procède du cercle entier de l'ombre, se croise pour organiser la mort au carrefour. Et les vies des soldats ne sont plus que gémissements, où la première enfance affleure. Chaque détonation se fait plus impitoyable, scande la rumeur de la

10

souffrance. Les chulos n'ont même pas répliqué, l'embuscade était parfaite. Applaudir ce petit chef-d'œuvre tactique et vomir.

L'ordre qui survient enfin n'est que celui de la fuite. Les survivants se sont cachés dans le maïs, dont les tiges frémissent, se froissent ou se brisent. Halte au Feu ! Étrange silence, qui n'est pas le silence, où la hiérarchie des sons a changé, humble langage murmurant de la fuite. Les hommes-couleuvres rampent aux marges du maïs. Soudain, ils se redressent, courent en zigzag, s'effacent entre les grands bambous, clapotent dans le marécage. D'autres silhouettes prennent possession de la nuit, celles des vainqueurs, verticales, assurées. Helios se relève : sa trousse ne lui servira même pas. Il le sait, a déjà l'habitude. Aucun blessé parmi les siens, on achèvera les autres, comme l'autre fois. On ne peut pas faire autrement, à ce qu'ils disent. Autour de lui, les hommes parlent. Excitation. Beaucoup d'armes récupérées et, mieux que tout, la mitrailleuse, dont les serveurs n'ont même pas eu le temps d'user. Pas une rafale. Guadalupe triomphera, apparemment modeste. Le Che, n'est-ce pas ? Il avait raison comme d'habitude : l'ennemi constitue la principale source de fourniture d'armes pour la guérilla. Une ombre s'incline au-dessus d'un blessé, chuchote quelques mots, dessine un signe de croix, passe à un autre. Ramiro donne l'absolution. Facundo suit. Lui, il tue, très vite, d'une balle dans l'oreille. Helios se rapproche d'eux, fasciné, en balançant sa trousse inutile, et des mots incongrus l'agressent, des mots étrangers venus d'un ailleurs, des mots improbables qui racolent de lointains souvenirs de congrès. Il se penche sur l'homme, dont la tête a heurté un tronc d'arbre, le retourne, l'ausculte rapidement.

— Guadalupe, il ne faut pas achever celui-ci.

11

— Cela ne te concerne pas.

— C'est un cas spécial.

— Et pourquoi donc ?

— C'est un Yanqui.

— Un Yanqui ! Tu es fou. Les Yanquis ne se mouillent pas dans ce genre d'opérations.

— Celui-ci doit être très curieux. Car c'en est un.

— Et quand cela serait ! La vie d'un Yanqui vaut mieux que celle d'un Colombien ?

— La vie de vingt Colombiens vaut sans doute mieux que la mort d'un Yanqui. Réfléchis. C'est un otage idéal, certainement un officier, peut-être un type important.

— Un otage idéal... tu as raison. Mais comment veux-tu qu'on le transporte ? C'est impossible, tu le sais bien.

— On n'aura pas à le transporter. Il n'a pris qu'une balle dans le bras et il est inconscient parce qu'en tombant il s'est assommé contre ce tronc. Je peux lui faire une attelle. J'en fais mon affaire.

— Guadalupe, dix-huit chulos tués. Un lieutenant et un sous-officier. La mitrailleuse et vingt-huit M 16 !

— Splendide, compagnon !

— Alors, que fait-on du Yanqui ?

— S'il peut marcher, on l'emmène. Helios, tu es responsable. Il faut partir, au plus tard dans dix minutes. On marchera jusqu'au lever du soleil.

À l'aube, les charognards planent sur la clairière.

LEURS AMÉRIQUES

Indiana

Voici déjà venir les vagues des collines, où les arbres continuent à vivre les saisons d'autrefois. Le pays aimé, celui de la naissance, l'Indiana. Dans la peau crevée du sol vert s'ouvrent les plaies béantes et blanches des grandes carrières d'Oolithic. Il sourit. Le monde est étrange. Les premières folies urbaines de New York, de Chicago, d'autres villes géantes, sont sorties des entrailles de cette terre vêtue de prairies et de forêts, débitées en parallélépipèdes massifs de pierre claire pour aller s'empiler au-dessus du Michigan ou de l'Hudson, jusqu'à frôler les nuages. Il y a une heure à peine, au départ d'O'Hare, qui n'était plus qu'un gigantesque mille-pattes posé sur la pelouse, les tours d'Equitable, de Wrighley, de la First National, déjà écrasées par l'altitude, se dégageaient à peine de l'immense coulée de pierre et de béton vomie par la ville, tandis que Big John se nimbait d'un voile de brume. Et ces tours venaient d'ici, comme les sveltes épis de maïs de Marina City surgis au bord de l'eau. Le lac gris et bleu, immense, pointillé de blanc par la houle, se perdait avec le ciel dans le nord des forêts.

Nichés dans leurs puits de verdure, une dizaine de

petits lacs aux eaux de turquoise attiraient, multipliaient la lumière : anciennes carrières noyées, cernées par la forêt revenue, oubliées des hommes et des machines. Marina ! La main de Patrick se crispe sur l'accoudoir du siège, une buée soudaine voile son regard. C'était hier. Ils avaient planté leur tente dans un repli de terrain entre deux lacs et ils avaient vécu là plusieurs jours, invisibles dans la douceur d'arrière-saison d'un été indien, insoupçonnables derrière leur écrin de feuillage et de silence. Ils ne faisaient rien qu'écouter la vie secrète des arbres, des oiseaux et des insectes, s'aimer dans des châteaux de hautes herbes ou sur des parvis de feuilles aux teintes somptueuses d'or et de pourpre, parler longuement du monde, des hommes, des choses, de Dieu et des étoiles qui annonçaient, la nuit, leurs histoires d'outre-temps. Ils pêchaient dans le lac de petites perches qu'ils prenaient au ver avec une canne à lancer léger équipée d'un bulldo. Ils les faisaient griller sur un lit de braises, le poisson prenait un goût sauvage, sylvestre, et c'était leur seule nourriture fraîche avec les quelques fruits qu'ils avaient apportés. Ils nageaient dans l'eau froide du lac, séchaient au soleil dans la contemplation de la fête d'automne. Les fûts clairs et droits des sycomores prenaient à la tombée du soir une couleur de vieil argent bruni et un halo de lumière blanche se formait autour de leurs feuilles trilobées. Les érables avaient viré au rouge les premiers, comme toujours, et les tulipiers donnaient dans les teintes tendres de la fin de septembre. Patrick avait exactement l'âge qu'il fallait pour savoir que l'amour n'aurait plus jamais ce goût miraculeux de jeunesse et de liberté, ne se confondrait plus jamais avec cette sensation d'éternité.

Il marchait d'un pas rapide sur Michigan Avenue. Le lac était gris, de la couleur du ciel, et la pluie venait du sud, oblique et cinglante. Il courbait l'échine, ne voyait que l'asphalte luisant, n'entendait que le bruit serré de la pluie sur le sol. Un petit cri aigu et c'est ainsi qu'elle fut dans ses bras, une chose humide et vivante, dont il devinait déjà la chaleur. Et elle a ri, de son embarras sans doute, de cette gaucherie dont il n'a jamais su se défaire devant les filles. Il avait bredouillé. Elle lui a montré le chapeau de pluie que le vent roulait, déjà loin, d'une flaque à l'autre.

— Voilà le coupable. Je me suis retournée pour le rattraper et c'est ainsi que je me suis jetée dans les bras d'un inconnu.

Rien de plus simple. La pluie peut avoir la même douceur que le soleil du soir. Ils étaient attablés dans un steak-shop, choisi n'importe où dans le Loop, et la lumière cassée par le verre était grise. Marina parlait volontiers, il la laissait faire, il ne tenait surtout pas à parler de lui, ou le plus tard possible, il ne voyait rien à dire qui pût l'intéresser, et ce qu'il pourrait dire risquait de briser ce beau jouet tout neuf.

Un bric-à-brac. Des études d'histoire de l'art, Vassar, ce collège prestigieux nommé au passage, coquetterie pardonnable. L'Art Institute évidemment. Par chance il y était allé une fois... Fils d'Irlandais ? Oui, comment avait-elle deviné ? Il ne l'imaginait guère risquer une allusion grossière au spermatozoïde déboussolé barbotant dans une solution de whisky et d'eau bénite. D'ailleurs, à sa manière, elle revendiquait. « Mon père prétend que, dans ce pays, il faut accepter ses ancêtres sans se poser de question. » Les aristocrates magyars ou les commerçants hollandais, on a peu de chances ! Bien plus probables les paysans ignares et crasseux, qui pouvaient aussi bien venir d'Italie que d'Irlande, quelques puritains fanatiques, des Arméniens rescapés des massacres, des mineurs allemands ou polonais, les terroristes slaves, les bûcherons suédois, des bergers basques analphabètes ou les prostituées françaises. Ou encore, bien entendu, les esclaves. Elle descendait sans doute d'un terroriste serbe et d'une paysanne suédoise. De nouveau Vassar, la peinture, les estampes japonaises, les impressionnistes français. Une idée fixe.

Elle l'avait ramené à l'Art Institute. Trop heureux de se laisser faire. Le plus riche musée du monde en impressionnistes français, disait-elle. Ils étaient devant les *Nymphéas* et Marina parlait, le peintre vieillissait dans le jardin de Giverny et l'eau de la mare était glauque, profonde. Marina expliquait la course du soleil autour des *Meules*, le privilège de chaque instant. La lumière de sable de la *Grande Jatte* éblouissait le mur, pénétrait d'une vie secrète les groupes de personnages épars. Ce visage de femme du *Moulin Rouge*, à droite, brillant, lumineux, c'est la vie elle-même, n'est-ce pas ? Marina s'installait sur la toile, elle devenait la vie. Ils faisaient l'amour un jour avec Gauguin, un autre avec Van Gogh, dans la rencontre d'un regard, l'empire de la même fascination. Ils étaient couchés dans un champ de coquelicots, se baignaient dans un torrent en Dauphiné. La rivière était devenue la lumière du monde, leur propre lumière...

— Que boirez-vous, monsieur ?

L'hôtesse lui présente le plateau-repas.

— Une bière, oui, une Real Drift.

Macédoine de légumes, viande froide, fromage, pâtisserie. Anonyme, insipide sûrement, mais le compte y est sans doute, dûment calculé, de calories, protides, lipides, glucides, vitamines A, B 12, C. Demain tout sera différent, le goût du poisson grillé, pargo ou róbalo, accompagné de riz ou de manioc, les tamales servis dans les feuilles de bananier, les jus de fruit des Tropiques, maraculla avant tout, et dix cafecitos par jour.

C'est si difficile à comprendre la Colombie, pour un gringo. Ils n'ont cessé de le lui répéter. Ta connaissance parfaite de la langue, ce raffinement poussé jusqu'à l'usage des parlers régionaux, ça ne suffit pas. Les Colombiens roux, figure-toi, ça n'existe pas. Tu ne peux pas les comprendre, ni ceux pour qui la richesse est une nature et le respect des autres une habitude, ceux qui ont toujours été des seigneurs, ni ceux qui ne savent que réciter les gestes de la misère parce qu'ils ont toujours été pauvres, pour qui le monde est clos.

Marina n'imaginait même pas ce genre de situation. Elle n'avait quitté les États-Unis que pour l'Europe. Dès le quatrième rendez-vous, parce qu'il était sûr d'avoir grande envie que cela dure, accusé de jouer à l'homme-mystère, il lui avait dit la vérité. Cela s'était plutôt bien passé : « Officier ! Tiens, je n'en connais aucun, si, un vague cousin. Quelle arme ? L'aviation ? L'infanterie ? » Il le lui avait dit mais l'Action psychologique, elle ignorait tout à fait que cela existât. Il avait dû expliquer, évoquer les relations avec les armées des pays amis, au sud du Rio Grande, une extension de la « Nouvelle Frontière » qu'avait proposée John Kennedy aux Américains, ses missions dans ces pays, surtout en Colombie, où il fallait que l'armée offre une alternative à la guérilla si l'on voulait éviter que se répète l'histoire des barbudos cubains. Marina n'y voyait que des occasions de voyage, de découverte, d'éblouissements culturels. Six mois auparavant, il lui avait annoncé qu'il partait pour une mission de quinze jours à Bogotá, elle lui avait demandé aussitôt de lui envoyer le plus rapidement possible une description précise et détaillée du Musée de l'Or, l'avait accablé d'informations à propos des diverses cultures indiennes de Colombie, de leurs aires géographiques et de leurs techniques d'orfèvres. Il se souvenait de chacun des termes de sa lettre, il avait médité chaque mot, il voulait choquer Marina, la mettre en face de ces réalités si difficiles à accepter. « Ce sont des états d'âme, Patrick, honorables mais encombrants », lui disait un de ses chefs. Non pas des états d'âme, de dures vérités, que les États-Unis devaient regarder en face et corriger s'ils voulaient préserver l'hémisphère occidental de la contagion communiste.

Le Musée de l'Or, Marina, appartient à la Banque de la République. Une grande partie des trésors qu'il abrite ont été achetés aux guaqueros, les pilleurs de tombes. Tu vois, on pille les Indiens morts comme on a pillé les Indiens vivants, mais après tout, l'exposition de leurs œuvres est une manière de réhabilitation. Le Musée de l'Or compte treize mille pièces, je ne sais combien de kilos d'or, d'une valeur inestimable, et chaque soir, à deux ou trois cents mètres de là, des hommes, des femmes, des enfants, par dizaines, se couchent sur les trottoirs froids de la ville, à peine tombée la nuit précoce des Tropiques, avec des cartons ou un sac pour seule protection. Les orfèvres indiens travaillaient à la cire perdue : et la masse de ce peuple travaille aujourd'hui à la sueur perdue, pour survivre et rien de plus. Les Sinú ne produisaient guère que des objets zoomorphes : et trop d'hommes de ce pays ressemblent à des animaux, mêlés à la terre, courbés définitivement. Les Muiscas, les Quimbayas, les Tolimas possédaient des diadèmes, des pendentifs, des colliers, des masques de fêtes et de funérailles, des parements de nez et d'oreilles, des pectoraux et des jambières en or, des cuillers d'or, des peignes d'or, des épingles d'or, des hameçons d'or : et des millions de Colombiens, aujourd'hui, n'ont que des loques sous leurs ruanas, quand ils en ont une, des maisons de terre ou de bambou, des toits de paille et de feuilles séchées, de la vaisselle d'argile ou de fer, et si l'or n'a pas conservé l'odeur du sang, leurs maisons puent l'ordure et le sperme ranci. Les orfèvres indiens fondaient le cuivre et l'or, pratiquaient des alliages savants, ciselaient les filigranes, martelaient le métal, travaillaient l'or pulvérisé à froid, polissaient les coupes et les masques dorés : et les Colombiens de notre temps manquent des objets les plus usuels, du métal le plus commun. Les forgerons chibchas construisaient des fours où la température s'élevait à plus de mille degrés : et les habitants des montagnes de ce pays ont froid... Le Musée de l'Or est le luxe de la misère, le cœur de Bogotá est un cœur d'or immobile et froid.

Marina l'avait surpris. Au retour du courrier, sa lettre délirait d'enthousiasme : « Tu as su exprimer merveilleusement la dualité tragique de l'Amérique andine, l'Eldorado et la souffrance. » Cela prouvait simplement qu'à cinq mille kilomètres de distance l'odeur atroce de la misère ne passe plus. Elle avait ajouté cependant : « Es-tu sûr que, sans chercher beaucoup, tu ne trouverais pas à Chicago les mêmes baraques en loques, les mêmes montagnes d'ordures et de détritus ? Garfield, tu le sais bien, ce n'est pas Oak Park. La faim en moins, peut-être. Je reconnais que c'est important. »

Le long ruban polychrome de l'isthme ondule entre les deux océans. Le jet a commencé sa descente vers l'escale de Panama. Les couleurs de la terre se différencient, les boursouflures des montagnes et les cônes volcaniques prennent du relief. Panama. La zone du canal. Fort-Gulick. Le chœur des vierges : Carlos, Eleúterio, Ignacio, les officiers colombiens de Gulick, vous étiez mes frères, et pas seulement lors de nos nuits d'ivresse. Whisky, bourbon, rhum, cachaza, chicha, pisco, tout était bon. Nos abrazos étaient vrais. Au fil de nos journées communes, vos regards s'éclairaient, votre garde s'ouvrait, qui se refermait pour d'autres gringos. Un fils d'Irlandais, c'est un Celte, presque un Latin. Je reviens vers vous. Kennedy avait bien compris ce qu'il fallait faire, j'espère que les chefs de votre armée le comprendront aussi. Une chance que le général Ernesto Garcia Benegas soit devenu ministre ! Car c'est le général lui-même (il était encore colonel) qui lui avait confié que l'armée de son pays allait dans le mur si elle se limitait aux tâches de maintien de l'ordre, et par tous les moyens, les pires y compris. Il fallait le dire à Washington.

À son retour, Marina avait insisté. Trouve trois jours, ce doit être possible. Je veux t'emmener à New York, aller avec toi voir la Frick Collection. Je veux te montrer un tableau.

C'était *La Jeune fille et l'officier*. « Tu crois que l'officier ne lui parlait que des guerres contre Louis XIV ? » Je revois la lumière pénétrer dans la pièce, par la fenêtre de gauche, à travers les petits carreaux assujettis par la résille de plomb, la lumière lustre les cheveux d'or de la jeune fille dont le collier et les pendants d'oreilles en nacre brillent sur la peau de lait. Une cascatelle en miniature compte les secondes de l'éternité de Vermeer. « La lumière sur le petit pied de Frances Duncombe et sur sa gorge d'albâtre », informait le guide, les voiles se tendaient sur Dordrecht. Gauguin, derrière le guichet de sa banque, affichait un visage sinistre, il ne voyait pas les plages de Pont-Aven où son génie s'éveillerait, ni les Tahitiennes nues sous son regard ultérieur. « New York is in love with Pierre Cardin. » Une cape de bure sombre tombe sur de longues bottes de cuir. « Nous n'avons pas besoin de Pierre Cardin pour faire l'amour, n'est-ce pas ? » Nous avancions, ballottés par la foule, dans la cohue de la fête italienne que le cher maire Lindsay voulait interdire et nous signions des pétitions à chaque coin de rue pour que saint Janvier continue, chaque année, à susciter la liesse méditerranéenne, les fritures et les guirlandes de lampions autour des saints de plâtre. Nous regardions monter vers le ciel un nouveau New York, de marbre, de métal et de verre, couleur d'ivoire et de bronze, qui portait les jardins à hauteur de nuage. Le soleil couchant allumait dans l'Hudson des milliers de flammèches où se consumaient les visages de verre de la ville. Le village dansait et les clochards buvaient. C'était New York en octobre. Nous n'avions pas peur de vieillir.

C'est Bogotá. La savane verdoyante où la ville a grandi s'offre, telle une prairie modèle, à la sortie des nuages. L'herbe tourne autour des abreuvoirs de béton et les vaches laitières éparses dans la prairie tournent lentement autour de Bogotá. Ce sont des images d'Arcadie, une estampe de Terre promise : voici l'harmonie pastorale, une terre fertile, l'eau d'abondance, la douceur du climat et la haute garde des montagnes sous leurs vêtements de forêts. Voici l'Eldorado, c'est écrit sur les murs de l'aéroport. Un pays préservé pendant des siècles pour que s'y écrive, mieux qu'ailleurs, l'histoire du bonheur. La Colombie ou l'invention du paradis terrestre. Patrick se souvient d'un vieux cours d'histoire : Christophe Colomb avait en effet pensé trouver le paradis terrestre dans ces parages. C'est triste à pleurer, cet affreux brouillon qu'est l'histoire des hommes. Tout est à refaire, mais des hommes sont déjà nés, des hommes qu'on ne peut refaire et qu'il faudra presser un peu de mourir.

Castille

Ce sont les funérailles d'une ombre. Le fleuve est plus bas que l'année dernière à pareille époque mais le Tage roule la même eau couleur d'argile, visage de terre qui ne livre rien de sa vie profonde. Au sommet de la courbe qui domine le fleuve, avant que la route ne redescende au niveau du pont, Helios freine violemment. Les traces de freinage sont bonnes mais un peu courtes. Il faut recommencer, retourner au carrefour, revenir pour prolonger la trace, suggérer le dérapage. La route est presque déserte, comme cette province. Espace de l'Espagne. Helios écrase la pédale de frein. Cette fois cela suffit.

Dans une demi-heure il fera nuit. La petite route de terre conduit à l'olivette. Helios prend sa trousse de toilette, le miroir, la cuvette, la gourde. Son visage dans le miroir accroché aux ramures flotte doucement, et le réseau de barbe noire vire au blanc, se gonfle de mousse. La peau se tend, se défend, s'irrite, la dernière peau d'Helios Pacheco, et la peau toute neuve de l'inconnu est pâle, lisse. L'eau du ruisselet charrie une crème grisâtre.

Il fait presque nuit. Helios roule très lentement, au-delà des traces, stoppe, descend, pousse précautionneusement à la main la petite voiture jusqu'à ce que la roue avant droite vienne se caler sur la grosse pierre. La roue avant gauche est libre, au-dessus du vide. Le crépuscule est désert, aucune lueur ne glisse sur la route. Helios récite les gestes longuement préparés, la série exacte des gestes nécessaires, jusqu'à la poussée ultime, la Seat vacille au bord de la corniche, bascule, cabriole sur la pente rocheuse dans un tourbillon de cailloux et de poussière, creuse un entonnoir dans le fleuve où elle disparaît presque entièrement. On ne la retrouvera que demain. Exit Helios Pacheco.

L'homme qui vient de recommencer sa vie est investi d'une chaleur qui n'appartient qu'à lui. La barre sombre de Gredos court devant lui jusqu'à l'autre bout de la nuit. Il marche. Il y a seize kilomètres du pont sur le Tage jusqu'à Navalmoral. Il prendra à Navalmoral l'omnibus de la nuit. À l'aube, il sera à Madrid. Il aura le temps de voir une dernière fois se lever le soleil derrière les Monts Universaux. Demain, devenu un autre, il va marcher dans Madrid, parcourir les rues chaleureuses du cœur de Madrid, manger une fois encore des crevettes grillées arrosées de vin blanc, celles de l'Abuelo peut-être, quelques pinchos morunos, une ration de jambon de Jabugo ou de Montánchez. Le vieil Helios est dur à tuer. La chaleur du métro dans le labyrinthe des couloirs de Sol, les vieillards, les jeunes femmes et les bambins sur la Plaza Mayor, la litanie des para hoy, les clignotants racoleurs de 1–X–2, tout ce quotidien dérisoire et tendre, aussi important que presque tout. Et les teintes rouges des soirs d'automne sur les terrasses de Rosales, quand il attendait Nieves.

Demain soir, Nieves l'attendra. Mais il ne viendra pas, ne viendra plus. Quand il sera vraiment trop tard, elle appellera Gabriel. Elle apprendra qu'il n'est pas venu au rendez-vous, que Gabriel ne l'a pas vu. Sans doute alors s'éveillera l'inquiétude. Elle téléphonera à Trujillo et Santiago lui dira que tout allait bien, qu'il est parti à l'heure prévue, à peu près, vers six heures. Cette fois elle sera vraiment inquiète : police, modèle de voiture, couleur, numéro d'immatriculation. Ils n'auront pas grand mal à repérer la voiture, à la repêcher, et tout ira plus vite. Nieves devra pleurer, s'apitoyer sur elle-même, prier peut-être.

Qu'est-ce que la prière de Nieves ? Attitude, vérité, démarche de foi, parade ? Helios ne l'a jamais su. Le théâtre intérieur de Nieves se dérobe à lui. Ne pourrait-elle éprouver comme une impression secrète, inavouable, de délivrance ? Ou serait-ce la souffrance vraie, nue, muette, une part d'elle-même anéantie, abolie. Helios marche dans la pleine nuit et les écailles tombent, le sarcasme n'est plus qu'un alibi dérisoire. Il y eut une autre Nieves, une fille espiègle et rieuse, plus tard la jeune femme tendre et un peu folle qui donnait du mouvement au jour et de la chaleur à la nuit. Cette première Nieves n'a pas disparu seule, il faut savoir regarder sa mémoire en face. Il l'a encouragée aux accoutumances, a créé avec elle le temps des habitudes amères où le miracle a sombré. Le vrai déserteur c'est lui. Il ne laisse à Nieves, avec le chaos quotidien, que ce journal de mensonge pour embellir le passé et guérir sa mort.

Dans le ciel d'Estrémadure les étoiles s'allument entre les boursouflures noires des nuages. C'est un beau pays, l'Estrémadure, sous le soleil, de couleurs violentes et de minéral, villes de pierre et blasons. Un beau pays pauvre, d'eau rare et d'injustice, dont les hommes, au long des siècles, s'évadent. Ceux de jadis, les conquistadores, n'avaient rien ou si peu de choses, ils avaient faim, de pain, de terres, d'or, de réputation. La Conquête fut un rêve de pauvres qui ne se résignaient pas, de gens impitoyables dont personne n'avait eu pitié, d'increvables rescapés de toutes les batailles et de tous les naufrages. Helios n'a pas faim, n'est même pas pauvre, atteint presque à la réputation. À cinquante ans, il n'aurait plus qu'à se laisser porter par le mouvement naturel du monde. Les chimères de la Conquête ne peuplent pas ses nuits... Il ne sait pas, ce soir, s'il a cinq siècles d'avance ou de retard. L'Amérique, le changement, une autre vie en ce monde, la vraie nature de l'Amérique.

Ce pays a déjà changé, il est vrai, mais je n'ai plus rien à faire en Espagne. Mes enfants sont adultes. Je les libère de mon autorité, de mon influence, de mon exemple. Que les jeunes gens refassent ce pays s'il faut vraiment le refaire. Ils ne sont ni plus intelligents, ni plus généreux, foutaises ! Mais ils ne portent pas ce poids accablant d'histoire, ils sont libres de souvenirs, francs de cette guerre unique dont le pays n'a pas enterré tous les fantômes. Les technocrates et les hommes d'affaires ont peut-être réussi à transformer l'âme de ce pays, et ceux de l'Opus tout autant que les autres, sans le savoir. Ce grand carré de chrétienté est devenu l'un des pays les plus matérialistes de l'Europe. Le veau d'or et l'automobile. C'est vrai, maintenant, ils bouffent, ils ont des maisons, de l'eau, de la lumière, de la chaleur, les toros et le football. Quien sabe ? Le décor tremblera quand le vieux sera mort. L'esprit maintenant vient aussi à nos filles.

Moi, je ne peux abolir le passé, renoncer à ma mémoire. J'ai lu les éditoriaux de Juan Peiro, de Juan López, les articles des autres amis de mon père et les siens évidemment. Et il est mort, à ce que je sais, revenu de tout, vêtu d'une veste et d'un pantalon de toile, de quatre balles dans la tête, à l'occasion d'un paseo. Elle était belle, la commune idyllique dont, à longueur de colonnes, ils annonçaient en visionnaires la naissance prochaine et qu'ils avaient cru voir apparaître, fugitivement, à Llobregat et dans quelque autre lieu d'Utopie, comme si l'Utopie pouvait avoir un lieu. Mais je ne suis pas parvenu à y croire : ils s'enivraient de mots, leur écriture était sonore, tout devenait abusivement simple. Et ils avaient aussi leurs tueurs : Durruti répondait au crime des pistoleros qui avaient tué Salvador Seguí en abattant le cardinal Soldevila, et il n'était plus qu'un homme-sandwich de la mort, comme un écho de Millan Astray. Moi qui sais si peu de choses, je sais qu'en ce monde tout est horriblement compliqué et, d'abord, ce que je connais le moins mal, l'organisme humain.

À vrai dire, je n'ai pas eu grand-peine à épouser les rêves de ma mère, pour qui la politique n'était qu'un jeu dangereux de l'esprit dont mon père était mort, à me vouer à l'étude, à faire ma carrière. Un mot qui exaltait ma mère. J'ai aimé ce métier, je l'aime encore : chaque opération réussie était comme une revanche sur ces morts imbéciles. Il y a une douzaine d'années que les autres ne me surveillent même plus. Mais je ne supporte plus cette vie convenue, toujours identique à elle-même, ni cette réputation ambiguë, presque sulfureuse où se mêlent mon talent reconnu de chirurgien et la mémoire d'un père fusillé. J'ai suffisamment servi ma mère pour me souvenir enfin de mon père mais à ma manière, il n'est pas question de l'imiter. Je n'aspire qu'au dénuement, à une seconde naissance sans parents, sans amis, sans racines. Je ne garde que ma langue, mes mains, ce que je sais du corps et de l'esprit humain, ma trousse d'urgence. Ces gens, les « Fils du Soleil », ils ont choisi ce nom, ne m'intéressent pas parce qu'ils croient faire la révolution. D'ailleurs, je ne me battrai pas. Ils ne m'intéressent que parce qu'ils sont à la fois pauvres, violents et sur les frontières de la mort, ces frontières que j'aime à transgresser. Et parce que leur nom me ressemble : Helios, le soleil, l'une des références anarchistes au début de ce siècle. Auprès d'eux j'apprendrai d'autant mieux la liberté que je ne partagerai ni leurs passions ni leurs idées.

Lorsque j'ai commencé à écrire ce journal, il y a déjà cinq ans, je n'étais pas sûr d'être capable d'effacer quarante années d'obéissance et de conformité. C'était presque un jeu, établir un document irréfutable qui fût un mensonge. Rédiger le journal de mon bonheur, qui constituerait l'héritage de Nieves. Mais, un jour, la signification de ce journal m'est devenue évidente : ma résolution était prise, dès le commencement, elle procédait du profond de mon être. C'était une forme de conversion, une aventure franciscaine, sans contenu religieux. Alors, j'ai apporté à ce texte un soin infini, il fallait qu'il soit aussi lecture des enfants, un bien patrimonial en quelque sorte, le témoignage d'une famille heureuse. Je dois au moins ce mensonge à Nieves puisque je ne sais plus l'aimer. Nieves, Mercedes, Germán, Manolito pourraient ensemble relire le passé à la lumière de ces pages, réinterpréter mes paroles, mes gestes. Je leur laisse ma paix.

Navalmoral, le retour des autres, le son des pas des autres sur le pavé, la gare aux lumières pauvres de veilleuse et, dans l'omnibus de la nuit, l'odeur des hommes et des femmes endormis, qui est l'odeur toute simple de la vie des humbles. Helios sait que l'univers de ses sensations va changer, que la cruauté l'attend à tous les rendez-vous du regard, des cris, des odeurs, qui seront demain son Amérique. L'omnibus cahote à la rencontre de l'aube dans les faubourgs de Madrid où il réveille comme tous les jours les mêmes laitiers, les mêmes vendeurs de journaux, ferme les tavernes noctambules. Et il va vers Atocha, vers n'importe quoi, vers la Colombie où les montagnes sont plus hautes, les plaines plus basses, la verdure plus verte, la chaleur plus torride, la glace plus froide, où les hommes sont plus fous, les femmes plus chaudes, la mort plus disponible, où l'on commence à peine à apprendre à vivre sur une terre pétrie d'or et d'émeraude arrosée chaque soir de sueur et de sang par des jardiniers inlassables. Et lorsque l'omnibus s'arrête enfin, à bout de rail et de souffle, Helios continue, marche encore, tout le jour à travers Madrid, pour éprouver jusqu'au soir, jusqu'aux lumières crues de l'aéroport, la douceur méconnue du vieux monde. Il sait ce qu'il perd, l'inexprimable, l'inappréciable. Il lui reste l'espoir vertigineux de découvrir ce qu'il est, dépouillé de son héritage, dans ce jardin d'Éden perdu où recommence la genèse du monde.

Colombie

La Vierge Marie sourit au Che Guevara et lui présente l'Enfant Jésus. Les témoins indispensables sont au rendez-vous : saint Pierre Claver, chargé des chaînes qu'il a choisies pour vivre parmi les esclaves et qui déchirent sa robe de bure, font briller sur sa peau une sueur rosée ; l'Enfant Jésus, devenu grand, devenu mort, le Christ de l'Expiration. Guadalupe les perd de vue un instant, fasciné par une croupe dansante que la rue absorbe et lui dérobe. Il descend de l'autobus en marche. Trop tard.

La Sainte Famille de Carthagène peut suffire aux conducteurs d'autobus, à la plupart des hommes de cette ville. Elle aurait pu lui suffire s'il était né ici, s'il n'avait pas connu dès l'enfance la vie rude de la sierra et les drames survenus depuis la mort de Gaitán, qui avaient brisé et dispersé sa famille. La Vierge de la Candelaria, le Christ de l'Expiration, saint Pierre Claver, le Che, et ces filles incroyables, ces mulâtresses éclatantes de couleur, de chaleur, de rire, de vivre. Les gens d'ici prient un peu, hors des églises ou dedans, du bout des lèvres et du fond du cœur, ils vénèrent le Che avec les larmes du souvenir, et ils font l'amour. La plage est leur descente de lit, Bocagrande est une parure de sable, d'arbres verts et d'eau limpide. C'est vrai, s'il décidait de rester à Carthagène, il deviendrait comme eux. Il apprendrait la douceur et le rire. Ce n'est pas dans cette ville où la Violence n'est même pas venue que l'on peut continuer à préparer la révolution. Dommage ! Mais, pour l'heure, il n'avait plus rien à attendre de Cuba. Les barbudos avaient raison : ils devaient d'abord faire leurs preuves.

Quelle foutue garce la Casilda ! Une allumeuse de profession dont le jeu préféré est de crier « Au Feu ! » Un jour, elle criera trop tard. Il est sûr qu'elle est belle, roulée comme il n'est pas permis, avec ses nichons dignes de Miss Univers en pancarte publicitaire, mais ce n'est pas une raison pour se moquer d'un homme de cette façon. Elle a grand besoin d'une bonne leçon, dont il reste quelques marques, rouges, bleues, violettes, sur sa jolie frimousse, à lui faire passer, le temps de deux ou trois semaines, le goût du miroir. Une dérouillée à Casilda, une action de salut public.

Guadalupe passe devant la porte de l'Horloge, prend l'avenue du Venezuela. Il ne résiste pas au bain de foule. Les odeurs l'agressent, le poursuivent, de poisson et de calmar frit, de poulet rôti, de pâte de goyave, de fruits tropicaux. Une rumeur joyeuse court l'avenue. La Côte, c'est ainsi, l'Atlantique. Il frôle des filles aux robes de couleur, rose, jaune, vert, coupées haut sur leurs cuisses brunes. Elles rient, gloussent, se trémoussent, ondulent, chantonnent, lancent aux hommes des regards provocants. Elles jouissent de leur pouvoir et de l'impunité garantie par la multitude, cette présence rassurante de la foule. Guadalupe les bouscule parfois pour éprouver, fugacement, la fermeté d'une poitrine. Il a trop chaud, sa chemise colle à la peau, il enrage de bander pour rien. L'avenue du Venezuela est malsaine, précipite les émotions, quand il faudrait rester calme, oublier tout à fait ces femelles irritantes.

Le trajet habituel : rue de la Monnaie... rue Badillo... rue des Douleurs... rue de l'Inquisition... rue des Dames. Le ciel est presque mauve entre les toits, où le soleil couchant s'est mélangé aux nuages accourus du Golfe, et les murs d'une blancheur de chaux brillent dans la lumière du soir sous les balcons de bois brun aux moulures baroques. Un portail parmi d'autres, arche de pierre dorée, ouvre sur un patio fleuri au langage émouvant d'eau courante. À l'abri de ces rideaux de fleurs, on s'invente une autre vie, on ignore, on oublie le monde triste des victimes, du Choco, du Nariño, du Tolima, de tous ces radeaux perdus d'humanité.

Je garderai au fond de moi la mémoire de la côte, des caresses de l'eau du Golfe, de la brise du Golfe, des femmes du Golfe, ce rêve éveillé où la pauvreté elle-même se déguise, ne se reconnaît plus, où la Violence des années d'enfance se sublime en contes fantastiques. L'expérience heureuse de la Côte me contraint à me morigéner sans cesse, à psalmodier en moi-même la longue litanie des crimes, à nourrir de colère mes souvenirs, à provoquer ma transe. Menacé chaque jour d'oublier, j'évente un piège nouveau de la beauté mais Carthagène s'éveille au jour suivant et, lentement, m'envahit, me suborne. Alors, je répète à haute voix, dans une rue déserte : Moi, Guadalupe, si je savais chanter ou écrire, je chanterais les cantiques des morts, ce qu'ils ont fait de ce pays merveilleux, l'Eldorado, l'un des trésors de Dieu. Je dirais la tragédie des Mille Jours et les hommes égorgés sous les bananiers, castrés, mutilés, au temps des grandes grèves, quand je n'étais même pas né. Je dirais les Indiens de Coyama morts, enveloppés dans leurs drapeaux rouges, et la loi 200, la loi des terres, la promesse du messie, qui a gonflé l'espoir comme une voile, renouvelé l'éternelle patience paysanne, jusqu'aux tromperies ignobles, je proclamerais Gaitán, le caudillo du peuple, l'espoir d'une génération, assassiné au cœur de la capitale, sur la Carrera Sept, et la ville insurgée dès le lendemain, la ville en fièvre qu'ils m'ont racontée en prison, château de flammes dans la grande pluie, je célébrerais les Indiens d'Ortega Chaparral dépouillés de leurs terres, article 30 : la propriété est garantie ainsi que les autres droits acquis par un juste titre... L'intérêt privé devra céder à l'intérêt public ou social... Vous n'étiez, vestiges indiens, que de sordides intérêts privés, et les barons de la terre, les milliardaires du sucre ou du bétail, cuisses serrées, assis sur leurs coffres, blindés de l'œil, blindés du cœur, sont l'intérêt public, article 30 que diable ! et je vous dirais l'article 29 grâce auquel, en ce pays, on tue avant de juger puisque la loi interdit de le faire ensuite, et je chanterais le miraculeux article 16 qui fait de ma patrie un havre de paix, de bonheur paisible, de douceur évangélique, car les autorités de la République ont été instituées pour protéger toutes les personnes résidant en Colombie dans leur vie, leur honneur et leurs biens.

Savez-vous que, afin de prolonger cette existence idyllique jusqu'aux avenues du paradis, Monseigneur l'archevêque, par un effet de l'inspiration du Saint-Esprit, a créé les « Jardins de la Paix », où les cadavres des beaux quartiers méditent dans l'attente de la résurrection sous la verdure et les fleurs. Et j'inventerais le jour où nous viendrons enterrer dans les Jardins de la Paix tous nos frères tués dans la montagne, Chispas, Sangrenegra, Desquite et le père Camille, à l'ombre de l'arbre Efraïn. Et, quelque autre jour, nous irons respectueusement présenter une pétition respectueuse aux respectables autorités et, après l'avoir lue, elles se déculotteront respectueusement devant nous et nous leur enfoncerons respectueusement des pieux dans le cul, comme les soldats ont fait à Marquetalia, et nous baiserons respectueusement leurs femmes et leurs filles, comme les soldats ont fait partout dans ce pays, et elles crieront : « Encore ! Encore ! », parce que nous baisons mieux que les autorités...

Le jour où nous prendrons le pouvoir, comme Fidel a fait, nous proclamerons une nouvelle constitution dont l'article 100 établira : « Nul ne peut être élu représentant du peuple s'il n'a été, une fois au moins, condamné à une peine ferme de préside ou de prison. Et la Colombie sera enfin, grâce à nous, un État de droit, un État de droit commun, le plus remarquable des États de droit commun à la surface de la terre. Nariño tressaillira de joie dans sa tombe. Vive Nariño. Ils l'ont écrit sur les places publiques, en lettres d'or : « Les armes vous ont donné l'indépendance. Les lois vous donneront la liberté. » Vive Nariño, vive Santander !

Carthagène est belle, et belle la place de la Douane, où la pierre tourne au rythme des arcades, et beau le palais de l'Inquisition, dont la façade gracieuse s'ouvre par un portail baroque à volutes, dont les balcons suggèrent les jeunes filles en attente, Inquisition de parade dans un pays de drames, qui a mis deux cents ans pour tuer six fois.

Qui suis-je, moi, Guadalupe ? J'ai autant de difficulté à exister comme personne que la Colombie à devenir une nation. Qu'est-ce donc qu'un métis, une nation métisse ? Le petit docteur a raison, il est tout à fait blanc, lui l'Antioqueño. Nous n'avons plus la patience de l'Indien, son endurance mais nous sommes devenus des substituts d'Indiens dans ce pays où il n'y en a plus guère, et le Yanqui nous écrase, hommes et femmes, bien plus encore que le conquistador, cueilleurs de café ou de bananes, mules de charge, filles de plaisir. Ici, montagnes et plaines se refusent aux hommes, ou bien la montagne s'abat sur les vallées, la terre tremble et les volcans s'enflamment. Riches et pauvres tournent dans leurs planètes lointaines. Il n'y a pas de Colombie, rien qu'un chaos gigantesque de beauté sublime et d'atroce, d'aristocrates et de misérables, de machines souveraines et de houes, d'émeraudes et de merde, un pot-pourri de Blancs, d'Indiens, de Nègres, de Mulâtres, Zambos, Métis, Cubains, Levantins, Chinois peut-être, et tout ce monde baise en rond, et ça fait une belle sauce, une sauce au sang, rouge et bleu naturellement. On a tellement pris l'habitude de tuer.

J'avais sept ans à la mort de Gaitán, quand la Violence est devenue l'histoire quotidienne de ce pays. Un père libéral dans un village conservateur, toujours prêt à brandir son drapeau rouge parmi les drapeaux bleus, comme une provocation, étiquettes et drapeaux d'imposture appris depuis cent ans, dépourvus de sens. Est venue la folie. Un jour, après la visite de l'oiseau de malheur, les poules meurent les premières, puis le porc roux, la maison brûle et l'exode commence, se gonfle d'épaves charriées par tous les torrents de la Violence, jamais achevé. C'est ainsi que j'ai découvert mon pays, j'ai cueilli le café au Caldas, pour tromper le temps et la faim, tous les pauvres diables affluent vers le Caldas, le Quindio, l'Antioquia, les bougres du Nariño, au salaire de deux pesos par jour et qui disent merci, des gamins, des femmes solitaires.

La misère humaine rampe sur les pistes, les sentiers, envahit les montagnes, des villages entiers chassés, dépouillés par d'autres villages, les pauvres contre les pauvres, fous d'une haine aveugle. Tout un peuple essaie de survivre, rien de plus, nourri de racines, de fruits sauvages, de singe et d'insectes. Parfois, l'armée passe, telle une marée mortelle, laisse derrière elle des fumées funèbres de cendres et des orphelins. La terre demeure vide, comme une lèpre la friche conquiert ce pays rongé d'un désert intérieur. Dans les bureaux de Bogotá, les uniformes, les gilets et les cravates noires arrondissent de nouveaux domaines, déplacent les bornes de la propriété, confectionnent le cadastre de leurs rêves. Libéraux, conservateurs, cela ne veut rien dire, ils se succèdent au pouvoir selon un calendrier établi d'un commun accord, mais mon frère a seize ans et un fusil, il a déjà eu, avec tant d'autres garçons, le temps de regarder mourir les hommes qu'il avait tués. La Violence est leur atmosphère, leur durée, leur Nativité et leur Résurrection, leur nourriture, leur drogue, leur âme, leur histoire. Les Andes sont blanches ou bleues, vertes et roses, montagnes de lune à l'horizon de nos marches nocturnes, escalades de pluie sur les pentes de l'hiver où s'agrippent nos pieds nus, nos centaines de milliers de pieds de boue, errants, infatigables...

On réapprend à vivre sur la même terre, durant des mois qui, par merveille, deviennent des années. On a échoué là par hasard, sans pilote et sans boussole, dans le creux des montagnes, au retour d'une campagne caféière. Le Parti gouverne des villages peuplés d'enfants perdus, comme nous, à l'écart du monde, gardés par des tours de rocaille. On était naufragés, on devient communistes, quelle importance ! On dormait, on mangeait, on oubliait le fusil durant des semaines, on arrivait à croire que l'on pouvait vivre et travailler en paix.

On travaillait dur. Des milliers de réfugiés étaient venus se joindre à nous. On défrichait, on repoussait la forêt et les cris d'oiseaux, on défonçait le sol, on arrachait les racines inutiles. Les courtes tiges vertes du premier maïs, les feuilles étroites des plants de pommes de terre étaient plus belles pour nous que les grands arbres somptueux. À l'école du soir j'ai appris à lire, découvert des expressions étranges qui faisaient du bruit dans ma tête. Il y avait des mots qui passaient, disparaissaient parce qu'ils n'éveillaient aucune mémoire, d'autres qui prenaient place dans le vocabulaire quotidien. Il y eut le bal du dimanche où s'échauffait le sang, cette première nuit où l'on découvre dans le plaisir d'une fille que l'on fait partie des mâles du groupe. Le Parti organisait des séances de maniement d'armes, des marches de nuit, des exercices de tir et de camouflage, des cours de tactique. La terre, évidemment, n'était pas à nous. On ne l'avait prise à personne puisqu'elle était déserte, abandonnée, stérile, mais elle n'était pas à nous, et la rumeur au fil des semaines grandissait : ils se préparaient à venir nous déloger, nous exterminer comme bêtes malfaisantes. On n'avait pas la moindre chance, contre l'armée, les mitrailleuses, les avions de bombardement. Mais le Parti assurait qu'ils ne voulaient pas la paix, qu'il ne servait à rien de se soumettre, ils voulaient le massacre, l'extinction de la vermine rouge, c'était ainsi qu'ils nous désignaient.

On racontait des histoires horribles de torture : on devait avouer des choses que l'on ne savait pas, auxquelles on n'avait même pas pensé. Connaissez-vous des Cubains, des Russes, des Chinois, en avez-vous rencontrés ? Portent-ils la barbe ? Avez-vous des curés parmi vous ? Vos ongles se soulèvent et vous ne trouvez pas la réponse attendue, on vous coupe les couilles et vous n'avez pas trouvé. Quelques responsables avaient accepté l'invitation du Président, une conférence à Bogotá pour trouver une solution satisfaisante. Ils étaient partis en avion et, au-dessus du páramo, ou d'une cordillère englacée, les militaires les avaient précipités dans le vide, sans parachute et sans confession, les salauds ! Au mieux, si nous nous soumettions, nous passerions des années, notre jeunesse, en prison, dans des caves noires à demi pleines d'eau tiède et sale, en compagnie de rats, de couleuvres, de scorpions. Il était préférable de se battre.

Les soldats en effet sont venus. Une véritable armée, quinze mille hommes peut-être, bien équipés, avec des avions d'observation, des hélicoptères. Ils ont bombardé les champs, les huttes, des pans de forêt ont brûlé. Les hommes du Parti disaient qu'ils avaient été équipés et entraînés par les Yanquis. Les chulos nous ont encerclés, ils fusillaient sur place ceux qui avaient une arme à la main, ils violaient les femmes en série, comme au bordel, leur plantaient le canon du fusil dans le vagin, afin que ce vagin ne puisse plus servir à rien. Une autre façon de détruire la vermine rouge.

Manuel, Oscar, Ciro, ont pris la montagne avec ceux qui voulaient les suivre et leurs fusils. J'avais vingt-deux ans. La guerre, toujours la guerre, la marche, la faim. J'ai jeté mon arme et choisi la prison.

Ce fut une idée de génie. Je n'étais pas important et ne cherchais pas à le paraître, je n'ai pas été torturé, seulement passé à tabac. La prison m'a sauvé la vie. Et elle était fort bien fréquentée, une véritable université. Ce furent mes chemins de la connaissance. Un des docteurs apprenait aux volontaires la constitution de la Colombie, article par article, avec toutes les explications que l'on pouvait souhaiter. Il répondait à nos questions et il disait qu'il ne connaissait pas de texte plus comique. Notre constitution était un chef-d'œuvre d'humour noir.

Un autre docteur enseignait l'histoire nationale, des chibchas au président Rojas Pinilla en dix leçons. Un troisième donnait un cours de géographie, il dessinait des cartes muettes dans la poussière et sur les murs et nous apprenions à placer les montagnes, les villes, à tracer les fleuves, le Magdalena, le Cauca, le Sinú. J'ai découvert la poésie, récité le *Chant général*, Marti et Jorge Guillén. Il y avait un séminariste : ce qu'il connaissait le mieux c'était l'Apocalypse parce qu'il disait que cela ressemblait à la Colombie, mais il nous a expliqué quand même les quatre Évangiles. On nous a raconté l'épopée de la Sierra Maestra et des barbus, cité les textes de Fidel et du Che. Des noms d'inconnus devenaient célèbres en prison : Trotski, Mao, Mariátegui et bien d'autres... À ma sortie de prison j'étais un autre. J'étais prêt pour le combat qui commence, qui a déjà commencé. J'avais réfléchi, imaginé des coups imprévus, conçu des plans, j'avais en tête une liste de noms, je savais où j'allais. Et j'ai beaucoup plus que mon âge.

Carthagène s'endort, close dans ses remparts. Le fort de Saint-Philippe domine la nuit tropicale, de sa masse puissante, face au grand large et face à la ville au-dessus de laquelle s'élève sa triple couronne de murailles claires, sous la protection des Douze Apôtres dont les gueules de fonte bâillent d'ennui depuis un siècle et demi. Sur les hauteurs de la ville, tous les grands saints du paradis veillent ensemble sur Carthagène, saint Louis, saint Sébastien, saint Joseph, saint Jacques, saint Pierre apôtre, saint Paul, saint André, saint Luc, saint Xavier, saint Ignace de Loyola, saint Jean-Baptiste, saint François d'Assise, sainte Claire, sainte Thérèse, sainte Élisabeth, tous bardés de murailles, de casemates, de tourelles, de pièces d'artillerie. Je n'ai pas oublié les leçons de l'université carcérale. Je sais : personne n'a jamais pris saint Philippe. Les Anglais et les Français ont pourri sur place, ou rembarqué avec leurs microbes.

Les Yanquis, eux, n'ont jamais cherché à prendre Saint-Philippe ni un quelconque autre fort. Ils se sont installés dans les banques, ont pris fort honnêtement les coffres-forts, apprivoisé les casernes, distribué des bourses, offert quelques voyages à des jeunes gens bien doués. Ils payent très cher quelques avocats et quelques docteurs, il n'en faut pas davantage pour contrôler ce pays. Pour vaincre les Yanquis, les uniformes, les gilets et les cravates noires, les fortifications imprenables ne servent plus à rien, même Saint-Philippe, ce chef-d'œuvre d'inventions acoustiques et optiques. Quoi d'autre ?

La Sierra Maestra est périmée. On me l'a dit et redit et je le crois. On ne peut réussir deux fois le même miracle, prendre deux fois les Yanquis à la même surprise. Sans doute y a-t-il en ce pays une douzaine de Sierra Maestra, plus hautes, plus sauvages, plus impénétrables, des jungles bien plus profondes. À quoi cela servirait-il ? La guérilla urbaine, dans le style de Montevideo et des Tupamaros, vaut peut-être pour des pays dont la capitale rassemble la moitié de la population. La Colombie, c'est autre chose, ce pays fou, le seul de l'Amérique du Sud qui s'étende de l'Atlantique au Pacifique, cette marqueterie de hautes montagnes et de vallées enfouies, ce réseau de grandes villes dispersées, cet univers de déserts et d'oasis, de volcans et de glace, ce mélange d'humanité. Comment donner forme à ce brouillon de nation, recomposer ce puzzle, distribuer autrement la richesse dont ce pays regorge ? Je ne puis être, au mieux, qu'un

éveilleur et mon rêve n'est que le déguisement du désespoir.

La mer clapote doucement, lèche les rochers au pied
des remparts, sous les Bóvedas désertes. Je n'ai pas la
moindre envie de mourir. Demain sera un autre jour,
mais Carthagène n'aura pas changé, les mêmes filles
descendront les avenues roses du soir. Quatre semaines
encore à vivre dans cette enclave miraculeuse où l'on peut
travailler en vacances. Dans un mois, à Bogotá, tout aura
changé, le rythme du jour, le décor, les visages...

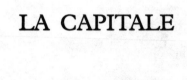

LA CAPITALE

La Soirée de la générale

Le gazon, lisse et brillant dans le faisceau du lampa-daire, a des façons d'Angleterre. Patrick contemple avec une curiosité amusée la demeure du général Garcia Benegas, plus vaste que ses voisines, mais faite des mêmes briques rouges assemblées selon les lois du gothique perpendiculaire. Des ogives accolent les hautes verticales entre lesquelles les plans étroits laissent apparaître d'improbables colombages. La porte d'une blancheur crémeuse s'orne de moulures tarabiscotées dignes des postfaces victoriennes. Le général Garcia Benegas, la générale plus encore, née Estebanilla Obregón, de la Banque Antioqueña et des vaches laitières Holstein, pedi-gree garanti, savent que la distinction vraie exige un label européen, de préférence anglais.

Patrick sonne. Les rues adjacentes sont encombrées d'automobiles dignes de ceux qui vivent aux portes du ciel. Deux gorilles, arme à l'épaule, patrouillent entre les chromes, les yeux dans les étoiles. La porte s'ouvre. La fille est brune, bordée de dentelle, le sourire encore neuf de l'adolescence et le goût de plaire. Patrick lui tend sa carte mais voici la générale : « Comme c'est aimable à vous, señor O'Reilly, malgré vos occupations... ne protestez pas, je suis au courant... mon mari vous apprécie tellement... ces idées si pénétrantes à propos du rôle de l'armée dans notre pays, nous en parlions hier soir encore. » Patrick s'incline, l'orchidée verte resplendit, qui orne la robe noire très stricte de la générale. « Veuillez passer au salon. » La pièce, très vaste, rutile. Il convient d'admirer mais Patrick admire sans effort : le passé existe, le bon goût modelé par des générations de richesse, d'éducation raffinée, de loisirs. Le salon vibre d'or et de rouge, un salon à couper le souffle de Marina. Le général Garcia Benegas, comme beaucoup d'officiers, fussent-ils généraux, n'était pas riche mais il s'est bien marié. Patrick se tourne vers la générale :

— Cette pièce est admirable, vraiment. Je suppose que l'aménagement de ce salon a exigé beaucoup de recherche.

— Oui, beaucoup. Mais il est si intéressant de chercher et de trouver.

— Ce que j'admire le plus, c'est l'unité de cet ameublement. Dix-huitième, n'est-ce pas ?

Une lueur d'intérêt passe dans le regard de la générale.

— Exactement. Style vice-royal en totalité. Dois-je comprendre que la stratégie et la politique ne suffisent pas à vous combler ?

— L'art m'intéresse, j'en conviens. Mais n'ayez aucune illusion, ma compétence est très limitée. Je n'avais jamais vu de fauteuils de ce genre.

— Ce sont des fauteuils à « guadamecís ». À la manière cordouane, voyez-vous. Le cuir était si abondant et à si bon marché dans ce pays à l'époque coloniale que des ateliers de guadamecís se sont créés et ont prospéré sous la direction de spécialistes venus tout exprès de Cordoue. Mais aujourd'hui de tels fauteuils sont devenus presque introuvables.

— Et ce coffret ?

— C'est une pièce très rare. Il vient de Pasto, du Nariño. Ces motifs floraux sont de provenance indienne. Excusez-moi.

La générale accueille un couple, habit noir, robe du soir. Patrick se dirige vers le général, debout au centre d'un groupe, adossé à une console. Le général est en civil. Les dorures de son uniforme auraient pâli dans ce salon où les ors et les pourpres sont partout, suivent les lignes tendres des sofas, épousent le dessin contourné des consoles, arrondissent les dossiers des chaises hautes, ennoblissent les lourds coffres aux serrures de cuivre.

— Hello, Patrick ! How are you ?

Le général tient à ses souvenirs de Washington et de Gulick. Patrick lui donne l'accolade.

— Alors, avoue que tu n'es pas tellement à l'aise ici. Trop féminin, non ?

— Je t'assure que je n'éprouve pas la moindre réticence envers le genre féminin.

— Tant mieux ! Tu as raison, bien sûr. Je te présente... Le capitaine Patrick O'Reilly, membre de la mission militaire des États-Unis, spécialiste de l'Action psychologique et sociale de l'armée. Un garçon qui déborde d'idées. Elvira Bustamante de Ortuño, une des cavalières les plus accomplies de ce pays, qui nous a représentés avec succès dans les compétitions internationales. L'authentique manège espagnol. Animatrice du Polo Club, évidemment. Angel Ortuño Covarrubias, son mari, dont les recherches ont tant fait pour l'amélioration de nos races bovines et leur adaptation à l'altitude. Laura Cuatrosecos de Bougand et Andrés Bougand, que j'ose à peine te présenter. Tu sais qu'il est une autorité mondiale en ornithologie. Quant à Laura, elle a une spécialité qui fait d'elle l'une des

femmes les plus courtisées de la Société à Bogotá. Elle le
serait, de toute façon, avec des yeux pareils, mais peut-être
par les hommes seulement, ce qui n'est pas le cas.

— De quoi s'agit-il ? Tu stimules ma curiosité.

— Laura, dis-lui.

— Ernesto exagère. Simplement, chaque dix-huit
mois, j'organise un voyage de plusieurs semaines en
Europe, dans les moindres détails. Cela n'a rien d'extraordinaire.

— Ce que Laura oublie de te préciser, c'est que ses
voyages n'ont rien de commun avec ceux de n'importe
quel tour-operator. Dix fois plus original. Et comme le
nombre des places est limité à cinquante, il faut faire des
bassesses pour faire partie du groupe.

— Il n'y aura plus de bassesses. Cette année, j'ai
décidé de recourir au tirage au sort intégral, toutefois
sans séparer les couples.

— Vous faites cela quand ?

— Cette année en mai-juin. Nous alternons avec
septembre-octobre. Nous évitons ainsi les bousculades des
hautes saisons. J'achève de mettre au point le programme.

— On peut savoir ? Laura, donne-nous la primeur.

— Milagros, cette année, je donne la priorité à l'insolite.

— Laura, je grille d'impatience.

— La grande surprise annuelle sera italienne. Je n'en
dis pas plus, puisqu'il s'agit d'une surprise. Nous partage-
rons notre temps entre la Toscane et les villas vénitiennes
de Terre Ferme. Pour la détente il y aura une course dans
le labyrinthe de verdure de la Villa Nazionale de Stra. En
France, nous nous consacrerons à la vallée de la Loire
avec deux pointes à Chartres et Bourges et, dans cette
ville, nous assisterons pendant trois jours à un grand
procès de cour d'assises avec commentaires d'un chroni-

queur judiciaire célèbre. La plupart d'entre nous connaissons le français, mais nous aurons un interprète.

— C'est étonnant ! Vous allez dans d'autres pays ?

— Nous commençons par l'Angleterre, à cause de la finale de la Coupe d'Angleterre, au stade de Wembley. C'est une attention à l'égard des hommes. Mais il y aura aussi une soirée un peu spéciale à Oxford. Vous verrez. Puis, France, Allemagne, Italie, Espagne, dans l'ordre. Mais, pour passer d'Italie en Espagne, nous reviendrons en France, de façon à visiter Arles et Nîmes et à faire une excursion en Camargue. Nous avons des cavaliers et je ne les oublie pas.

— Ce que Laura oublie encore de vous dire, c'est que des trouvailles telles que le procès d'assises, il y en a une dans chaque pays ou presque.

— Qu'en penses-tu, Patrick ?

— Je constate que certaines réputations ne sont pas surfaites. Au contraire, elles sont au-dessous de la réalité.

— Que veux-tu dire ?

— Ne jouez pas la modestie. J'ai entendu dire plusieurs fois que les gens de Bogotá étaient les Athéniens de l'Amérique espagnole. Ce programme est une démonstration.

— Vous avez fait rougir Laura.

— Patrick, je crois que tu ne pourras pas participer à ce voyage ! Tu es séduit, je le vois bien, mais tant pis. Excusez-nous, mesdames, je dois présenter notre ami à Regulo. Tu ne le connais pas encore. Il dirige notre École d'application de l'infanterie.

— Je connais ses états de service.

— Viens ! Qu'est-ce que je te sers ? Scotch ou bourbon ?

— Scotch, en l'honneur de mes ancêtres irlandais. Ce bargueño est encore une trouvaille de ta femme ?

— Oui. Gloria a un goût très sûr. Tu as vu ces incrustations : ivoire, nacre, agate. Allons voir Regulo, il faut le convertir à nos idées, c'est fondamental. Regulo, viens par ici. Voici Patrick O'Reilly. Et voici Regulo Calderón.

— J'ai beaucoup entendu parler de vous. Je sais que vous vous êtes distingué en Corée.

— Parce que j'étais jeune et complètement inconscient.

Regulo Calderón éclate de rire. Carré, gueule striée, ventre plat, regard rapide. Le colonel existe. Soudain, Patrick, phalanges broyées, ne voit plus que lui dans le salon. Les fastes aimables de la Nouvelle Grenade coloniale s'évanouissent. L'évidence éclate, brutalement, d'un pays plein de bruit et de fureur.

— J'ai entendu dire que vous souhaitiez nous apprendre notre métier !

— N'imaginez rien de tel ! Il s'agit de tout autre chose. La Colombie, que je sache, n'a pas à craindre de guerre étrangère.

— Il existe un litige frontalier important avec le Venezuela.

— Soyez sérieux.

— Le pétrole, il me semble, est une chose sérieuse. Je m'étonne d'avoir à vous le rappeler. Les États-Unis ont fait la guerre pour des bananes. Nous pourrions la faire pour du pétrole. Cela s'est déjà vu.

— Touché. Vous marquez un point. Mais cette affaire se réglera par un compromis Il s'agit de pays frères tout de même. Je ne crois pas que la Colombie fasse la guerre au Venezuela ni à quelque autre pays voisin.

— Je l'espère, c'est tout.

— Le seul adversaire réel de votre armée est donc l'ennemi intérieur.

— Nous y voilà. Vous tenez à ce qu'Ernesto et moi-même vous précisions qu'il s'agit du communisme ?

— Ce n'est pas vrai ?

— Il y a les communistes, bien sûr. Mais ils ne sont pas seuls. Nous devons affronter des gangs redoutables car la police ne fait pas le poids. Celui des émeraudes. Et ceux qui s'organisent autour de la cocaïne. Vous en entendrez parler et, à mon sens, avant qu'il soit longtemps.

— Mais les agents cubains et chinois qui se sont infiltrés dans votre pays ?

— La belle affaire ! Il y a aussi des agents brésiliens, des Russes à ce qu'on dit, et je me demande même s'il n'y a pas quelques agents de la CIA.

— Bien sûr. Mais qu'est-ce que ça change ? Pour vaincre les communistes, c'est tout de même l'essentiel, il ne faut pas seulement les vaincre militairement. Je dirais presque que c'est accessoire.

— Je vous vois venir. La potion miraculeuse, l'Action civique.

— Croyez-vous, Regulo, que l'armée soit populaire dans ce pays ?

— Non, elle ne l'est pas.

— Alors, changeons d'abord l'image de l'armée dans la population. Il est possible de le faire. Il faut gagner la partie auprès des paysans. Si la guérilla perd la complicité passive ou active des paysans, elle est foutue.

— Quand l'armée approche d'un village dans une zone de guérilla, les paysans disparaissent.

— Nous savons, vous et moi, qu'ils ont de bonnes raisons. Il faut retourner ces raisons. L'armée ne doit pas être neutre ou, simplement, correcte. Elle doit aider les paysans à mieux vivre.

— Vous connaissez nos hommes, Patrick ? Je ne parle pas des officiers que vous avez rencontrés à Gulick ou ici. Je parle des soldats.

— Vous les connaissez mieux que moi, c'est sûr. Alors ?

— Ce sont mes compatriotes et je n'ai pas de mal à en dire. Mais ce sont souvent de pauvres diables, en majorité analphabètes. Vous leur demandez beaucoup.

— Les chefs doivent y croire les premiers. Sinon, comment voulez-vous les convaincre ? Je ne parviens pas à imaginer qu'il vous soit difficile de mener les hommes. Ce que vous avez fait en Corée avec de jeunes types projetés à dix mille kilomètres de leur terre dans un pays complètement inconnu, c'était difficile. Mais faire une route, un pont, avec un bon encadrement, ce n'est pas très difficile. Et vos hommes sont presque tous des paysans. Alors, aider à rentrer une récolte...

— Que faites-vous de la psychologie de nos hommes, Patrick ? L'uniforme, pour eux, qu'est-ce que c'est ? De l'argent ? Non, bien sûr. Mais il y a des risques, ils savent que les opérations de contre-guérilla sont dangereuses. Alors, pourquoi sont-ils faciles à recruter ? Ils mangent à leur faim, certes. Mais ça ne suffirait pas. Seulement, à l'armée, ils sont libérés du travail quotidien et, parce qu'ils ont une arme, ils détiennent un minimum de pouvoir. À leurs propres yeux ils se grandissent. C'est un sentiment plus ou moins conscient mais vrai, je les connais bien. De sorte que les ramener au travail manuel, et, qui plus est, pour le bénéfice d'autres, ce sera difficile.

— J'admets qu'il y faudra de la persuasion. Mais le plus intéressant est de savoir si l'expérience vous intéresse.

— Bien sûr qu'elle nous intéresse. (Le général Garcia Benegas explose.) C'est la grande chance de l'armée dans ce pays, c'est pour cette raison que j'ai accepté ce ministère. Intégrer...

Le général arrondit la bouche mais ce n'est pas lui qui a crié. La voix du général est mâle et profonde, elle ne saurait produire ce cri aigu de femme effarouchée. Les yeux du général s'élargissent, il doute de ce qu'il voit. Il regarde Patrick et Regulo : leurs yeux sont aussi dilatés que les siens.

— C'est une fantaisie de Gloria. Quelle surprise !

Les masques ont envahi le grand salon. Ils s'inscrivent en couleur sur la nuit des fenêtres et montent la garde devant les portes fermées. Les visages des femmes sont blancs sous les lumières de cristal. Les masques brandissent au-dessus d'eux de lourdes massues de cuir à pointes de bronze et lorsque la mélodie grêle de la quena s'insinue dans le salon ils commencent à danser, lentement, et la terre ronde tourne plus qu'elle n'a jamais tourné. Les masques dorés, au front poli et brillant, au mufle lourd, aux longues canines croisées, sont posés sur les amples ruanas grises qui descendent jusqu'aux chevilles nues. Des yeux sombres affleurent à la surface des masques, vingt lumières noires, étroites et pointues, regard étrange de silence et de menace.

— Qu'est-ce que cela signifie ?

Le général est l'hôte et se souvient de ses devoirs. Il est rouge comme le décor vice-royal de ses ancêtres. Les notes de la quena montent jusqu'à l'aigu, la danse s'accélère, s'achève d'un coup lorsque la quena expire. Une voix s'élève, s'enfle, monocorde, presque une psalmodie.

— Nous sommes les « Fils du Soleil » et nous sommes difficiles à tuer. Chaque fois que recommence l'Amérique nous revenons des jardins éternels. comme cette nuit, et les nuits à venir, parce qu'une nation va naître. Dans la douleur, évidemment. Ces masques ne mentent pas, ils sont ce que nous sommes, la foule sans visage à qui vous n'avez jamais accordé d'existence. Nous sommes des millions, les Indiens, les esclaves, les métis, les immigrants, nous sommes les bras et l'engrais, nous sommes vos caféiers, nous sommes les chemins, le bétail et le pétrole, nous sommes les murs, la chaleur et la pluie, nous sommes les volcans, nous sommes l'or et l'émeraude, nous sommes la Colombie et le jour va bientôt se lever où vous ne serez plus rien.

La voix se tait. Gloria s'est pelotonnée sur un sofa, tache noire autour de laquelle se sont agglutinées les autres femmes, Laura, Elvira, Gabriela, Milagros, toutes muettes, incrédules. Gloria ne distingue plus les autres, enferme son regard dans la prison obscure de son humiliation, déshabillée publiquement. Le général Garcia Benegas a retrouvé le visage impassible du chef, celui qu'il faut avoir dans les circonstances difficiles. Patrick sourit imperceptiblement, pour lui-même, ce pays est encore plus étrange qu'il ne croyait. Regulo Calderón, les sens aux aguets, tente de comprendre. Personne ne dit mot. Le rideau gris des ruanas encercle la salle. Une voix nouvelle, qui n'a plus rien d'une incantation, brise le silence, sèche, coupante, assurée :

— Le gouvernement provisoire de la République solaire de Colombie, réuni en ce jour, décrète : conformément à l'article 30 de la constitution actuellement en vigueur, pour des motifs d'utilité publique et d'intérêt social, les valeurs mobilières en espèces monétaires ou en bijoux détenues par les personnes réunies ce soir dans la capitale de la République, rue Soixante-six, numéro 5-49, sont expropriées sans délai. Pour des raisons d'équité, en application des dispositions du même article 30, cette expropriation ne donnera pas lieu à indemnisation. Les personnes ici présentes sont priées de se prêter immédiatement à cette opération en remettant aux agents de la force publique commissionnés à cet effet, c'est-à-dire nous-mêmes, les espèces et bijoux en leur possession. Toute résistance de nature à troubler l'ordre conduirait l'autorité à dissoudre par la force cette réunion, en application de l'article 46 de la constitution. Les personnes qui contreviendraient à la bonne application du décret seraient appréhendées, en procédure de flagrant délit (article 28), et conduites devant le juge du tribunal populaire du Soleil.

Les ruanas grises se fendent et les lames longues, polies, des machetes se découvrent, s'élèvent lentement à l'horizontale, bouclent le cercle de fer. Le métal étincelle, la peau des femmes devient livide.

— C'est une très belle mise en scène.

Le ton de Patrick est provocateur mais les masques l'ignorent. Rodrigo Calderón persifle.

— Les dollars sont expropriés en priorité. Videz votre portefeuille, Patrick. Moi, j'ai de la chance, je n'ai que trois cents pesos sur moi. Pourrai-je garder mon alliance ? Le gouvernement provisoire de la République solaire de Colombie respecte-t-il les liens sacrés du mariage ?

— Ernesto, vas-tu supporter cela plus longtemps ?... Je ne tolérerai pas... c'est un bijou de famille... que soit bafouée la constitution de notre pays... il y a quatre ans que je n'ai pu enlever cette bague, il faudrait me couper le doigt... mais, enfin, est-ce qu'il s'agit, oui ou non, d'une farce... Vous voyez bien que c'est une idée de Gloria... Je te dis que ce sont des masques Calima... Laura, cette fois, tu es enfoncée... Andrés pense qu'ils auraient dû se déguiser en oiseaux.

— Cela suffit. Vos commentaires ne nous intéressent pas. Les portefeuilles d'abord. Chacun dépose son portefeuille sur cette table et reprend sa place. On commence par le général, puis à tour de rôle en allant vers la droite.

Pas de geste irréfléchi. Ne nous obligez pas à appliquer l'article 24. À titre exceptionnel, vous pouvez garder vos alliances.

— Mes chers amis, j'ai le regret de vous dire qu'il ne s'agit pas d'une plaisanterie. C'est un hold-up. Faites ce qu'ils demandent, comme je le fais moi-même. Évitons le pire, afin qu'ils n'emmènent personne en otage.

— Bien parlé, général !

Un masque se penche sur la table, des mains de cuivre saisissent les portefeuilles, les explorent, froissent les billets, les font disparaître dans un sac de peau, puis la forme grise au visage immobile rejoint le cercle de laine aux têtes d'or.

— Passons à l'essentiel. À l'exception des alliances, tous les bijoux, montres comprises, sont expropriés. Déposez-les rapidement sur la même table.

Gabriela hurle, trépigne, se tord les mains, frappe du pied, fond en larmes. Un machete s'élève, traverse le scintillement du cristal, jusqu'à ce que la pointe de la lame atteigne le collier d'émeraudes de Gabriela. Le collier éclate en flammes vertes qui jaillissent et renaissent au hasard. Gabriela demeure interdite, muette soudain. Le général baisse les bras en signe de résignation.

— Il faut en passer par là. Il y aura des revanches.

— Ce soir est une revanche. L'or et l'émeraude viennent du peuple. Nous les lui rendons. Article 30. Faites vite.

Les perles et les pierres précieuses bruissent, ruissellent, sur la teinture rouge de jadis, rejoignent les rivières d'émeraudes. Le salon n'est plus qu'un écrin de luxe, un coffre tendu de rouge et d'or où brille une collection de joyaux, foisonnement d'étincelles qui s'éteignent enfin dans un grand carré d'étoffe blanche. Un autre masque parle.

— Ne cherchez pas à nous poursuivre ou à nous suivre. Nous sommes semblables aux oiseaux, monsieur Bougand, nous avons des ailes.

Le salon se vide silencieusement. La dernière porte se referme. Gabriela pleure. Un instant encore, muets, ils se regardent, à l'affût de la première voix.

— C'est épouvantable.

— Nous n'avons perdu que des choses, Milagros.

— J'en fais une affaire personnelle... en finir une fois pour toutes avec les antisociaux... hold-up, je n'en suis pas sûr... la perte subie... c'est le style tupamaro... exactement ce que je viens de dire... absolument, j'opte pour un acte politique... très bien organisé et imaginé... tu ne vas pas les décorer tout de même... mon collier... politique, c'est évident, as-tu jamais vu des bandits qui connaissent aussi bien la constitution ?... Ça alors... accommodée à leur sauce, il va sans dire... Mais bien sûr ! Rappelez-vous, il y a un mois environ, *El Tiempo* a publié le communiqué d'un groupe annonçant des actions révolutionnaires d'un nouveau genre... oui, et il y a eu cette curieuse extorsion dont a été victime le supermarché Todos, la chaîne américaine, la recette confisquée, avec un reçu, comment était-ce ? Prélèvement sur les royalties du pétrole, quelque chose dans ce genre, c'est sûr, cette affaire n'est pas terminée, faites un effort de mémoire, rappelez-vous les moindres détails, les paroles... cesse de gémir, Gabriela, ils ne t'ont pas touchée... je suis sûr qu'un collier pareil était assuré... la compagnie devra payer... il faudra traiter toutes les données recueillies par ordinateur, chercher les corrélations, je vais faire un rapport complet pour que votre police soit dotée d'ordinateurs... vous avez remarqué, ils connaissaient même Andrés et ses recherches... je suis brisé... je me considère comme responsable des préjudices que vous avez subis...

Les mots se brouillent, Patrick n'entend plus que des voix, un diapason complet, de l'aigu au grave. La voix des masques était changeante elle aussi, une voix multiple. La première était féminine, une voix modulée, à la limite de l'incantation, les autres venaient des Andes, voix d'hommes sonores et rythmées. Ce peuple aura donc toujours le goût des gestes, une complaisance étonnante pour la parade et le discours.

Le général est calme, maîtrise une colère froide qu'exaspèrent les révélations successives : fils du téléphone arrachés, domestiques bâillonnés, ficelés, enfermés dans la cuisine, pneus des voitures crevés, gorilles de l'agence de surveillance drogués, endormis d'un sommeil profond... Il faut descendre jusqu'à Chapinero pour trouver quelques taxis. Les femmes tentent de se remettre de leurs émotions en mettant à mal les restes du buffet.

Patrick se fait déposer au croisement de l'avenue Un et de la rue Vingt-deux. Il éprouve la nécessité de marcher, de sentir la fraîcheur de la nuit sur sa peau comme un sédatif. À l'angle de la rue Vingt-deux et de la Neuvième, commence l'exposition habituelle des putes. Elles s'offrent, quasi innombrables, par grappes à la bouche de résidences et d'hôtels crasseux, collées au mur, impassibles, inexpressives, consomment immobiles chaque minute de leur ennui. À peine parfois, pour répondre à la marque d'intérêt d'un possible client, un battement de paupière, l'ébauche d'un sourire. Ou un murmure : barato, muy barato...

Marina ! C'est grâce à elle qu'il avait marqué des points auprès de la générale. Les fauteuils, les consoles, le coffret, le bargueño. Ces gens étaient flattés qu'on leur reconnaisse une histoire, un patrimoine. C'était normal puisqu'ils possédaient une véritable histoire. Marina aurait déliré à la découverte de ce salon.

Les masques répudiés quelques minutes reviennent en force, investissent son esprit. Le scénario était réglé comme un ballet, minuté même. Cela signifiait une préparation soigneuse, longue, des heures d'entraînement, des jours même, la composition des textes, leur apprentissage... Une action de ce genre suppose un cerveau, ou plusieurs. Il n'y avait pas de temps à perdre, il harcèlerait Ernesto. Mais il fallait qu'il fasse un rapport complet, qu'il insiste sur l'étendue de l'information et sur la qualité de la mise en scène. Qui se cachait derrière ces masques ? Il y avait des hommes et des femmes, c'est sûr, des langages et des accents contrastés. Il n'avait pas imaginé ce genre de confrontation. Il avait l'impression étrange de frôler un monde inconnu, d'être invité silencieusement à une initiation mystérieuse. La mission qu'il venait d'entreprendre et son itinéraire convenu, soigneusement balisé au Pentagone, avaient pris, ce soir, un tour imprévu. Il était indispensable de connaître ce pays dans ses profondeurs s'il voulait réussir. L'État-Major et le ministère ne suffiraient pas. Il l'avait pressenti, maintenant il en était persuadé.

La pluie s'étend sur la ville, résille grise qui brise les formes de l'ombre silhouettées sur la montagne et brouille les verticales lumineuses des gratte-ciel. Montserrate, très haut dans la nuit, inscrit les bras de sa croix devenue rousse dans un halo cotonneux, comme une barque dans l'espace. La pluie a vidé la Dix-neuf, chasse les derniers promeneurs de la Septième, les refoule dans les bars, les halls des cinémas. L'horloge d'El Tiempo moissonne les minutes à coups d'agressions lumineuses inéluctables et Patrick rencontre les larves habituelles qui balisent ses retours nocturnes, figées par le sommeil ou l'inexistence, la pauvresse emballée dans ses loques au seuil d'une grille, les enfants fraternellement embrassés pour échanger leur chaleur sous un rempart de carton, à l'abri d'un porche, un gamin solitaire, plus démuni encore, roulé en boule devant un soupirail pour aspirer l'haleine tiède d'une cave. Il repère quelques nouveaux, une famille entière couchée sur un trottoir, aussi anonyme que le peuple masqué de la soirée de la générale, couverte des mêmes ruanas grises, toutes ces épaves de la grande ville, venues d'ici ou d'ailleurs, des faubourgs et des montagnes, dont les petits cadavres ne seront pas admis aux Jardins de la Paix. Patrick monte toujours dans la Candelaria, où les maisons sont à la mesure des hommes, où il a choisi de vivre en marge de la clientèle aseptisée des grands hôtels, où les palabres prolongent très tard la vie murmurante de la rue...

Naissance de José

À vos ordres. À vos ordres ? Les ruanas flottent sur le marché, bouquet de laine aux teintes douces, qui refleurit à chaque éventaire pour attendrir les visages de cuivre brunis sous des milliers de soleils *À vos ordres. À vos ordres. Qu'achète le monsieur ?* Gravées sur les médailles de métal rouge, les divinités oubliées reviennent, des Quimbayas, des Muiscas, des Taironas, et leur apparence de mystère, gonflée par des siècles sans écriture, les animaux fantastiques des savanes bienheureuses. Les images de métal brillent et se taisent. Helios pénètre dans le grand bazar du cuir. Des peaux de vaches aux larges taches rousses, blanches ou sombres, font éclater la lumière en fragments épars, tendent des cloisons de pénombre autour des passants. *À vos ordres. Qu'achète le monsieur ?* Les selles lourdes, les bottes et le chapeau aux bords amples du vaquero, les ceintures épaisses cloutées d'argent, l'odeur puissante des peaux de bêtes autorisent dans le demi-jour l'illusion équestre, suggèrent le peuple des cavaliers revenu d'autrefois, de vieilles histoires d'herbe et d'espace promises à l'avenir puisque la nation imagine dans l'infini du llano une partie de ses lendemains. *À vos ordres.* Les hamacs multicolores de fibre

végétale tressée ou de toile pleine rayée comme peau de
zèbre se balancent mollement au vent léger qui prend la
Treizième en enfilade. *À vos ordres !* Helios prend la
fuite, poursuivi par la rumeur que multiplie son
cerveau... *El señor... A la orden...* Ce peuple est aux
ordres, le crie, le proclame, obéissance et soumission sont
devenues sa nature. À vos ordres, patron ! Travailler,
cueillir le café, la canne, les bananes, le coton, couper,
égrener, broyer, découper, porter... À vos ordres, patron.
Une nuit de volant sur des routes folles, parfois
évanouies, à sauter les vagues serrées des montagnes,
cahoter au-dessus des abîmes ouverts par des diables
ivres déguisés en torrents, et chaque semaine un cama-
rade plonge aux enfers. À vos ordres, monsieur le
docteur, monsieur l'ingénieur, monsieur le curé, mon
colonel, à vos ordres, caballero. D'un maître l'autre...

Ne s'agirait-il pas que d'une illusion du langage ? Car
ces mots ne sont même pas équivoques. *A la orden* est
l'héritage d'une vieille courtoisie espagnole. La Colombie
se divertit à tromper les regards rapides des gens pressés.
Déjà, l'arrivée à Bogotá a tout d'une mystification. Vue
d'avion, une carte postale de Suisse.

Je me souviens d'une circonstance très rare dans la vie
torera d'Antonio Bienvenida, qui n'avait rien d'un torero
suicide. Un jour, à Las Ventas, Antonio s'était avancé, sa
cape sur le bras, s'était agenouillé face à la porte du toril,
à une douzaine de mètres de cette porte. Ainsi défiait-il le
taureau sans le connaître, sans avoir testé sa course et son
comportement, à la différence de ce qu'il faisait d'habitude. Je suis dans la situation d'Antonio. Il y aura un
taureau, mais je ne le connais pas.

J'ai découvert la ville lentement, en jouissant d'une
sensation nouvelle : pour quelques semaines le temps

m'appartient et j'en dispose à ma guise. Mon corps et mes gestes parlent le langage de la liberté, un langage exaltant dont je m'enivrerais presque. Mais cette disponibilité me ramène irrésistiblement à ces journées haletantes au cours desquelles j'ai organisé ma mort espagnole, afin d'échapper à une situation devenue quasi intolérable depuis quelques années, sans que je sache exactement pourquoi. Peut-être parce que je ne voyais plus que cette route tracée, balisée jusqu'à la ligne d'horizon, parce que le cours des travaux et des jours réglé comme une partition avait pris le sens d'une fatalité à laquelle je voulais m'arracher avec tout ce qui demeurait en moi d'énergie. Et je supportais de plus en plus difficilement l'effort quotidien, inéluctable que je devais consentir afin de maintenir une réputation. Et tenter l'épreuve de tout perdre, comme mon père avait tout perdu.

Je m'émerveille ici de mes découvertes les plus ordinaires. Comment une capitale manifeste dans ses monuments publics, ses rues et ses places et les noms qu'elle affiche, une volonté d'histoire officielle, celle dont il faut impressionner la foule sans qu'elle y prenne garde, de façon à ce que cette histoire devienne naturellement la sienne et détermine, à l'occasion, les réflexes espérés. À Bogotá, la mystification tient du chef-d'œuvre. La ville proclame l'indépendance, l'annonce à tous les carrefours, l'associe sans coup férir à tous les cris de liberté. Mot magique ! Séminaire de héros. Qu'importe le contenu de ce mot, qui oserait formuler la question, ou seulement la concevoir ? Un groupe surgit, taillé dans le marbre, confondu dans la même volonté, la même mort muette, celui des comuneros de Socorro avec Manuela la belle, l'égérie de l'insurrection, et José Antonio Galan, première gloire de l'indépendance, quand les États-Unis d'Amérique, l'orgueilleux géant du Nord, n'étaient même pas une nation. Sous les arcades, sur la ravissante place San Carlos, faite pour les rendez-vous d'étudiants, les tendres confidences à bouche de nuit, les mots sont gravés en lettres dorées, les mots que Nariño a trouvés pour traduire les mots français, pour que les Droits de l'Homme explosent en langue espagnole au cœur du Nouveau Monde et ils sont demeurés là, alibi admirable de la liberté, et qu'importe s'ils ne servent à rien, s'ils ne sont pour les déshérités qu'un rappel de l'imposture, une invite à la dérision ! J'ai très vite compris qu'ici, bien plus encore qu'en Europe, la parade des mots déguise le défilé des mensonges.

À l'angle de la place, debout, seul sur un socle de pierre, Camilo Torres, l'homme du mémorial des griefs, se confondra bientôt dans la conscience populaire avec l'autre, le petit curé révolutionnaire du même nom, tombé il y a quelques années dans les montagnes du Santander. Et il n'y aura plus qu'un seul Camilo Torres, celui de l'Indépendance parce qu'il a pour lui, avec les manuels de l'histoire officielle, la pierre et les mots gravés dans la pierre. Oublié le Camilo de la Révolution. Policarpe Salavarrietta, la paysanne indestructible, n'a droit qu'à une plaque. Fusillée ici même. Au dernier moment, elle faisait encore bander les soldats. La plaque n'en dit rien. C'est sans doute inutile. Les femmes de ce pays sont toujours prêtes à mettre le feu au sang ou à l'histoire. Une plaque encore sur la Septième : « Jorge Eliacer Gaitán, caudillo du peuple. 1948. » L'année de mon mariage avec Nieves.

Les « Fils du Soleil » sont étrangement méfiants. Ils se déclarent surpris de ma démarche, mettent en cause la

vérité de mon récit. Au-delà de toute mesure, il me
semble. Je comprends mal ce qu'ils craignent. Car, enfin,
ils ont tracé eux-mêmes la piste que j'ai suivie, certes
difficile, encombrée d'obstacles et de faux-semblants.
Toujours est-il qu'ils me convoquent un jour dans un
marché, trois jours après sur une place publique, attendent huit jours encore pour me donner rendez-vous à la
sortie d'une université. Ce ne sont jamais les mêmes qui
viennent, deux par deux chaque fois. Le métis l'autre soir,
vingt-cinq ans à peine, me harcelait de questions, sèches,
rapides, un véritable interrogatoire de police, comme s'il
espérait quelque contradiction. Il ne souriait jamais.
Devant l'université il y avait un étudiant et l'autre avait
des façons de curé. Je les soupçonne de me faire suivre
entre deux rencontres, de s'intéresser de très près au
programme de mes journées. Je leur ai dit tout naturellement qu'avant notre premier rendez-vous j'avais parcouru
une partie de leur pays, je voulais connaître des morceaux
de Colombie. Lesquels ? J'ai dit la vérité : Boyacá,
Caldas, Quindio, une randonnée harassante de dix jours,
avec un peuple en voyage, montant et descendant, au gré
d'autobus asthmatiques. Mais les Colombiens ne paraissent même pas s'en apercevoir, font montre d'une endurance incroyable.

Trois mois déjà. L'avenir est redevenu avenir, incerti-
tude, n'importe quoi. Le futur, nuit obscure de l'âme, du
corps, de la peau, loterie, carnet de bal, roulette russe,
alcool. Nieves, pardon, essaie de comprendre, je redé-
couvre le monde. Dans ce petit restaurant de la rue
Quatorze où j'ai pris quelques habitudes et où un riz à la
cubaine m'assure calories et protéines en suffisance,
l'inévitable gamin m'apporte *El Tiempo*. Je l'ai apprivoisé
en l'invitant un jour à prendre avec moi le même plat. J'ai
pénétré avec lui un autre Bogotá, un monde gris, ville

occulte et rampante, la contrefaçon du Bogotá aseptisé de l'avenue Sept, du Tequendama et de Chapinero. Alors s'efface la vue de Madrid, et l'image de Nieves se fait irréelle, à la façon des rêves brisés par le réveil. L'Amérique en gésine m'investit, détruit mes repères rationnels, m'impose l'outrance quotidienne. L'Espagne elle-même en devient raisonnable.

El Tiempo de ce jour offre le contingent habituel de drames et de catastrophes dont ce pays n'est jamais avare. La terre tremble, la montagne gomme deux ou trois villages, les torrents emportent les chemins, on ramasse au hasard des rues de la capitale quelques morts inconnus et le sang gicle à la pointe des couteaux. Dieu soit loué, le monde raffiné de la Société, aux manières exquises, propose de rassurantes perspectives. Fabio Noguera Villaroel et sa jeune épouse, Kika Torres de Noguera, sont revenus ravis de leur lune de miel à San Andrés, l'île de paradis. César Pizarro Rodríguez et sa femme, Julia Vargas de Pizarro, ont donné une fête enfantine, authentiquement féerique, en leur résidence, à l'occasion du dixième anniversaire de leur fils Guillermo. Je crois redécouvrir tous les rites de la vieille Espagne aristocratique, de la présentation en société à la pétition de main !

J'achève une tranche d'ananas, et après avoir payé, je choisis de monter par ces rues étroites à forte pente, encadrées par les maisons blanches d'une autre Andalousie. Les balcons de bois sont verts ou bleus, et les miradors aux fenêtres d'angle, et les grilles baroques aux barreaux cannelés, comme de grandes fleurs sur les murs, prolongent l'illusion. La Candelaria conserve ce décor intimiste. Mais, au-delà de l'église de Belén, l'harmonie se défait, brutalement, le sol fuit entre les pavés disjoints.

La capitale

La lèpre ravage les murailles et l'ordure affleure, mais la foule est bon enfant et les filles vont tranquilles, sans craindre la rencontre des hommes. Le centre d'Egipto est une vaste place bancale où les ménagères passent affairées, parmi des hommes désœuvrés, une éternelle cigarette au coin des lèvres.

Egipto crie. Le terrain de football en terre battue, taillé dans le versant, sert d'arène et de forum à l'enfance et les ballons de Belén valent mieux que tous les jouets de riches aux mécaniques savantes qui brillent dans les vitrines apprêtées de Chapinero. Le ballon est capable de toutes les prouesses, imprévisible et docile à la fois, par quoi un gosse du faubourg peut devenir magicien. Je domine le champ de jeu où les jongleurs de douze ans essaient leurs sortilèges. Je suis sur une frontière secrète de la ville. Au-dessus de la place d'Egipto, la géométrie simple des rues au quadrillage récurrent se dégrade, s'efface, se change en un brouillon informe de ville, une cascade de cahutes branlantes accrochées au versant, agglomérat indistinct de tôles, de planches, de carton. El Guavio se rassemble dans une nacelle de silence, suspendue au-dessus de la rumeur lointaine des jeux d'enfants, réduits à une vibration infime du jour.

Je les ai prévenus. Trois mois, c'est déjà un peu trop. Je leur accorde quinze jours, pas un de plus, pour me donner leur réponse. À défaut, j'irai proposer mes services dans un autre pays, le Pérou, la Bolivie, le Guatemala, je n'en sais rien. Je crois qu'ils acceptent mal mon refus de me battre. J'ai été formel : je suis venu pour sauver des vies, ou les prolonger, les vôtres et celles de vos amis de préférence. C'est mon métier et je m'y tiens. J'ai voulu l'exercer à ma guise, hors de toute organisation, et, d'une certaine façon, à la marge. C'est pour cela que je m'offre à eux, mais je n'ai pas la moindre intention de tuer. « Et s'il s'agit de sauver ta propre vie ? » m'a demandé le jeune métis, qu'ils appellent Guada. « On verra cela plus tard. »

Voilà. Cette fois, ils sont tous là, pour le moins tous ceux que j'ai déjà rencontrés, et trois autres. Ils voulaient me voir en situation, vérifier mes compétences. « Tu affirmes que tu es bien chirurgien ? » demande Guada. « Je le suis, oui, j'ai tous les diplômes qu'il faut, et vingt-cinq ans d'expérience » — « Et tu n'as pas été condamné ? » Je ris : « C'est une condition nécessaire ? Cela vous sert de référence ? » Il s'emporte : « Je te demande si tu n'as pas été condamné pour faute professionnelle ? Ou, par exemple, pour pratique illégale de l'avortement ? En Espagne, ce n'est pas autorisé, nous le savons. » — « Non, aucune condamnation, même politique. Je regrette de vous décevoir. » — « Bon, on va voir ce que tu sais faire. »

Ils n'ont rien de très difficile à me proposer, et la chambre est propre, bien tenue. L'équipement est sommaire mais suffisant pour ce que j'ai à faire : extraire une balle de la cuisse droite d'un gaillard d'une trentaine d'années. C'est une balle de M 16 américain mais je ne pose pas de question. L'homme est dur à la douleur, je le lui dis. Il sourit mais reste silencieux. L'autre opération est une banale réduction de fracture du péroné, que j'effectue sans difficulté : il s'agit d'une patiente, la seule femme de ce rassemblement, tout aussi endurante que son compagnon masculin. Je suis calme, sûr de mes gestes, je prends plaisir à opérer en douceur comme si ces trois mois d'inaction professionnelle avaient ravivé mon désir. Les assistants se regardent, se décontractent.

— Qu'en penses-tu, Gervasio ?

— Il connaît son métier, c'est sûr.

— C'est bien. On te prend. Mais il faudra que tu participes aux travaux communs, la cuisine, le nettoyage, les corvées diverses. Tu es d'accord ?

— Je pensais qu'il en serait ainsi. J'accepte.

— Il faudra que tu changes de prénom. Il n'y a pas d'Helios en Colombie. Je te propose José, nous avons beaucoup de José, qu'on appelle souvent Pepe, comme en Espagne. Tu pourrais avoir beaucoup de travail dans quelques jours, un travail de médecin, ou de chirurgien, je veux dire. Nous préparons une affaire où il y aura beaucoup de monde, des enfants, des femmes, et sans doute des difficultés avec la police. Il peut y avoir des blessés à soigner. Tu ne chômeras pas, mais nous courrons tous des risques sérieux, il faut que tu le saches.

C'est Guada qui a parlé. À l'évidence, il exerce un ascendant sur les autres, même plus âgés. Il est très brun, le poil noir, il a des traits fins, des yeux sombres, enfoncés dans leurs orbites, des lèvres minces. Je devine en lui une énergie rare, mais il est un peu inquiétant.

— Va pour José.

Mais c'est un peu dommage, paradoxal même. Helios était un beau prénom pour les « Fils du Soleil ». Ils ne semblent pas s'en aviser. J'aurais pu leur dire qu'ils gommaient sans le moindre remords mon identité de fils d'anarchiste ibérique, qu'ils m'imposaient un prénom chrétien, aux dépens des choix des anarchistes qui se réclamaient des forces de la nature, le soleil ou la fécondité, des vertus humaines suprêmes, honnêteté ou solidarité, et des idéaux tels que liberté ou prospérité. Mais j'étais pris à mon propre jeu. Rien à dire.

Veillées d'armes

Odeurs de café et de tabac, cercle de ruanas grises autour des feuillets froissés, jetés sur le sol, criblés de traits rouges, voix croisées, répliques, rires...

— La nuit de mardi à mercredi s'impose... Avec la visite du Macho nous sommes assuré d'un répit de deux jours... Crois-tu que nous aurons assez de briques ? Quatre cents lots de soixante mètres carrés, non, nous sommes loin de compte pour monter jusqu'à hauteur de toit, mais on se débrouillera avec des matériaux de récupération... Le coup de génie est que le terrain appartienne à l'Université nationale, Gervasio, ton information était décisive... Nous pouvons avoir les camions à sept heures. Les briques, les sacs de ciment, les portes, les containers, cela fera beaucoup de travail... Il faut que ce soient des voitures isolées, aux autres extrémités de la ville, on les fera sauter en même temps... Attention, il est indispensable que ces explosions ne fassent aucune victime... Je te dis que, durant ces deux jours, les forces de sécurité seront consacrées en totalité à la sécurité du Macho... Ils n'ont pas envie que le président français risque un poil. Tu te rends compte, aucune police ne veut être comparée à celle de Dallas, ces nullités ! On doit pouvoir tout transporter en huit ou neuf voyages, à condition de commencer vers minuit... Tu crois vraiment que l'Université... ? Ils auront peur des étudiants... Le matériel, ce n'est pas le plus difficile, il suffit d'agir discrètement et d'avoir du muscle. Le problème, ce sont les familles. Si on veut réussir, il est indispensable qu'elles se mettent au travail tout de suite, qu'elles soient sur place quand le matériel arrivera. On ne peut évidemment pas aller chercher les gens à demeure, à Las Mercedes, à San Cristóbal ou au Guavio... J'y ai pensé, voici le scénario...

Ils se taisent, le cercle se referme ; Guadalupe étale un plan à grande échelle de la ville sur une couverture :

— Nous allons les embarquer par petits paquets sur la Septième du côté du Vélodrome. Dès qu'il fait nuit il n'y a personne ou presque dans ce secteur. Ils auront tous des rendez-vous précis à des endroits précis, à des angles de rues. Ils se débrouilleront comme ils le pourront pour descendre. Pour ceux de Las Mercedes et de San Cristóbal ce sera facile. Les familles d'El Guavio, de Santa Roca ou d'El Rocío devront s'y prendre avec un peu d'avance.

— As-tu pensé que la plupart n'ont pas de montre ?

— C'est vrai, on insistera pour qu'ils se donnent une marge importante. Une fois sur place, chaque famille disposera d'un petit plan, comme celui-ci, avec l'emplacement qui lui revient cerclé de rouge. J'ai numéroté de un à quatre cent dix, dans ce sens d'abord, les trois rues est-ouest, puis les quatre nord-sud. Les équipes de distribution des briques et du ciment entreront en action dès que le matériel arrivera, les veilleurs seront en position aux quatre angles. Le groupe d'intervention se tiendra au centre, ici, dirigé par Pórfirio. L'équipe de santé à côté avec José et Manuela. Toi, Clarita, à ce carrefour, pour répartir le café et les galettes. On a pensé à tout, je crois. Qu'en pensez-vous ?

Guadalupe s'est exprimé posément, a parlé d'une voix unie, mais son calme n'est qu'apparence. Désormais décidée, datée, lancée, l'opération est la moins dangereuse de celles qu'ils ont entreprises et réussies depuis deux mois, mais de beaucoup la plus importante. Les autres ne servaient qu'à préparer cette nuit de mardi dont il attend une naissance. L'échec des coups précédents aurait pu signifier la prison, ou même le cercueil. Cette fois, ils ne risquent pas leur vie, ni même sans doute leur liberté. L'enjeu est différent : ou la démoralisation, et pour longtemps, des centaines de milliers de marginaux que compte cette ville, ou le grand coup de cymbale, l'éveil d'une conscience populaire, l'assurance de ce qu'on peut réussir ensemble, en épargnant le sang. Il ne pouvait nier que le danger lui avait procuré une véritable jouissance. Imaginer et réaliser un coup minutieusement réglé, c'était bandant : dépouiller quelques riches représentants de la « Société », les voir en situation de victimes, fixer à jamais dans sa mémoire et sa rétine leurs expressions d'humiliés, les hommes rouges de fureur à peine contenue et les femmes pâles, prêtes à défaillir, les amener au-delà de la peur jusqu'à la supplication, et pouvoir en rire avec les autres tout au long d'une fête nocturne où l'on oubliait sa propre peur, quelle revanche ! Mais mardi ce serait plus important.

— Il y a tout de même quelque chose qui m'inquiète. Es-tu sûr de toutes les familles ?

— Manuela, tu as mis dans le mille. C'est bien cela qui nous empêche tous de dormir. On a pris toutes les précautions imaginables, les renseignements les plus complets, qu'ils aient milité dans leurs villages ou non. Il suffirait d'un seul jaune. On leur a donné le moins d'informations possible, on ne pouvait être plus discret. Un seul mouchard et c'est foutu. Que la police surveille discrètement l'un des lieux de rendez-vous et ils interceptent quelques familles. Mais il faut tenter l'aventure, j'ai confiance. N'oublions pas que la police sera très occupée, que nos manœuvres de diversion sont prévues. Si on passe la nuit, c'est comme si on gagnait deux jours.

— Moi, ce n'est pas la nuit de mardi qui me préoccupe. Je suis sûr que ça marchera. Il n'y aura pas de mouchard. Mais les autorités du District n'accepteront pas le fait accompli.

— Alors, cela dépendra autant de nous que des autres. Je ne suis pas naïf au point de croire que l'affaire sera réglée mercredi matin. Il faudra jouer serré, faire preuve d'imagination. Nous devons donner le maximum de publicité à l'opération, obliger les journalistes à parler de nous.

— Le problème est de tenir trente jours. Si on y réussit c'est presque gagné.

— Pourquoi ?

— Parce que pendant les trente premiers jours la question relève de l'ordre public, donc de la police et d'elle seule. C'est prévu dans le Code de police du District spécial de Bogotá, article 611. C'est le genre de texte qu'il faut connaître à peu près par cœur car il peut te sauver la vie. Si au bout de trente jours la police n'a pas obtenu l'expulsion, nous ne pouvons plus être chassés par la force tant qu'une sentence n'a pas été prononcée par un juge civil à l'issue d'un procès. C'est une des rares applications effectives de l'État de droit.

— Ce qui veut dire qu'une plainte serait alors nécessaire ?

— Oui, et une plainte introduite par le propriétaire légitime, c'est-à-dire l'Université nationale.

— J'imagine qu'elle serait alors dans ses petits souliers.

— Exactement, et c'est bien pourquoi il faut tenir trente jours. Mais la police sait cela aussi bien que nous. Ils feront de leur mieux pour nous expulser avant.

— Dans ces conditions, l'idée de construire en dur tout de suite est bonne, même si elle est risquée. Il leur serait beaucoup plus facile de nous déloger si nous n'avions que des baraques en carton.

— Comment appelons-nous ce quartier ?

— Je n'y ai pas songé. Est-ce important ?

— Peut-être. Je propose de l'appeler Policarpe.

— Qu'est-ce que c'est Policarpe ?

— Une héroïne nationale, Policarpe Salavarietta. Tu ne le savais pas ? C'est une façon d'éveiller la conscience politique des femmes.

— Pourquoi pas ? Pas d'objection ? Va pour Policarpe. Ce sera donc le nom de la nouvelle propriétaire de ce terrain.

— La police posera tout de suite des questions. Les briques, le ciment, les portes, elle va demander d'où vient tout cela.

— Tout a été acheté et payé. Les factures sont en règle. Nous n'avons pas à craindre d'ennuis de ce côté.

— Ils vont demander d'où vient l'argent. Il est bien évident que ces familles ne peuvent pas l'avoir gagné en travaillant.

— Sûr. Ils vont gamberger, supposer toutes sortes de choses. Mais on est paré. Il faut seulement restituer les camions le plus vite possible.

— Et nous devons apparaître le moins possible. Il faut qu'une junte de direction soit élue dès le premier jour, dont nous serons exclus.

— Ce sera difficile.

— Pas tellement. Il y en a qui se connaissent depuis des années. Et on donnera l'impulsion : des commissions pour toutes les affaires communes, pas de famille sans participation. Et puis on s'efface. Tu as bien suivi, José ?

— Oui, bien sûr.

J'ai encore quelque mal à entendre mon nouveau prénom. Il m'arrive de me demander qui est José. Mais j'écoute. Je me contente d'écouter. Je ne sais pas encore si je parviendrai à rencontrer, et à connaître vraiment, ces gens dont les autres parlent et que je n'ai jamais vus, avec qui, l'histoire d'une nuit, je vais planter au cœur de la grande ville le décor peut-être durable d'une vie, à établir avec eux des relations simples, dépouillées de tous les artifices habituels de l'urbanité. J'attends cette nuit bruissante dont j'ai déjà parcouru en esprit la durée, la communion des gestes simples associés à une œuvre de création, la force convaincante des choses, la fermeté des briques et du bois sous les mains, le langage limpide des mots utiles, une nuit dérobée à l'imposture des marchands d'idées. Je dois reconnaître, et je m'en réjouis à part moi, Guadalupe est un garçon intéressant : il va son chemin sans célébrer à chaque instant le culte des héros, sans références constantes aux dogmes de la Révolution. Il cite souvent le Che, il est vrai, mais bien plus souvent la constitution de ce pays qu'il connaît par cœur et qu'il ne cesse de tourner en dérision comme s'il souffrait d'un juridisme rentré, d'une nostalgie de la loi. Devrais-je lui dire que la vieille Espagne, dont, à son insu, il a hérité quelques traits, était un pays de notaires ? Parfois, il m'inspire une crainte. Il ne paraît ni cruel ni même violent. Mais des reflets d'incendie passent dans son regard, une manière de souvenir halluciné. Et quand il exalte le rôle des femmes, il force sa nature. Il ne doit même pas être dupe de ses affirmations, le petit macho.

— Si tout se passe comme prévu, les trois voitures viennent d'exploser.

Guadalupe rit silencieusement, pose la main sur l'épaule de Ramiro.

— Ils vont devoir exercer leurs méninges, et pour rien, c'est ce qui m'enchante. Te rends-tu compte, trois explosions en trois lieux différents à quelques heures de l'arrivée du Macho. Ce qu'il reste de police va se disperser dans la nature. Pour nous c'est excellent.

La fête autour d'eux bat son plein, traverse la nuit finissante de courtes lumières où tremble le ballet des ombres que les cris et les gestes multiplient. Le halètement pressé des pas, la respiration de l'effort, l'échange étouffé des voix composent la rumeur d'enfantement d'un peuple qui se délivre pour saluer une autre vie. Une force noire, faite de traits simples, s'élève lentement sur le sol de la nuit, tisse le réseau de briques et de ciment que l'aube découvre enfin, offre à la stupeur incrédule de ses bâtisseurs eux-mêmes. Ils comprennent soudain que la géométrie était en eux, depuis toujours, ordre rationnel et cohérent promis aux matins calmes de leurs lendemains d'adultes, révélé par l'arrivée des mages. L'illusion miraculeuse s'affirme, envahit la matinée.

La ville alentour, paresseuse, ralentie, ignore longuement la termitière frénétique surgie du terrain vague comme un volcan. Pendant que des milliers de policiers quadrillent l'aéroport, tendent les rideaux opaques des uniformes verts sur les deux rives de l'autoroute où va passer le cortège du Macho, les curieux prennent position autour du chantier, s'enracinent, resserrent les rangs, simples passants, ménagères, livreurs de l'hôpital voisin, infirmiers et infirmières en blouse blanche, médecins, oisifs, assez de monde pour que la police soit enfin prévenue...

Les maisons montent, planches et toiles coiffent les briques. Les compagnons les plus avancés prêtent la main aux autres. Déjà des portes se dressent, à la verticale, tels des remparts de bois ou de métal, signaux de défense bien plus que de propriété, assurance et volonté de durer. Le rythme du travail s'accélère, s'emballe, lance d'un mur à l'autre les toitures légères tressées par les femmes, faites de larges feuilles séchées de bananiers. L'alerte vient, il fallait bien qu'elle vienne, dans la tiédeur de midi, sous la forme d'une voiture de police dont jaillissent, au pas de charge, un lieutenant et son adjoint, bardé de matériel photographique. Le lieutenant fend avec autorité la ligne des badauds, se plante en haut du talus, inspecte le quartier. Il se tait. Apparemment, personne dans la foule en fièvre des travailleurs ne lui accorde un regard. Son adjoint multiplie les prises de vue, puis les deux hommes remontent dans le véhicule qui boucle lentement un tour de terrain avant de s'éloigner en direction du centre urbain.

Après le départ des officiers, la cadence atteint son paroxysme, hommes et femmes précipitent leurs gestes, leurs mots deviennent des outils, sonnent comme des objets de métal. Ils veulent aller au plus loin, pour ne pas revenir. Ils oublient d'avoir faim, grignotent une galette, boivent un café servi par les enfants, sans quitter leur ouvrage. Du chaos nocturne est née, à hauteur d'horizon, l'ébauche d'un gros village que chaque minute accomplit davantage.

À quatre heures une nouvelle voiture de police

survient, un officier en descend qui va droit au groupe de travailleurs le plus proche.

— Avez-vous votre titre de propriété et l'autorisation de construire ?

— Il faudrait voir madame Policarpe. Nous ne sommes que des ouvriers. Nous travaillons pour elle.

— Qui est madame Policarpe ?

— C'est la propriétaire.

— Où se trouve-t-elle ?

— Elle réside dans la troisième rue.

— Conduisez-moi.

L'homme s'incline, se met en marche, suivi de l'officier. Il prend la première rue, à sa droite, va d'un pas régulier sans détourner la tête. Les travailleurs ne paraissent même pas voir l'officier. Son guide tourne sans hésitation dans la troisième rue, s'arrête devant une maison qui semble terminée et dont la porte est close. Il frappe une fois, deux fois, appelle.

— Madame Policarpe !

Sans réponse, il manœuvre la poignée de la porte qui s'ouvre devant lui. La maison est vide. L'homme a un regard navré.

— Elle est absente. Je pense qu'elle est allée assister à l'arrivée du Macho. Elle en parlait hier. Elle voulait y aller. Il vous faudra revenir demain.

— Comment est-elle cette madame Policarpe ?

— Elle est très belle. C'est une vraie dame.

L'officier hoche la tête, se dirige vers l'extrémité de la rue, s'adresse abruptement à un couple qui gâche du ciment.

— Avez-vous votre titre de propriété et votre permis de construire ?

— C'est à madame Policarpe. On travaille pour elle.

Le policier pose encore trois fois la même question,

obtient chaque fois la même réponse, sourit pour lui-même.

— C'est bon. Nous reviendrons...

L'attente de ce retour devient la grande affaire, la hantise permanente qui donne au travail de chacun la valeur d'un défi. Plusieurs fois, durant ces deux jours, ce défi s'est exacerbé, transformé en rage de construire, d'organiser, de prévoir, comme si leur vie allait tout droit sur la route de leur rêve. Puis, il se brise, se dégonfle en résignation, habitude de vaincus, condamnés depuis toujours aux errances, à l'inévitable déguerpissement, jusqu'à ce que l'espoir renaisse, savoir pourquoi ? s'affermisse en résolution, se transcende en aspiration mystique à la lutte, au sacrifice, au martyre dirait-on. Guadalupe et Ramiro ont disparu depuis ce matin. À ce que l'on dit, ils sont partis pour informer et s'informer. Ramiro a conservé des amis dans l'Église de l'establishment, et même à l'archevêché, des anciens du séminaire, toujours au courant des moindres rumeurs. Et la presse, c'est important. Il est possible de rallier quelques journalistes. Et, surtout, il est essentiel de savoir ce que prépare la police. Au crépuscule, les deux hommes reviennent avec des mines de conspirateurs, habillés en veillées d'armes, et la nouvelle envahit le quartier.

— C'est pour demain. Réunion de la junte ce soir à huit heures.

À l'heure dite, Guadalupe et le petit groupe des militants révolutionnaires, les quatorze délégués des rues sont rassemblés sur la petite place ménagée au centre du quartier. J'ai été convoqué comme responsable du service de santé. Un service d'ordre discret est en place. Guadalupe expose la situation.

— Ils ont fait une enquête. Ils savent que Policarpe

n'existe pas et que l'Université nationale n'a vendu son terrain à personne. Cela suffisait pour ordonner le déguerpissement. Ils viendront demain matin, en principe avec deux cars de police, ce qui fait soixante hommes armés. L'officier supérieur nous donnera l'ordre d'évacuation. Si nous obéissons il n'y aura pas d'incident ni de poursuite, mais je suppose que personne n'a l'intention de céder.

— Qu'en pensent les délégués ? Après tout, ils sont les premiers concernés.

— On reste, bien sûr. On savait que cela allait se passer comme ça.

— Il faut s'attendre au pire. Le ton montera vite. Ils feront exprès de jouer la provocation, comme d'habitude, avec une gerbe d'insultes : fils de pute, enculé, cocu, excrément de vautour... Tout ça aux hommes devant leurs femmes et, forcément, cela ne leur plaira pas. Malgré les consignes, certains ne le supporteront pas, finiront par craquer, surtout si on les frappe. C'est la prison assurée pour quelques-uns. Le moral va être atteint, même s'ils renoncent provisoirement à nous expulser de force.

— Il faudrait qu'il y ait des témoins, des journalistes.

— Il y en aura. *El Tiempo* et *El Vespertino* sont prévenus.

— Les journalistes étrangers aussi. Grâce à la visite du Macho, Bogotá en est plein, surtout des Français qui font des reportages sur notre pays. Mais il y a aussi des Américains, des Anglais, des Espagnols... Ce qu'on dit dans les autres capitales est important pour le gouvernement.

— On va s'en occuper. Cela pourrait permettre demain d'éviter le choc, les coups. Nous sommes quelques-uns à souhaiter que l'affrontement violent avec la police n'ait pas lieu. On préférerait se passer des contrôles d'identité.

— Nous mettrons Ramiro en première ligne. Il s'expliquera avec la police.

— Je serai désavoué par mon archevêque.

— La belle affaire ! Il n'ira tout de même pas jusqu'à t'excommunier.

— J'aurais peut-être une idée. Mais je crains que vous ne la trouviez bizarre.

— Dis toujours, José.

— Bon. L'opération va se dérouler de manière publique, c'est sûr. Il y aura des journalistes, des témoins et en nombre. Alors, voilà ce que je propose. Demain, pas un seul homme de visible dans le quartier. Quelques-uns d'entre nous dissimulés parmi les spectateurs mais dans le quartier rien que les femmes et les enfants. Les hommes seront supposés être à leur travail ou à la recherche d'un emploi.

Je me tais et je les observe avec une ironie secrète. Je suis à peu près sûr que cette idée ne plaît guère à Guadalupe ni à la plupart des hommes. Elle a comme défaut supplémentaire d'être proposée par une recrue de fraîche date qui n'a pas fait ses preuves. Je prolonge à plaisir le silence, me découvre une patience infinie.

— Abandonner les femmes à elles-mêmes, c'est un manque de courage. On dira que nous sommes des sans-vergogne.

— Il me semble qu'il y a plusieurs formes de courage. Est-ce que nous voulons réussir, permettre à toutes ces familles qui nous ont fait confiance de mieux vivre en restant ici ou souhaitons-nous avoir des martyrs, pour le seul plaisir de crier à la répression ?

— Que proposes-tu exactement ? Tu as certainement une idée plus précise.

— Oui, une idée simple. Les femmes mettront ce qu'elles ont de mieux, leurs habits de fête si elles en ont, se coifferont, prépareront des pâtisseries, des boissons. Il faut avertir la presse qu'il y aura de l'insolite, un beau papier à faire et du travail pour les photographes.

— La moitié des journalistes sont des pourris.

— Il reste l'autre moitié. Et les étrangers. Il faut qu'on parle de nous à New York, à Paris, à Londres, à Madrid, à Mexico. Les femmes doivent accueillir les policiers comme des libérateurs, je dis bien des libérateurs. Une fête, quoi ! Des sourires, la danse, la joie... Ils ne s'attendent certainement pas à une réception de ce genre. Mais il faut d'abord savoir ce que les femmes en pensent. C'est sans doute le plus important.

— Moi, je trouve que c'est très bon, dit Violeta. Prendre la police au piège des ovations, il fallait y penser. Et toi, Manuela ?

— Je suis emballée. Le compañero a raison. Je commence à croire que l'on va réussir. Les hommes, vous n'auriez aucune chance.

Les hommes approuvent. Ramiro hoche la tête d'un air pénétré. Guadalupe ne discute pas. L'idée ne l'exalte pas, c'est sûr, d'abord parce qu'il ne l'a pas eue et parce qu'il sait qu'il n'aurait pas pu l'avoir. Mais il a compris qu'elle est bonne. Et il tient à réussir. C'est le bon côté de Guadalupe. Il est même capable de se moquer de lui-même et c'est pourquoi il en rajoute un peu.

— On est tous d'accord. Les femmes, vous prenez les choses en mains, vous donnez les ordres et on exécute.

Les Ballets du Policarpe

C'est ainsi que la fête a fleuri. Par la suite, elles l'ont racontée dix fois, avec les yeux éblouis des merveilles, dont on lisait le récit à la veillée dans les journaux pieusement conservés. Les hommes ont fini par croire qu'ils étaient présents eux aussi, ils se sont fabriqué les souvenirs d'un triomphe miraculeux, capables de traverser, préservés, le filtre de la mémoire et de reparaître, intacts, de l'autre côté de la vie. Les femmes étaient belles : elles avaient retrouvé ou avaient emprunté l'une un corsage de dentelles, l'autre une jupe à fleurs, et lorsque les cars de police déversèrent leur effectif à l'entrée du Policarpe, elles accueillirent les uniformes avec des transports de joie, chantant et dansant, criant bien haut les louanges de la police pour que les journalistes ébahis les entendent clairement. C'était merveille d'être ainsi protégées, comme elles ne l'avaient jamais été, pendant que leurs hommes étaient au travail, contre les voyous et les escrocs, contre les maquereaux qui tentaient de leur enlever leurs filles à peine pubères pour en peupler les bordels de la ville. Les hommes, désormais, partiraient pour leur journée le cœur libre puisqu'ils sauraient qu'elles étaient, avec leurs enfants, protégées par la police. Finies les terreurs quotidiennes des quartiers sans loi où elles vivaient depuis leur arrivée dans la capitale, exposées aux brutalités ou au racket des mauvais garçons. Finies les menaces et la crasse de San Cristóbal ou d'El Guavio.

Les officiers de police répétaient avec une patience appliquée qu'il fallait partir, que ce terrain ne leur appartenait pas. Mais elles ne semblaient pas les entendre, elles faisaient révérence et clamaient leur gratitude, parce que la police prenait enfin en charge la sécurité et l'honneur des pauvres. Elles les assuraient que la Vierge de Guadalupe et tous les saints du paradis leur ouvriraient largement les portes du royaume des cieux. De jolis enfants, propres comme des anges, offrirent aux policiers, sur un lit de feuillage, les petits pâtés au pipian à la mode de Popayan que les femmes avaient confectionnés pour eux, leur servirent le café, et les photographes de presse étaient en joie, ils grillaient pellicule sur pellicule pendant que les policiers casqués, blindés, armés, recevaient maladroitement ces présents en lançant à leur commandant des œillades furtives, jusqu'à ce que l'officier leur ordonne enfin de déposer armes et casques dans les véhicules et d'accepter toutes les friandises. Alors les femmes dansèrent un bambuco dont elles avaient, à la veillée, retrouvé les rythmes, oubliés depuis le départ du village, et Marcelina, une fille du Tolima, chanta l'*Arruru* en hommage au chef de la police du District spécial de Bogotá qui se préoccupait du sort des pauvres. Et lorsque la force publique se résigna enfin à lever le siège sans avoir rien obtenu, sans qu'un seul homme ait paru, elles dansèrent encore, acclamées par les gens de presse, par le personnel de l'hôpital voisin, par leurs compagnons revenus, longuement, pour rien, pour le plaisir nouveau de rire, de danser et de vivre.

La capitale

Patrick O'Reilly abandonne la Dixième Avenue et se jette dans l'une des petites rues perpendiculaires qui montent vers la vieille ville. C'est une rue maussade et terne, sur laquelle s'ouvrent des hôtels minables et les couloirs louches, confits de crasse, des maisons de passe. Lorsqu'il lève la tête il rencontre inévitablement les sourires de deux ou trois putes en faction à leur fenêtre. Putes sans âge et sans espoir, sexe de pauvres et de soldats, elles appellent sans mot dire. Patrick les ignore, marche les yeux au sol. Étrange mutisme du sol, absence : il cherche en vain l'une de ces innombrables goupilles d'aluminium, reliques de boîtes de bière, de Seven-Up ou de Coca-Cola qui jonchent le macadam des villes des États-Unis. La patrie se confond parfois avec ce manque, se résume à cette insignifiance.

Voici la place Bolívar. Patrick traverse d'un pas rapide le vaste forum. En face, les gens entrent dans la cathédrale ou en sortent mais les abords du Parlement sont déserts. Le vaste édifice néoclassique, vide depuis trois mois, le restera quatre mois encore. La fragilité de la loi, sa défaite permanente devant la vie, sont là, dans cette vacance de la fonction législative, prolongée pendant plus de la moitié de l'année. Les gens continuent à vivre, à manger, boire, aimer, forniquer, travailler, produire, tuer, croire, mais la loi n'en finit pas de vieillir tandis qu'à chaque instant le monde change. Lorsque le Congrès se réunira enfin, le 20 juillet, la course sinueuse des mots s'épuisera en vain à poursuivre le cortège effervescent du temps, les palabres stériles s'échangeront dans la maison de pierre, loin de la terre de ce pays, des huttes de bambou, de paille ou d'argile, des machines étincelantes et glacées importées de l'étranger.

Une femme avance sur les genoux, les bras en croix, les

yeux rivés à l'ostensoir aux rayons d'or, cerclé d'émeraudes, qui resplendit sur le maître-autel. Elle n'attend rien de la loi, rien de l'histoire dont elle n'a rien reçu, elle espère tout de la souffrance dont elle connaît presque tout. Aussi cherche-t-elle à souffrir davantage encore afin de se rapprocher du Christ, elle rampe sur ses genoux usés, les mains tendues, clouées sur la croix invisible de son espoir. Patrick se signe et quitte la cathédrale. Beaucoup d'hommes et de femmes n'attendent plus rien de la loi, rien de Dieu, qui veulent préférer ce monde à l'autre et en faire leur chose. Le grand jeu, où il a choisi son rôle. Il éprouve comme un frisson, brutalement, la conscience d'une tâche quasi impossible, la rédemption par la loi dont il serait quelque improbable messager. Persuader les autres que c'est à la fois leur intérêt et celui de leur pays ? Ernesto, c'est gagné, il était converti d'avance, mais les autres ? Regulo Calderón ne paraissait pas convaincu.

La foule de midi coule dans la Septième Avenue. Il fait beau maintenant et les vertes montagnes, au-dessus de la ville, lavées par la pluie de la nuit, suggèrent un jardin d'Éden à portée de la vie. Un jeune garçon descend l'avenue à grandes enjambées, tend à Patrick un billet minuscule : « Rendez-nous visite. Service permanent. Numéro 10-45, rue 21. » Un bordel, évidemment. L'offre de chair féminine est devenue si abondante dans cette ville que ses trafiquants harcèlent partout les fornicateurs virtuels, les traquent, les débusquent, sollicitent les plus timides priapes.

L'employé de la réception lui tend un pneu et une lettre. Le pneu est d'Ernesto Garcia Benegas. Le général souhaite consulter Patrick à propos d'une affaire importante, urgente, il lui demande de l'appeler au plus vite. Ce qu'il fait sur-le-champ. Le général lui envoie une voiture.

La capitale

La lettre est de Marina. Postée sans surprise à Florence : lorsqu'il lui avait annoncé son départ pour une mission de six mois, elle avait ri : « Maintenant, je n'ai plus aucun scrupule à accepter cette bourse de trois mois en Toscane. Et pour moi, c'est une occasion exceptionnelle, sais-tu ? » Marina délire d'enthousiasme : « Tu vas peut-être me juger un peu ridicule mais je viens de vivre en Toscane, exactement à Assise, une expérience insolite, comme une sorte de nouvelle venue au monde. J'ai eu, confrontée à une toile, ou, pour mieux dire à une fresque, la sensation d'échapper à la foule de mes semblables, comme si j'étais le reflet ou plutôt la projection charnelle de l'œuvre qui était en face de moi. J'ai eu alors conscience d'exister à la façon de ce qu'il faut bien appeler un Occidental, un individu dans la plénitude de son moi. Depuis longtemps, je pensais que la grandeur de l'art gothique réside moins dans l'architecture, un peu boursouflée, bien qu'elle ait réalisé, j'en suis d'accord, l'exploit d'intégrer la lumière à la vie des temples et de favoriser une rénovation spirituelle, que dans la peinture et surtout dans la sculpture parce qu'elles signifient le véritable avènement de la figure humaine, son émancipation à l'égard des extases ou des terreurs, admirables certes mais anonymes, collectives, de l'art roman. Je croyais que cette libération s'était produite avec Giotto, vers 1320. Je viens de me rendre compte qu'elle était en fait plus ancienne, qu'elle remonte au moins aux années 1280 grâce à Cimabue, un artiste extraordinaire dont je connaissais à peine le nom (il s'appelle en réalité Cenna di Pepo). J'ai vu ses œuvres à Florence, à Arezzo, mais surtout à Assise.

« Ce qui est plus important encore, je crois, c'est que cette libération s'est produite, si je puis dire, contre l'Orient... C'est ce que j'ai compris dans la basilique d'Assise avec Cimabue. Imagine un chromatisme byzantin aussi parfait que possible, des ors admirables un peu pâlis par le temps, sur des bleus profonds, tout autant que ceux du mausolée de Gallia Placida à Ravenne, dont je t'ai montré les reproductions. Eh bien ! Malgré cet habillage oriental, l'icône s'évade, devient une personne, une Vierge méditative au regard intérieur, ou un saint François transfiguré par le jeûne, l'humilité, les sacrifices, ou encore les anges, dont chacun a son mystère, qui annonce Léonard. Je l'ai ressenti d'autant mieux que l'un des anges me ressemble beaucoup – note bien que je n'écris pas que je ressemble à un ange mais le contraire –, avec ses nattes blondes, ses longs cils et son visage ovale. Mais cela n'est qu'un prétexte. Je suis sûre que c'est bien là, dans ce coin d'Italie, que notre monde a découvert son identité profonde, qu'il a commencé à exister tel qu'il est demeuré, pour le meilleur et pour le pire, et ce n'est pas parce que nous sommes nés dans le Middle West, dans un État, l'Indiana, dont le nom évoque une autre culture, un autre peuple, presque une autre planète, qu'il faut nous y tromper... »

Marina restait la même. La lecture de cette lettre lui faisait chaud au cœur, car c'était presque une illusion de sa présence, mais il devinait, au profond de lui-même, une irritation sourde, prête à s'affirmer. Marina, décidément, ne cessait de réinterpréter le monde à travers l'œuvre d'art, sa lecture du monde exigeait le langage de l'art, comme si elle ne pouvait se passer d'une grammaire originale, qui ménage pour elle une distance, à l'abri des hommes et des choses. À chacune de leurs visites de musées, à l'Art Institute comme à la Frick, elle lui proposait une syntaxe et un alphabet auxquels sa formation ne l'avait pas préparé, dont il admettait la force explicative à l'échelle des siècles, mais dont le décalage avec les expériences des réalités quotidiennes les plus humbles était presque intolérable. Et c'était ainsi qu'elle avait lu la lettre où il décrivait pour elle le Musée de l'Or.

La voiture stoppe, un sous-officier d'ordonnance ouvre une porte, le général accueille Patrick.

— Je te remercie d'être accouru aussi rapidement. Prends ce bourbon, j'ai mis un glaçon. Il s'agit d'une affaire ennuyeuse mais curieuse d'une certaine façon. Imagine-toi que des sans-logis ou des résidents de taudis ont profité de la visite du président français pour s'installer pendant la nuit sur un vaste terrain inoccupé, relativement proche du centre, situé juste au-delà de l'hôpital Saint-Jean-de-Dieu, tu vois. Il donne sur la Dixième, à douze cuadras à peine du palais présidentiel. Et ils sont nombreux, quatre cents familles, un peu plus même.

« Mais ce n'est pas une tentative de squat classique. Cette fois, il y a à coup sûr un cerveau à la source de l'opération, mais aussi des moyens non négligeables. L'organisation a été parfaite, rends-toi compte, les matériaux ont été acheminés en une nuit sans que nous sachions comment : des briques, des sacs de ciment, des portes, des poutres, de la toile imperméable. Le lendemain, quand l'autorité a été prévenue, tardivement d'ailleurs, la construction des maisons était déjà très avancée, fondations, murs... Aucune pagaille : les gens collaborent, s'entraident, j'ai vu les photos. Mais le plus beau est à venir : quand la force de police est arrivée pour expulser les squatters, trois cars, elle n'a pas trouvé un seul homme, des femmes et des enfants exclusivement, qui leur ont réservé un accueil triomphal. Tu parles si les types s'y attendaient ! Ils s'étaient préparés à la bagarre. Au lieu de cela, le chant, la danse, les remerciements parce qu'on voulait les protéger, des douceurs, des gâteaux, du café...

« Attends, ce n'est pas tout ! Sur place, une véritable armée de journalistes, des photographes, des correspondants de presse venus de l'étranger ou d'envoyés spéciaux à cause de la visite de De Gaulle. Bref, l'officier de police qui dirigeait l'opération a préféré renoncer. Il n'avait pas autre chose à faire. Et le résultat recherché a été atteint Tiens, voici le reportage d'*El Tiempo* de ce matin : une page entière avec les interviews de plusieurs familles. Tu vois ?

« Mais tu peux lire, tu ne trouveras rien sur l'origine des fonds, sur leurs dirigeants. Ils disent qu'ils ont élu une junte de direction, on ne les sort pas de là. Mais ils sont fort bien renseignés, ils savaient que la police allait venir hier matin. Note qu'il ne s'agit pas de mauvais bougres, on a fait une enquête évidemment. Sur quatre cent dix familles, il y en a deux cent soixante-douze où une personne au moins a un emploi régulier. D'autres ont des emplois occasionnels. Ils disent qu'ils sont tout prêts à payer le terrain en vingt-cinq ou trente annuités, comme les colons installés par l'Institut de réforme agraire, à condition d'avoir du travail. Ils ajoutent que le travail est un devoir, qu'ils en sont d'accord, que le Congrès a la possibilité d'exproprier le terrain pour raisons d'utilité publique en vertu de l'article 30 de la constitution... Tu me suis ?

Le général s'interrompt un instant, observe Patrick qui demeure silencieux.

— Cela ne te dit rien ?

— Il faudrait que cela me dise quelque chose ?

— Je te croyais l'esprit plus vif ! La constitution est invoquée par une catégorie de gens qui, habituellement, ne savent même pas en quoi cela consiste. Et ce n'est pas la première fois !

— Tu as fait allusion à un cerveau... D'accord, j'y suis.

Les soi-disant « Fils du Soleil » qui ont monté le coup chez toi !

— Oui. Et, précisément, entre autres articles, ils citaient l'article 30. Étonnante coïncidence.

— Exact. Je commence à croire que tu as raison.

— Et cela expliquerait leur aisance financière. Car leurs factures sont en règle. Mais on ne les prend plus au sérieux quand ils prétendent que cet argent provient de leurs économies.

— Évidemment. Mais pourquoi es-tu concerné ? Cette histoire est du ressort de la police.

— J'en suis d'accord mais cela m'intéresse aussi.

— Et qu'est-ce que tu attends de moi ? Je suis intrigué, je l'avoue.

— Un peu de patience. C'est le job de la police, c'est entendu, mais elle a échoué complètement lors de sa première intervention. Et elle voudrait résoudre le problème avant le délai fatidique de trente jours. Car figure-toi que les propriétaires du terrain n'ont pas déposé de plainte !

— Tu plaisantes !

— Non. Et cela devient presque sublime. Le propriétaire n'est autre que l'Université nationale. Si le président et la junte de direction de l'Université portent plainte, ils se font casser la gueule par les étudiants les plus politisés. Ils ont reçu des menaces et ils ne tiennent pas à se faire casser la gueule. De sorte que l'Université accepterait de céder son terrain au District pour que celui-ci le rétrocède aux squatters, sous certaines conditions. Mais elle demande en échange un autre terrain. Tu saisis ?

Patrick rit franchement.

— Très belle histoire, édifiante même.

— Naturellement, le District ne tient pas du tout à céder en échange un terrain bien situé, surtout au prix actuel, et compte tenu des grandes opérations immobilières qui se préparent. Et c'est alors que l'on se tourne vers l'armée. Ce que l'on nous suggère c'est une opération de commando parfaitement secrète, exécutée en pleine nuit, de préférence sans casse, pour expulser ces gens et raser le terrain. Nous n'aurions en charge que l'expulsion.

— Refuse. Tu es ministre, tu as des responsabilités importantes.

— C'est ce que j'ai dit. J'ai répondu que ce n'était pas la besogne de l'armée. Mais ils insistent.

— Le Président ?

— Non, l'affaire n'est pas montée jusqu'à San Carlos. Évidemment, le Président est informé mais il ne tient pas à intervenir personnellement. Il s'agit de l'Intérieur.

— Alors, maintiens ton refus, Ernesto. Tu as répondu exactement ce qu'il fallait. Il ne faut surtout pas compromettre l'armée dans ce genre d'affaire, ou bien tous nos projets vont à l'eau. On l'a fait beaucoup trop dans le passé, quand tu n'étais pas au gouvernement et cela finit toujours par se savoir. Même les actions lointaines en zone rurale ont été connues, avec des détails authentiques et peu glorieux, plus les détails que l'on invente et que les gens croient parce que les autres sont vrais. Riochiquito, cela s'est su. Marquetalia, ce fut pire. Il est déjà assez difficile de faire oublier ces histoires.

— Je suis d'accord et j'ai dit que je tenais absolument à préserver l'image de l'armée aux yeux de la nation, de toute la nation. Mais pour m'en débarrasser je voudrais leur suggérer une solution. J'ai une idée. Je voudrais savoir ce que tu en penses.

— Laquelle ?

— J'envisage de conseiller au District et à l'Intérieur d'obtenir le concours du MOP pour qu'il leur fournisse des équipes venues d'ailleurs, de Medellín ou de Cali par exemple. Leurs constructions, même bien faites, n'ont pas de fondations profondes. Il suffit de deux ou trois heures pour raser le quartier avec deux excavatrices de grand modèle. On donnerait le délai nécessaire aux résidents pour déménager leurs affaires. Une fois leurs maisons détruites ils partiront.

— L'idée est astucieuse, tu te défausses habilement, mais...

— Mais ?

— Si j'étais à leur place, je resterais. Et toi aussi, Ernesto, tu resterais, au risque de te faire écrabouiller. Dans ce pays vous péchez plutôt par excès de courage. La seule chance est la surprise totale.

— C'est ce que je vais leur dire. Tu sais ce que je pense, au fond ?

— Dis !

— Cela ne me déplairait pas du tout qu'ils réussissent à rester. Moi, je n'ai rien contre ces types. Bien sûr, leurs têtes pensantes m'ont humilié, ont humilié Gloria et quelques-uns de nos amis. Mais je suis beau joueur, il n'y a pas eu de violence, et c'était un foutu spectacle ! Et à qui l'affaire porterait-elle tort en définitive ? À l'Université nationale. Tu parles !

« Je vais te dire. Ce que j'espère même c'est que le District concède à l'Université, en échange de ce terrain, un espace éloigné, dans la Sábana, à trente ou quarante kilomètres. Une excellente occasion pour les professeurs et les étudiants de pratiquer le retour à la terre ! On pourrait même inspirer une petite campagne de presse, suggérant que l'Université donne l'exemple en consentant un beau geste en faveur des déshérités, démontre son sens de la solidarité nationale, toute la panoplie quoi ! Pour une fois, ces professeurs universitaires qui passent leur temps à donner des leçons de morale à l'humanité, et leurs étudiants tout pareil, des enfants gâtés qui récitent leurs cours de marxisme à la moindre occasion, seraient pris à leur jeu, confrontés à leur hypocrisie, piégés et sans échappatoire. Aux pauvres, le centre-ville, à eux la banlieue la plus lointaine. La redécouverte de la nature, l'air pur ! De quoi pourraient-ils se plaindre ? Ça me botterait plutôt.

— Ernesto !

— Oui.

— Fais en sorte que l'on sache que l'armée a refusé de se prêter à cette opération et que la presse en parle. Tu viens d'avoir une idée géniale. Il faut surtout que les milieux populaires soient informés et laisser entendre que la balle est dans le camp de l'Université. Si nécessaire, organise les fuites.

— Il y a tout de même un danger, Patricio. On ne peut pas ensuite courir le risque de voir se répéter le truc du Policarpe. Car alors il y aurait du sang.

— Organise les fuites, je t'assure. On a tellement plus à gagner. Cela remettra les choses en place. Ensuite, ce sera une question de prévention. Il faudra améliorer la qualité de vos services de renseignements, infiltrer, afin d'étouffer dans l'œuf et en douceur d'autres tentatives de ce genre. C'est l'affaire de la police, mais je vais faire un rapport pour demander une assistance technique, des ordinateurs plus performants. On va suivre les événements de très près, Ernesto.

Depuis quinze jours le Policarpe s'essaye à vivre comme si la vie était chose simple. Les femmes, timidement, commencent à décorer des maisons devenues habitables. Elles prennent parfois conscience du fol espoir que signifient des gestes aussi naturels : sans doute n'avaient-elles jamais osé croire qu'elles auraient un jour une maison vraie, qu'elles éprouveraient contre leurs épaules la dureté de murs auxquels on pouvait s'adosser. Chaque jour qui passe les enracine davantage dans ce sol, elles voient grandir la petite lumière de ralliement que leur homme, le soir, retrouve sans effort et leurs soixante mètres carrés leur paraissent immenses. Dans quelques maisons se sont élevées des cloisons de fortune qui permettent de rêver à une organisation inconnue, presque incroyable, de l'existence. Les commissions débordent d'activité et de projets : évacuation des ordures, installation annoncée d'un petit groupe électrogène, ouverture d'une école réclamée à la direction de la scolarité du District. Les deux messes dominicales célébrées par Ramiro sur la place centrale ont pris des allures de kermesse. On commente des signes étranges : la demande d'école a été bien accueillie, le service de la population a procédé à un recensement soigneux des habitants du quartier, sans même s'inquiéter de l'absence de madame Policarpe. Des reporters sont venus, des sociologues de l'Université, des prêtres, des comédiens...

Ce chaos frémissant où s'ébauche dans la ferveur un ordre imprévisible est un spectacle, mais je ne suis plus spectateur, je suis devenu acteur. L'entreprise m'engage, m'implique, me compromet corps et âme. Associé à l'effort d'un groupe humain parfaitement démuni, je sais que je vais découvrir enfin ce que je vaux, privé de mes recours habituels, d'argent, de réputation, de relations affectives.

Depuis des millénaires, avant même d'être découverte, l'Amérique n'avait pas été autre chose dans le cœur des hommes qu'une rupture avec le destin, l'affirmation de la personne contre le destin, mais les émigrants ne se défaisaient de leur condition originelle que pour effacer leurs handicaps, non pour abandonner leurs atouts. Leur choix révélait leurs aptitudes à la lutte pour la vie, il ne prouvait en rien leur passion de la vérité. C'est cette passion que je voudrais essayer de vivre, vraiment et jusqu'au bout. Je sais que cette passion, à l'évidence, peut être mortelle.

Ce soir, Guadalupe réunit la junte. Les nouvelles sont mauvaises. Une équipe spécialisée du MOP, venue tout exprès de Cali, aurait reçu mission de raser le quartier à l'aide d'excavatrices. L'opération serait prévue pour le surlendemain.

— Qu'en penses-tu, José ? Crois-tu qu'il faut, cette fois encore, placer les femmes en première ligne ?

Je perçois l'ironie mais ne m'en émeus pas. Je m'étais préparé. Je regarde Guadalupe en souriant.

— Suggères-tu que ce n'était pas une bonne idée ? J'avais l'impression qu'elle avait réussi.

— C'était une bonne idée et les femmes ont joué leur rôle divinement, mais ma question concerne ce que nous devons faire cette fois.

— Je crois que ce serait efficace de procéder de la même façon, en plaçant les femmes devant les maisons, à condition, bien entendu, de prévenir à nouveau la presse. Je vois mal les bulldozers écrabouiller les femmes sous les flashes des photographes. Nous sommes dans la capitale de la République.

— Par conséquent, tu recommandes la même tactique ?

Je souris.

— Eh bien non ! Cela te surprend ? Je crois que cette solution ne serait efficace qu'à court terme. Il ne faut pas nous répéter. Ils doivent savoir que nous trouverons toujours une idée nouvelle. Et puis, dans ce pays, il faut aussi que les hommes démontrent de temps à autre qu'ils existent. Nous avons besoin du soutien de l'opinion : alors faisons preuve publiquement de courage. Tu me demandes mon avis ? Voilà : les volontaires, le plus grand nombre possible d'hommes, devront se coller au mur en face des machines. Des engins de cette taille ne passeront pas inaperçus et on doit avoir le temps de réagir, il suffit que notre système de surveillance remplisse son office. Je suis personnellement volontaire. Il faut évidemment que les journalistes soient présents au bon moment.

— Qu'en dites-vous ?

— José a raison. Les femmes ont gagné la première manche. Aux hommes de gagner la deuxième. Ce n'est pas la peine de gamberger. Il n'y a pas d'autre méthode possible.

Ils approuvent, l'un après l'autre. La seule chance mais réelle. Guadalupe, cette fois, avait eu exactement la même idée.

Le surlendemain, à l'aube, trois fonctionnaires descendent d'une voiture anonyme et notifient l'expulsion. Les familles disposent de deux heures pour faire leurs paquets et évacuer le terrain. Après quoi, les maisons seront abattues.

Le délai est inespéré. Le temps qu'il faut pour organiser la réplique, faire courir l'information, affecter la résignation, la soumission. Meubles et ballots s'entassent aux marges du Policarpe. À huit heures et demie les deux lourds engins du MOP, annoncés par les guetteurs, précédés d'une voiture du service d'urbanisme, prennent position face au quartier. Chacun a entendu, venu de loin, leur roulement sourd, comme le bruit menaçant de la guerre, celui d'une colonne de blindés en marche. Alors, nés de la profondeur des rues, les hommes surgissent, sans un mot, sans un cri, les yeux bien ouverts. Ils s'adossent au mur, sur toute la largeur du Policarpe, main dans la main, jambes écartées, ils pèsent sur le sol, une centaine d'hommes face aux machines géantes. Les autres hommes se sont groupés sur deux files, entre la Dixième et les deux angles du quartier. Ils ne parlent pas, ils regardent, simplement, une rumeur croissante monte de la foule qui afflue des environs, de l'hôpital voisin. Les photographes de presse mitraillent le mur.

Deux hommes montent dans les cabines des excavatrices. Ils portent un casque de sécurité et une combinaison matelassée. L'un des fonctionnaires de l'urbanisme brandit un porte-voix.

— Nous sommes ici pour exécuter les ordres de la direction du District spécial de Bogotá, à la suite de l'occupation illégale d'un terrain appartenant à l'Université nationale, et de la construction sans autorisation de logements qui ne correspondent pas aux normes définies par nos services. À mon signal, les bulldozers vont se mettre en action et abattre ces constructions. Ne provoquez pas un drame par votre obstination. Écartez-vous dès la mise en marche des machines.

Nul ne bouge. Le fonctionnaire lève le bras, l'abaisse et les moteurs commencent à tourner, lentement d'abord, puis de plus en plus vite. Le vrombissement devient assourdissant et les hommes sentent leur corps se contracter et les doigts des autres resserrer leur pression sur leurs propres doigts. Les agents de l'urbanisme deviennent livides, le chef de service passe en revue les visages multiples de la foule avec inquiétude, lève et abaisse à nouveau le bras. Les machines s'arrachent du sol en direction du mur : elles n'ont qu'une cinquantaine de mètres à franchir.

Je suis proche de l'un des angles du mur, entre deux hommes que je ne connais pas, deux métis au teint de glaise. Je leur jette un regard rapide, ils serrent les dents, leur peau est luisante. L'un des engins vient droit sur nous, inexorablement, une montagne de métal jaune. Nos mains se crispent, s'exhortent, comme si nous nous implorions mutuellement de tenir, nos épaules sont soudées au mur de briques. Je me découvre soudain seul au monde, parmi des étrangers dont le langage et les gestes me seraient incompréhensibles et une pitié infinie de Nieves m'envahit. Nieves est devant moi, prisonnière d'un sommeil invincible, elle voudrait me parler mais ne parvient pas à proférer un seul mot, elle essaye vainement de forcer les portes du sommeil, mais ses paupières demeurent closes, elle s'éloigne insensiblement, se dissout dans une nuit hurlante. J'ouvre les yeux, je n'avais même pas conscience de les avoir fermés.

L'excavatrice est à quatre ou cinq mètres d'eux, les domine de sa masse lourde et jaune. Les machinistes, très haut, enfermés dans leur carlingues de métal et de verre, ne voient pas les hommes au-dessous d'eux, ne les entendent pas, peuvent les écraser, les pulvériser, sans les voir, briser leurs os comme les briques, sans observer de différence, il suffit qu'ils ne pensent pas. Est-il possible que ce massacre ait lieu devant témoins ? Ce ne peut être que manœuvre d'intimidation, il faut tenir. D'un coup, le vrombissement des moteurs décroît et les énormes engins s'immobilisent. Une détente spontanée, incontrôlée, relâche les muscles du mur, dégonfle les poitrines du mur.

Le chef du service d'urbanisme se retourne vers la foule et comprend qu'il n'échappera pas au lynchage. Il se porte à hauteur des cabines, lève la tête jusqu'à rencontrer les yeux de fumée, lève le bras, le maintient un instant à la verticale, l'abaisse d'un geste rapide. Les mécaniciens ne lui obéiront pas, il sera sauvé et n'aura rien à se reprocher.

L'emballement brutal des moteurs le fait sursauter, un frémissement de panique court le mur, mais les hommes sont devenus le mur, il sont la nature du mur. Le chef de service tente de crier, il voit devant lui les masques de la terreur, les bouches tordues, mais il n'entend rien que le grondement des machines. Il est prêt à se jeter contre le mur avec les autres, martyr des misérables et de son devoir puisque la foule ne lui laissera aucune chance. Il se rapproche du mur et l'irruption du miracle le cloue sur place avec le bondissement de la joie dans son cœur parce que les moteurs s'apaisent puis se taisent. Un merveilleux silence.

Les cabines des excavatrices s'ouvrent presque en même temps. Les hommes sautent à terre, ôtent casque et lunettes de protection. Le premier parle.

— On a fait ce qu'on a pu. On était venu pour casser des cailloux mais pas des hommes. C'était pas prévu au programme. S'ils veulent rester, qu'ils restent ! Nous, on est pas des fossoyeurs.

La foule applaudit. Une rumeur d'arène ou de stade. Les hommes, dos au mur, se surprennent à sourire mais ne parviennent pas à se détacher de cette surface dure à laquelle ils adhèrent. Ils veulent voir les monstres de métal reculer devant eux, faire demi-tour, voir le cul des machines.

— L'Université nationale a publié un communiqué. On reste !

Les gens courent d'une maison à l'autre, se rassemblent autour de Ramiro qui brandit un journal. Il lit à haute voix.

« La junte de direction de l'Université nationale, réunie en session extraordinaire, a décidé, afin de manifester hautement son sens de la solidarité nationale et son souci des travailleurs de ce pays, de céder le terrain qu'elle possède en zone urbaine, entre la Dixième et la Treizième Avenue, au nord de l'hôpital Saint-Jean-de-Dieu, au District spécial, aux conditions suivantes.

« – Le District vendra ce terrain aux occupants actuels par lots de soixante mètres carrés à un prix inférieur de moitié au prix du marché actuel, défini par une commission d'experts, payable en vingt-cinq annuités, avec un intérêt inférieur à cinq pour cent.

« – Le District spécial urbanisera cette zone en priorité en assurant l'électrification et l'adduction d'eau.

« – Le District ouvrira une école, de façon à assurer la scolarisation de tous les enfants du quartier, aux conditions d'âge habituelles.

« – Dans un délai de six mois, le District proposera à l'Université nationale la cession d'un terrain de dimensions équivalentes de façon à garantir les possibilités d'extension de l'Université. »

Les gens s'embrassent, crient, chantent. Et jusqu'à l'aube le Policarpe danse autour des brasiers alimentés par d'innombrables volontaires. Guadalupe rayonne, va d'un groupe à l'autre, danse n'importe quoi, trousse des compliments aux jeunes filles. Je l'observe. Comment supportera-t-il les premiers échecs, les désertions, les trahisons ? Le Policarpe est une fleur de la chance. La capitale n'est qu'une illusion, grandie sous les projecteurs.

Fête d'adieu, discours d'adieux. Guadalupe parle... Conscience politique, victoire du peuple... la force de l'union... le sens de l'organisation... l'abnégation de tous... l'imagination. Demain, les hommes et les femmes de ce quartier vont prendre leur destin en mains, totalement. D'ailleurs, n'est-ce pas, ils l'ont déjà fait, l'astuce des femmes a désarmé les policiers, le courage des hommes a stoppé l'élan des machines... Prévoir les revanches, toutes les rancunes... La bourgeoisie, l'impérialisme ne renoncent jamais... Des milliers de leurs frères, aussi misérables qu'ils l'étaient hier eux-mêmes, habitent toujours les ghettos de carton et de feuillage accrochés à la montagne... Ils demandent justice... Ne jamais l'oublier...

J'écoute Guadalupe, je regarde la foule joyeuse du Policarpe, tendue par la foi, vibrante d'enthousiasme et je découvre en moi la vieillesse de l'histoire. Je sais, ou je crois savoir, que presque tous les hommes et les femmes qui viennent de conquérir le Policarpe sont perdus pour la Révolution. Je le sais et Guadalupe ne le sait pas. Ils ont déserté le camp de la Révolution au moment même où ils ont triomphé, où ils sont devenus des sédentaires, avec le sol pour planter leurs murs et un toit pour oublier le ciel.

Loin du Policarpe, dans un salon d'or et de pourpre, aux couleurs de la vieille Espagne, un fils d'Irlandais, héritier de la même science paysanne, explique au général Garcia Benegas qu'il faut prendre l'Université nationale au mot, lotir les terrains avoisinants à des bourgeois, urbaniser le Policarpe pour le fondre dans la ville, pour qu'il devienne invisible, ni symbole, ni drapeau. Il faut les intégrer complètement, Ernesto, le plus vite possible, et tant mieux pour eux. !

Cette nuit, Guadalupe est demeuré seul avec le petit groupe de ses fidèles dont je suis maintenant. J'ai fait mes preuves, gagné mon premier challenge. La capitale, c'est fini. Quelques militants des « Fils du Soleil » resteront à Bogotá, ils continueront à travailler jusqu'à ce que l'heure décisive sonne. Maintenant, prêche Guadalupe, nous devons aller à l'essentiel. Lisez les lettres qui s'allument au plus haut de cet édifice, Banco Cafetero. Le café, le goût le plus vif de la terre de ce pays. Ici, le Musée de l'Or, l'or sorti des entrailles de cette terre, comme les émeraudes. Nous irons où tout commence, l'Oriente ! Pour construire leur Amérique, les Yanquis ont marché vers l'ouest, vers le couchant, vers la nuit. Nous, nous marcherons vers l'est, vers le Levant, vers la lumière. Vamos.

L'EST LOINTAIN

Le Chef

Les bottes de Florencio débordent du hamac. Ce sont de très belles bottes de cuir brun, cousu d'argent, œuvre d'artiste. Des volutes de fil d'argent, d'une fantaisie souveraine, dessinent des motifs floraux inconnus. Les jambes de Florencio sont dans les bottes et le corps de Florencio est dans le hamac, aux bandes de couleur claires et gaies, deux bandes larges, bleues et blanches, entre lesquelles s'intercalent d'étroites bandes rouges et jaunes. Le corps de Florencio imprime un balancement très léger au hamac et le fuseau multicolore vibre dans l'ombre verte des arbres. Florencio dort ou feint de dormir, le chapeau sur les yeux. Le campement est parfaitement calme. Les hommes jouent aux cartes sur une litière de fougères sèches, sous l'odorante frondaison des eucalyptus.

Adossé à un tronc d'arbre, Guadalupe regarde fixement les bottes de Florencio, tout en manœuvrant le barillet de son revolver. Cela fait plus d'une heure que Florencio dort ou simule le sommeil. Comme tous les jours. Dans une demi-heure, Florencio se fera servir son repas, préparé, selon le rituel, par son cuisinier particulier. Sa sécurité l'exige : les forces coalisées de l'impérialisme et du capitalisme des cinq continents aspirent à la mort de Florencio, sont prêtes à acheter sa mort à prix d'or, comment en douter ! C'est pour cela que Florencio a droit à un régime alimentaire particulier, du bol de lait matinal au jus de fruit de la veillée, en passant par des repas où ne manquent jamais viande, volaille ou gibier. Le fumet qui vient de la cuisine en plein air, par-dessus les fougères arborescentes, annonce des tamales bien mijotés. Les hommes, comme à l'accoutumée, mangeront de grosses bananes à cuire ou du manioc bouilli.

À deux heures moins deux ou trois minutes, Gervasio et Garbancito mettront le récepteur en état d'écoute, en attente de l'indicatif. Puis, dix minutes durant, ils rempliront leur cahier d'écolier de séries de chiffres. Ils décoderont le message et iront en donner lecture à Florencio. Ils s'arrêteront à dix pas, se mettront au garde à vous et Florencio leur donnera l'ordre d'avancer. Quand Florencio aura entendu le message, il fera rassembler les hommes. Il annoncera probablement que la date de réception des armes et de l'argent de Cuba n'est pas encore fixée. À moins que, miraculeusement, la date soit enfin connue. Alors, Florencio décrétera la marche forcée, tant de fois ajournée, jusqu'au Golfe. Combien de temps cette comédie va-t-elle se prolonger ?

Il n'a fallu qu'un mois pour mettre à mal les illusions, éteindre l'enthousiasme. « Ce que vous avez pu faire à Bogotá ne compte pas. Il faut tout oublier. Ici, c'est la lutte quotidienne pour la vie. Ce qu'il vous faut apprendre, tout de suite, c'est à marcher silencieusement, à endurer la fatigue, la chaleur, la pluie, les accès de fièvre, la mauvaise nourriture, l'absence de femmes... » Le commandant en rajoutait. Ils n'avaient eu à endurer depuis un mois ni tempêtes, ni fatigues excessives, ni attaques de fièvre. Le héros d'Ocamonte se prenait très au sérieux. Occuper Ocamonte pendant quarante-huit heures après avoir détruit un poste militaire de six hommes, tel était son principal fait d'armes et, déjà, il jouait au caudillo. L'arrivée de ces douze recrues, dont le ralliement était spontané et, à vrai dire, inattendu, le flattait : « L'Armée révolutionnaire de libération sera une grande chose, nous sommes l'avant-garde de la Révolution, je vous conduirai à la victoire. » Il avait fait fête à Ramiro, le premier curé à rejoindre la guérilla depuis la mort de Camilo. Il lui secouait la main : « Tu as entendu parler de moi ! C'est bon, ça. Mes hommes et moi, sommes très heureux de pouvoir compter sur l'assistance d'un prêtre. Quelle leçon pour les impérialistes ! » Mais la chance, tellement inespérée pour un groupe de guérilleros encore si peu nombreux, de disposer d'un médecin, mieux d'un chirurgien, il ne semblait pas la mesurer : « Tu crois qu'à ton âge tu es capable de porter secours aux autres ? Cela risque d'être le contraire. » Encore heureux que José ait accueilli ces railleries sans sourciller le moins du monde. Guadalupe avait la conviction que José avait évalué d'emblée Florencio, sans doute avant lui-même, et n'accordait aucune importance à ses jugements.

Grands mots et rodomontades, pour rien. Depuis un mois, rien. Deux changements de bivouac au prix de deux marches nocturnes de trois à quatre heures. Parfois, Florencio s'absente pour une demi-journée. Tandis que les procédures d'expulsion des montagnards du Huila et du Boyacá, chassés de leurs villages par la Violence et qui se sont établis il y a un lustre sur ces terres vides, improductives, sont en cours dans la vallée voisine de l'Ariari, Florencio reste inactif : « On pourrait prendre contact avec les paysans, organiser leur résistance, les aider à défendre leurs terres. » Guadalupe a risqué la proposition, appuyé par Gervasio. Florencio a haussé les épaules. « Ils n'ont qu'à rejoindre nos rangs. Ce qui compte c'est la lutte armée, les actions de guerre. » Pendant ce temps, l'armée développe une action psychologique dans le Meta, cherche à séduire les paysans installés sur les terres de colonisation. Lorsque José a déclaré tranquillement qu'il ne souhaitait tuer personne, qu'il était là pour soigner et guérir, cela a déplu à Florencio. Depuis lors, José est accablé de corvées. Mais il n'en a cure, cela semble le divertir.

Guadalupe sait que ses hommes supportent de plus en plus mal l'inertie prétentieuse de Florencio. Ils n'ont pas l'habitude. Il remet le revolver dans l'étui suspendu à une branche, se lève, prend un livre dans sa musette et se dirige vers le hamac où Florencio repose. Il s'arrête à dix pas, se met au garde à vous.

— Commandant !

La tête de Florencio émerge du hamac.

— Qu'y a-t-il ?

Guadalupe perçoit une pointe d'humeur dans sa voix.

— Est-ce que tu m'autorises à te servir ton repas, commandant ?

Le buste de Florencio se redresse complètement. Le commandant ôte son chapeau. Il considère Guadalupe avec curiosité.

— Pourquoi souhaites-tu me servir le repas ?

— Ce serait un honneur pour moi de servir son repas au héros d'Ocamonte.

Guadalupe ne quitte pas Florencio des yeux. Ensemble, l'espoir et la crainte. Il lui a donné sa chance. Une lueur d'orgueil passe dans le regard du commandant.

— Oui, Ocamonte a été un événement important. Ce

n'est que bien plus tard, dans plusieurs années peut-être, que les gens comprendront la signification d'Ocamonte dans l'histoire de la Colombie, quelque chose comme notre Sierra Maestra et l'entreprise des barbudos. Le point de départ d'une ère nouvelle. C'est bon, tu peux me servir. Que tiens-tu à la main ?

— C'est un livre.

— Je le vois bien que c'est un livre. Mais lequel ?

— Celui du Che... *La Guerre de guérilla.*

— Le Che est un héros. Cela ne se discute pas. Mais la guérilla, il faut la mener sur le terrain. On ne la met pas en écrit. Le Che était un homme de la ville. À Cuba, il était avec Fidel. Mais en Bolivie il était seul et il a échoué.

— Pourtant, Fidel aussi était un homme de la ville.

— Il a su l'oublier. Il s'est fait montagnard et il a vécu des années en vrai guérillero, et il a su attendre avant de déclencher l'offensive décisive. Ici, les livres ne servent à rien. C'est pourquoi je préfère que mes hommes n'en lisent pas.

— Et la formation politique ?

— Elle viendra plus tard, quand la lutte armée nous donnera la victoire. Ce qui compte d'abord ici c'est la discipline, et d'avoir de grosses couilles, comme celles-ci, tu vois ! Laisse donc les livres.

— Bien, commandant. Je vais chercher votre repas.

Il est facile de comprendre pourquoi Rogelio installe toujours sa cuisine assez loin du campement. Les tamales que Rogelio achève de préparer pour Florencio embaument. Dans l'écrin des feuilles de bananier, Rogelio a disposé artistement une timbale de riz et une timbale de farine de maïs, deux cuisses de poulet, les reliefs du bœuf de la veille et des rondelles de carottes. Le tout saupoudré d'épices et d'herbes aromatiques dont Rogelio a le secret.

— Ça sent drôlement bon ce que tu as mijoté, Rogelio. Dommage qu'il n'y en ait pas pour tout le monde.

— Moi, je veux bien. Que l'on me donne ce qu'il faut et tu verras… Qu'est-ce que tu viens foutre ici ?

— Chercher le repas du commandant. C'est moi qui le lui sers aujourd'hui.

— Toi qui le sers ! Pourquoi ?

— Si tu ne veux pas me croire, va le lui demander.

— Oh ! Moi, ça m'est bien égal. Tiens, c'est prêt.

Guadalupe reçoit les tamales dans la coupe de ses mains jointes. La chaleur du riz et du maïs tiédit les feuilles épaisses. Guadalupe se dirige vers le hamac de Florencio, s'arrête à dix pas.

— Commandant !

La tête de Florencio reparaît, tache brune sur les couleurs claires du hamac

— Oui.

— Voici ton repas.

— C'est bien. Approche.

Florencio se laisse glisser hors du hamac, s'assied sur un rondin devant une nappe de fougères. Guadalupe dépose les tamales devant lui.

— Merci. Va me chercher de la bière. Il en reste.

Guadalupe revient auprès de Rogelio. Quelques canettes de bière demeurent au fond d'un trou creusé profondément. Guadalupe en prend une, la porte à Florencio, fait sauter la capsule, lui présente la bouteille. Il n'éprouve aucun sentiment de duplicité. Il accomplit simplement les dernières volontés de cet homme, être tenu pour un chef. Son dernier plaisir.

— Ça va. Merci, tu peux aller.

Guadalupe se retire à pas comptés, revient vers le groupe des guérilleros. La partie de cartes continue. À l'écart, Ramiro et José sont engagés dans une discussion dont les gestes et les éclats de voix expriment la passion. Ces deux-là n'en ratent jamais une. Ils vont pouvoir changer de conversation.

Guadalupe retire le revolver de son étui, vérifie une fois encore le chargeur, puis se dirige sans hâte vers Florencio. Le commandant boit une gorgée de bière. Tout est bien. Guadalupe s'arrête à dix pas.

— Commandant !

Le dernier regard de Florencio est au bout de son bras, regard incrédule où la surprise précède la peur. Guadalupe tire très vite, une balle entre les deux yeux et Florencio s'affaisse sans un cri. Si un plumitif, quelque jour, veut l'installer dans la légende, il pourra écrire sans mentir qu'il est tombé comme un homme en contemplant la mort.

Guadalupe s'est précipité sur la mitrailleuse Madsen dont Florencio ne se séparait jamais, la braque sur les hommes qui se sont levés précipitamment et accourent en désordre.

— Halte. Pas un geste. Éloignez-vous les uns des autres de quelques pas. Écoutez-moi.

C'est ennuyeux de faire un discours, de rassembler des mots pour obtenir un effet, mentir bien sûr. Mais c'est indispensable. Les mots sont très importants dans ce pays, leur sonorité, la musique des mots. Depuis Carthagène, Guadalupe le sait. Il a médité ses paroles. Il parle en détachant ses mots.

— Florencio Lesmes vient d'être exécuté comme traître à la Révolution.

Les autres se taisent, interloqués. Les « Fils du Soleil » se sont regroupés spontanément. Ils attendent. Guadalupe continue.

— Je veux être juste et je ne vais pas vous mentir. Il y a

plusieurs façons de trahir la Révolution. Florencio ne s'était pas vendu aux impérialistes. Il n'avait pas l'intention de nous livrer à l'armée. Simplement, il détournait notre combat à son bénéfice personnel. Il enterrait la Révolution. Depuis l'action d'Ocamonte, vous le savez bien, il n'a rien fait et, comme il commandait sans partage, nous n'avons rien fait non plus. Est-ce vrai, oui ou non ?

Personne ne dit mot. Guadalupe entend leur silence. Il reprend aussitôt.

— Florencio croyait, ou faisait semblant de croire, que l'on avait parlé d'Ocamonte dans le monde entier. On en a un peu parlé à Cuba, au Mexique, il y a eu quatre ou cinq lignes dans quelques-uns des grands journaux du reste du monde. Pas davantage. Pas un mot en Russie ou en Chine. Qu'est-ce que ça peut bien vouloir dire, occuper une bourgade pendant deux jours, liquider six chulos et lancer une proclamation ? Il croyait qu'il y aurait des ralliements en masse à l'Armée révolutionnaire. Il croyait qu'il allait remplacer Tirofijo et que l'ERL allait devenir plus importante que les FARC. Combien d'hommes ont-ils rejoint sa guérilla depuis Ocamonte ? Une vingtaine, à peine assez pour créer le groupe du Nord Santander. Et ici, les douze qui sont venus avec moi, douze en me comptant. C'est tout. Pas un de plus. Est-ce vrai ?

Ils se taisent toujours. Guadalupe continue.

— À quelques heures de marche de notre campement, des paysans chassés de leurs villages par la Violence se sont installés sur des terres vierges, jamais exploitées. Ils les ont défrichées, mises en valeur. On envoie la troupe pour les expulser en application d'un jugement du tribunal du département. Que devrait faire une armée révolutionnaire, une vraie ? Et qui, comme nous, est sur place ou presque, n'a même pas besoin d'une longue marche !

Vous ne répondez pas ?... Vous avez honte ? Florencio disait pourtant que la seule chose importante c'était la lutte armée. Il me l'a dit aujourd'hui encore, en disant aussi que les livres ne servaient à rien, même celui du Che. Vous entendez bien. Même celui du Che. Alors ?

— Il voulait attendre les secours de Cuba.

Gervasio s'est décidé, le radio, un étudiant.

— Est-ce que Fidel a attendu les secours pour agir ? On t'accorde de l'aide si tu fais tes preuves. Des Ocamonte, il en a fait treize à la douzaine, Fidel. Grâce à lui les paysans ont obtenu les terres. Agissons, et les armes, l'argent, on nous les proposera sans qu'on ait d'efforts à faire. Les jeunes viendront nous rejoindre. Il y aura un élan d'enthousiasme. Aujourd'hui, nous sommes déjà oubliés.

— Nous n'avons pas assez d'armes pour agir.

— Les armes, nous les prendrons à ceux qui les ont, aux chulos eux-mêmes. Ce n'est pas moi qui le dis, c'est le Che.

Guadalupe brandit son livre. Les deux étudiants ne peuvent que saluer cette référence. La loi et les prophètes. Guadalupe voit naître sur les lèvres de José le sourire de l'ironie.

— Soyez francs. Étiez-vous satisfaits de la manière dont Florencio nous dirigeait ? D'être pris pour des gamins qu'on mène au doigt et à l'œil, que l'on ne consulte jamais avant de prendre une décision. Nous ne sommes que vingt-six et déjà il avait recréé une hiérarchie, avec des privilèges, à son profit évidemment. Qu'avez-vous mangé aujourd'hui ? Du yuca, bien sûr. Et lui ? Vous vous êtes bouché le nez ? On sent encore l'odeur des tamales, ça me fout la fringale. C'est ça, la Révolution ? Il nous interdisait d'aller avec des femmes, même si elles voulaient bien et, chaque fois qu'il s'absentait du camp, soi-disant pour aller inspecter le terrain, il allait tringler la Catalina ou la Pepa, ou une autre. Je le sais, je l'ai suivi une fois sans qu'il s'en doute.

Le murmure qui accompagne cette révélation, deux apartés rapides, persuade Guadalupe qu'il a touché juste. En somme, il suffisait de leur parler des femmes. C'est gagné maintenant.

— Ce que je vous propose est tout différent. Florencio voulait seulement être un caudillo. Nous avons eu trop de caudillos. Notre histoire en est pleine. Un chef révolutionnaire doit partager la vie de tous, prendre ses repas avec les autres, assurer son tour de garde. Et puis un chef doit être désigné par les hommes, pour un temps limité, je ne sais pas moi, trois mois, six au maximum. Il doit tenir son pouvoir du groupe. Qu'est-ce que je vous propose ? Des actions de soutien en faveur des luttes paysannes, clandestines pour qu'il n'y ait pas de représailles aux dépens des paysans. Et des actions de guerre, spectaculaires mais préparées avec grand soin, pour impressionner l'opinion, avec très peu de pertes. Quant à la formation politique de base, elle est indispensable. Nous avons avec nous deux étudiants : c'est une grande chance que Florencio négligeait. Il prétendait que les livres ne servaient à rien. Alors, pourquoi le Che en a-t-il écrit ? Il faut que nous en profitions. Et si des femmes veulent venir avec nous, pourquoi pas ? Bien sûr, il faut qu'elles soient capables de mener la même vie que nous. Et il faut éviter absolument les rivalités entre les hommes pour les femmes.

— Ça, je le vois difficile.

— Non, si nous n'admettons parmi nous que les femmes d'un seul homme ou les femmes de tous.

— Je ne suis pas d'accord. La Révolution n'a rien à voir avec la débauche.

— Mais, Ramiro, personne ne te forcera.

— Un coup par mois, seulement. L'archevêque n'en saura rien.

— La Révolution se fait avec des hommes, pas avec des saints. Et les hommes, de temps en temps, ils ont besoin de baiser.

— C'est la nature humaine, Ramiro.

— La nature humaine créée par Dieu, Ramiro, tu le dis bien assez !

— Le problème des femmes sera à revoir, à discuter sérieusement. Prenons notre temps. Le plus urgent est l'élection du chef. Mais, à mon avis, le chef ne doit pas être seul à prendre les décisions. On pourrait élire un Conseil, de quatre ou cinq membres, en même temps et pour la même durée. Il prendrait les décisions, à la majorité, arbitrerait les conflits entre nous, jugerait les fautes graves si nous en commettons et surtout les ennemis du peuple qui tomberaient entre nos mains. Florencio décidait de tout, il ne demandait même pas un avis, c'est inadmissible dans une armée populaire. Je ne parle même pas des simagrées qu'il nous imposait, s'arrêter à dix pas, le salut... C'est pour cela que je l'ai exécuté. Maintenant, vous allez décider si j'ai agi bien ou mal. Je me soumettrai à votre décision.

La comédie humaine, ce n'est jamais fini et partout cela se ressemble. C'est de tous les temps, de tous les pays. J'éprouve jusqu'au malaise la dérision de cette scène. Il a l'air bien honnête, le Guadalupe, il a posé toutes ses cartes sur la table, le parfait démocrate. Voilà ce qu'on pourrait faire mais, naturellement, c'est à vous de décider, je n'ai fait que des propositions. Depuis combien de temps il préparait son coup, nous n'en saurons rien. Je me rallie à l'avis de la majorité, je m'incline. On en oublierait presque la Madsen et l'usage qu'il était prêt à

117

en faire, le bon apôtre. Et toutes ces douceurs féminines qu'il suggère ! Ce sont des jeunes gens, les rêves ne suffisent plus.

Le fait que Florencio ait été un assez triste sire ne change rien à l'affaire. J'en suis d'accord, Guadalupe est d'une autre trempe, de l'imagination à revendre, de l'énergie, fait pour mener les hommes mais le choix des moyens ne l'empêchera jamais de dormir. Je voudrais quand même savoir comment le curé va avaler le meurtre. Car ce n'est pas autre chose qu'un meurtre. Il ne lui a pas laissé une chance. Un seul souci, l'efficacité. Ce curé est un naïf définitif, incurable.

Ah ! Quelle bonne idée ! On dira que Florencio est mort d'un accident, il ne convient pas d'étaler les possibles divisions de notre armée. Sage décision ! Tiens, on vote sans plus attendre. Ben, voyons ! Dans la foulée, Guadalupe va s'assurer une majorité confortable. Amusant, ce mode de scrutin, décidément ce garçon a une imagination surprenante. Ce moyen de garantir le secret, je n'y aurais pas pensé. Et ça marche. On les croirait à l'église, un recueillement, une concentration ! Vingt-trois voix pour Guadalupe, quatre abstentions, la mienne, celle de Ramiro peut-être, celle de Rogelio sans doute, l'autre je ne sais. Une voix pour Gervasio, je suppose qu'il s'agit du vote de Guadalupe. Astucieux.

Florencio, il se prenait au sérieux ce médiocre, il commençait sa Longue Marche, un petit Prestes, un minuscule Mao, et il est déjà oublié ! Guadalupe l'enterre une deuxième fois avec cette histoire d'accident : une décharge à bout portant en nettoyant la Madsen. Quel maladroit ! Ce n'est pas ici que l'on peut craindre l'expertise balistique. Pas de poster pour Florencio. Le Che est rétabli dans la plénitude de ses droits.

C'est triste cette force perdue, ce gaspillage de courage,

d'énergie, d'idées, d'espoirs, dont ils n'ont pas conscience, et ils ne sont pas responsables puisqu'ils n'ont pas eu le choix. Ma certitude est triste de leur impuissance, de cet inévitable gâchis, de la noire nuit au bout de la route. Ils feront parler d'eux dans les gazettes, ils seront peut-être un peu moins inutiles que les millions de morts de 14-18 dans l'Europe imbécile de nos pères. Et moi je ne suis que le spectateur masochiste de tous les désastres des mondes d'hispanité. Comme si l'autre rive de l'eau n'avait pu me suffire.

Guadalupe pérore toujours... choisir des hommes différents... associer la jeunesse et l'expérience... le paysan et l'étudiant. Un résultat né de la confrontation des opinions. Où va-t-il chercher ces ressources dialectiques ? L'orchestre a du rythme, musique et paroles sont déjà dans les mémoires... Le temps de la réflexion... L'élection du Conseil est remise à demain. Pour inaugurer sa promotion, Guadalupe prendra le premier tour de garde. Dévouement ou prudence, méfiance de précaution ? Dormez bien, mes enfants, les brunes à venir peupleront vos rêves. Un véritable chef veille.

Il faut tout de même enterrer Florencio. On ne peut pas lui refuser ça. On va creuser la terre lourde du llano, cette terre gavée d'eau où ce corps va pourrir en quelques jours et faire monter plus drue l'herbe de la savane. Pour le vainqueur d'Ocamonte rien, ni fleurs ni couronnes, même pas une larme de femme pour la mémoire d'une étreinte, même pas le bois d'un cercueil.

— Tu devrais dire une prière, Ramiro, devant cette croix.

Cette fois, il explose, le petit curé :

— Je n'ai pas besoin que tu me le dises. Tu n'as aucune pudeur. Ne compte pas sur mon absolution.

— Je n'ai pas l'intention de te la demander. Sache quand même que je n'ai pris aucun plaisir à le tuer. Simplement, il fallait le faire. Je savais bien que je ne pouvais pas compter sur toi pour ce genre de travail, ni sur José. Et toi, José, qu'est-ce que tu en penses ?

— Tu as bien fait. C'était un fils de pute.

— Je croyais que tu étais non-violent.

— C'est moi qui suis non-violent, ce n'est pas toi. C'est pourquoi tu as bien fait. Qu'est-ce que tu attends, Ramiro, pour la dire cette prière ? Après, on pourra enfin tirer au sort les bottes de Florencio. C'est bien comme ça qu'on fait dans les cas de ce genre, dis, Ramiro ?

Le Désert vert

Alentour, l'immensité du llano. Le ciel est libre, jusqu'à la fuite de l'horizon, à la limite extrême du regard, noyé dans la brume des feuilles. Le visage expressif du général Garcia Benegas est un livre d'images. Il polit de gestes et de mimiques les phrases qu'il articule lentement pour dominer le vacarme mécanique.

— Tu vois, Patricio, c'est aussi cela la Colombie. Il n'y a pas que les montagnes. Tu vois cette immensité verte et vide. Vous, les Yanquis, lorsque vous êtes arrivés sur les bords du Pacifique, vous n'aviez plus qu'à voler les terres des derniers Indiens et c'était fini votre Amérique. Regarde, ici, tu ne verras pas un village, pas une maison, la savane seulement, à perte de vue, et ces fleuves qui brillent comme des épées. Jamais, nous ne manquerons d'eau. Aujourd'hui, d'accord, la forêt, les hautes herbes, les moustiques nous assiègent, mais demain c'est nous qui les dominerons. Nous maîtriserons les fleuves et avec leur force inusable nous fabriquerons du froid pour rendre cette région habitable. Ne me dis pas que c'est impossible. Retourne-toi :

« Tu vois là-bas, tout au fond, cette masse sombre, c'est la Sierra de la Macarena : c'est un conservatoire extraordinaire d'espèces inconnues ailleurs, flore ou faune. Eh bien ! Il en descend au moins dix rivières puissantes que nous équiperons. Avant San José, je te ferai survoler les deux Salto Angostura sur le Guaviare. Plus loin vers le sud, il y a encore des sierras que tu ne devines même pas, elles disparaissent sous la forêt. Des dizaines de fleuves, le Vaupés, le Caquetá, le Papuri... bien d'autres, les tranchent à coups de rapides. Ces cachoeiras, nous les barrerons. Et nous donnerons ainsi raison aux Indiens, nous reviendrons à l'une des sources de ce peuple : ils croient que les puissances du jour habitent au fond des rapides, dissimulées par l'écume. Et, pour démontrer qu'ils avaient raison, qu'ils sont l'âme secrète de la terre, des cachoeiras, nous ferons jaillir la lumière... Fiat lux...

« Tu sais ce que je crois ? Là-bas, au sud du Guaviare, commence la grande forêt. Elle couvre la totalité du Vaupés, le Guainía, tout notre département des Amazones. Cette forêt c'est le grand poumon du monde, la chlorophylle, l'oxygène, tu comprends. Un jour viendra, j'en suis persuadé, où vous, les Yanquis, et aussi les Japonais, les Chinois qui ont si peu d'arbres, les Européens, vous tous, vous nous supplierez, vous serez obligés de nous payer cher, nous mais aussi le Venezuela, le Pérou, la Bolivie, le Brésil, pour que nous conservions nos forêts, rien que pour les garder. On pourra vous faire chanter, vois-tu ce que je veux dire ? Les arbres, c'est la vie, et nous avons des milliards d'arbres. L'eau qui court et, chaque jour que Dieu fait, nous revient du ciel, c'est la vie, et nous avons des millions de sources de vie. Notre désert est notre avenir. Vous êtes enfermés dans vos frontières. Les nôtres se perdent à l'est, à la naissance du soleil. Patricio, nous serons un grand pays.

— Ernesto, ces visions te transforment. Tu en deviens lyrique. Mais tu as oublié de me dire que vous avez tué presque tous vos Indiens, comme nous. Il ne vous en reste plus beaucoup.

— Nous en avons tué bien trop, c'est vrai. Beaucoup trop. Mais bien moins que vous. Plutôt que de tuer les Indiennes, nous préférons les baiser, elles ont des cuisses d'une merveilleuse douceur, le savais-tu ? Et nous leur avons fait beaucoup d'enfants. C'est pour cela que, si tu trouves peu d'Indiens dans ce pays, tu rencontres des millions de métis.

— Tiens, je vois un village.

— C'est San José de Guaviare. Un pueblo minable qui se prend pour une ville. Plus tard, dans dix ans, vingt peut-être, oui, ce sera une vraie ville, la porte de l'Orient, comme Villavicencio aujourd'hui, quand les plaines du Meta seront couvertes de rizières, de bananeraies, de champs de coton, parcourues par d'immenses troupeaux, quand il y aura des dizaines de bourgades et de villages. En attendant, tu vas voir comment je vais les accommoder les petits chefs de San José. Tu vas avoir du spectacle, Patricio.

— Que leur reproches-tu ?

— Devine un peu ! Votre histoire de l'Ouest recommence dans ce pays. Les caciques qui dépouillent les autres de leurs terres, les hommes de loi véreux, tous les parasites qui sucent le sang des pionniers. Tu entends bien, c'est un général de l'armée colombienne qui te parle, pas un délégué de Fidel. Tu as bien quelques souvenirs de westerns, Patricio ! Santa Fe, José, c'est cela, Abilène en pire. Tiens, voici La Vanguardia, tu vois la grande clairière, avec la piste d'atterrissage. Ici, vit un peuple de héros. On devrait leur attribuer la plus haute décoration de la nation.

— Tu vas les décorer ?

— Regarde, ils se rassemblent. Ils nous ont vus. Je vais

leur parler et leur faire une démonstration qu'ils n'oublie-
ront pas. Désormais ils sauront quels sont leurs amis véritables, ceux qui les soutiennent. Ils vont comprendre que
l'Action civique c'est tout autre chose qu'un hochet pour
amuser la galerie. Nos idées en application, Patricio, les
tiennes, les miennes, dans la vie quotidienne, tu vas voir.
Je voulais te réserver une surprise. Accroche-toi, la piste
n'est pas idéale.

L'appareil pique vers la brèche ouverte dans la chair
verte de la forêt, frôle les dernières ramures. Les toits de
tôle ondulée ont des éclats d'argent, des femmes rient, les
couleurs vives des robes et des corsages flamboient, les
roues touchent la piste et l'avionnette rebondit. Le
vacarme s'amplifie et le monde vibre autour de Patricio.
Une chaleur souveraine investit toute sensation. L'avion
glisse vers le hangar unique, largement ouvert.

Le général saute avec agilité hors de la carlingue.
Patrick remarque soudain, sur la tenue du broussard,
les étoiles et les décorations. Garcia Benegas s'avance
dans le champ du soleil, lève les bras. La foule vient vers
eux, habillée blanche et rose, et les visages de bronze
s'éclairent. Les hommes et les femmes de la junte muni-
cipale se sont regroupés au centre de la piste. Le général
force le pas, rejoint le groupe, étreint les hommes,
embrasse les femmes sur les deux joues, puis il recule de
quelques pas et sourit de bonheur. Il sait qu'il a déjà
marqué un point, celui de la surprise. Alors, il sort le
grand jeu et Patrick découvre un acteur de génie. Le
général vit son rôle, intensément, la voix et le geste en
liberté, jusqu'à la volupté. Ses mots explosent, mitraillent
la foule, déclenchent à l'improviste les applaudissements,
les vivats.

— ...le salut fraternel de l'Armée, mieux, le soutien

inconditionnel des Forces aériennes de Colombie pour les bons et les mauvais jours. L'Armée est le peuple, l'Armée est la nation, donc c'est vous tous ici. Vous et nous, la même lutte, pour que vive la nation, car vous êtes les véritables combattants modernes, les précurseurs du vingt et unième siècle, parce que vous vous battez sur le front essentiel, le front de l'Orient, le front du Soleil. Mais je ne suis pas ici pour vous saouler de mots... Non, pas de discours, n'ayez crainte, je suis ici pour accomplir les actes qui vont sceller l'alliance indéfectible entre l'Armée et le peuple de La Vanguardia. Cet appareil est évidemment trop petit mais il est plein de médicaments, de lait condensé, d'articles d'hygiène élémentaire. Mais nous allons faire beaucoup mieux.

« Nous savons que certains de vos enfants sont malades, nous allons les évacuer sur l'hôpital de San José de Guaviare où ils seront soignés gratuitement, j'en prends l'engagement, c'est le général Garcia Benegas qui vous le dit. Je veux aussi connaître vos problèmes et entendre vos revendications. Je ne vous ferai pas de promesses inutiles, tout ne sera pas réglé en un jour, mais nous allons commencer aujourd'hui. Et je veux que vous rédigiez un cahier de réclamations, je sais que certains d'entre vous savent écrire. Mais, sans plus attendre, dès maintenant, parlez, les hommes ou les femmes, même si vous ne faites pas partie de la junte, de façon à ce que nous puissions agir immédiatement, sous vos yeux. Exprimez-vous sans crainte...

L'admirable est qu'ils parlent en effet et Patrick comprend aussitôt qu'ils avaient la ferme intention de parler. Ils étaient en attente de leurs propres paroles. Ils éprouvaient le besoin de l'éclat public des mots de leur colère. Habileté ou non, le général n'a fait que devancer leur cri. Chaque voix nouvelle, au gré de rôles successifs et bien distribués, révèle un scandale. Six mille personnes au cœur de la grande forêt, et pas un médecin, pas une infirmière, pas de pharmacie de campagne. Mille six cents enfants d'âge scolaire, quelques bâtiments de fortune, quelques manuels scolaires dépareillés, mais ni un instituteur ni une institutrice. Douze cents exploitants pour arracher la terre à la folie proliférante des arbres, défricher, planter, produire du riz, du manioc, de l'huile de palme, mais pas de route pour donner sa valeur légitime au produit du travail, la piste noyée de la saison des pluies, fondrière sur fondrière, l'avidité arrogante des propriétaires de tracteurs, les récoltes vendues au prix de dérision. Cette misère pour la chaleur éternelle, la pluie d'averse de chaque soir, les moustiques, les serpents, les enfants au gros ventre et à la bouche sanglante. Rien de ce qui fait les rêves des faubourgs dans les grandes villes, ni les images, ni les sons de l'illusion, même pas l'espoir fou de la loterie. Et les vampires de San José où chaque objet, chaque service se paie le prix de l'exception. Ici, nous sommes des naufragés.

Le général a bondi. L'occasion est là de créer la rumeur dont le llano tout entier va frémir. Il fait un geste de la main pour réclamer le silence. D'emblée, il trouve le ton, ce qu'il fallait de vibration dans la voix.

— La nature, je sais ce qu'elle est, la chaleur, la pluie, le paludisme. Tous ceux d'entre vous qui viennent des montagnes, souffrent pour apprendre à vivre dans ce désert d'arbres et d'eau. Je sais. Je prends l'engagement solennel de vous apporter l'aide de l'Armée de l'air : elle vous fournira en médicaments, en livres, elle transportera les malades. Je vais même étudier la possibilité de transporter les produits périssables pour que vous les vendiez bien.

« Mais il y a autre chose. Ce que vous avez dit est grave : vous avez accusé les gens de San José. Vous n'en avez pas dit assez. Il me faut des précisions. Je crois savoir mais j'attends vos confirmations. Si vous formulez une plainte précise nous frapperons sans hésiter. Aujourd'hui même. J'ai l'accord du Président, mon ami Patricio le sait. Parlez. Comprenez que je ne peux intervenir si des plaintes précises ne sont pas formulées.

La vieille prudence habituelle aux victimes ouvre une plage de silence. Bien des gens sont morts dans ce pays pour un mot de trop. Le général n'en ignore rien. Il traque les regards des hommes et des femmes de la junte, les capture et, à mi-voix, avec douceur.

— Il faut parler, prendre un risque peut-être. Je ne peux rien sans vous. Mais les noms je les connais déjà. Je n'ai besoin que de confirmation.

Une femme, la première, se livre :

— À l'hôpital de San José, les consultations sont gratuites le matin. Alors, mon homme a sacrifié sa journée. Il a marché toute la nuit pour amener l'enfant à l'hôpital, à la première heure. C'était grave, il était vraiment malade. Le médecin a dit qu'il n'avait pas le temps, qu'il l'examinerait l'après-midi. Parce que c'est payant, l'après-midi. Et cher : le prix d'une semaine de travail.

— L'ingénieur des travaux publics du Commissariat emploie l'argent de l'État pour acheter du bétail, des machines, et mettre son domaine en exploitation. Il a reçu deux cent mille pesos pour empierrer le chemin de La Vanguardia à San José. Nous sommes pauvres mais nous offrons une prime à celui qui trouve des pierres sur ce chemin.

— Il prétend que le pont du Caño Grande a déjà coûté trois cent mille pesos. Nous savons qu'il n'a dépensé que cent vingt mille pesos mais le pont n'est pas achevé et, dans cet état, il ne sert à rien.

Ils veulent parler, tous, accuser. Les voix s'enflent, crachent les insultes : vautours, charognards, fils de putes… Le général en a assez entendu. Juste ce qu'il fallait. Il impose le silence.

— Les injures ne servent à rien. Je ne peux faire cesser tous les abus du jour au lendemain. Mais je vais faire un exemple dont vous serez les témoins et qui donnera à réfléchir aux autres. Je vais réquisitionner un tracteur. Vous allez désigner cinq délégués et, demain, nous irons à San José par la belle route empierrée, puis nous reviendrons ici avec l'ingénieur des travaux publics pour que vous puissiez le féliciter tous d'avoir construit une si belle route et un si beau pont. Demain, car aujourd'hui, je reste avec vous.

Le général Garcia Benegas veut tout voir, tout savoir de La Vanguardia. Il court le village, voit les champs de yuca, les maïs déjà drus, les rizières inondées prêtes à être semées, la plantation de palmiers à huile. Il cahote sur un tracteur pour aller visiter les pionniers les plus éloignés, perdus dans un écrin profond de forêt. Il entend sonner la cognée des défricheurs, saisit un machete, tranche une liane après l'autre. La sueur éclaire sa face brune. Il commente les toits de bambou couverts de palmes, surmontés de tôle ondulée avec leurs réservoirs pour recueillir l'eau de pluie, il compte les hamacs, les meubles rares des maisons. Patrick admire le général dans ses œuvres.

— Ernesto, je ne savais pas que tu avais ce sens des hommes. Ce que je vais te dire va te paraître subversif.

— Pourquoi ?

— Écoute, je rêve à haute voix. Je sais bien que vous

avez eu bien des caudillos, et beaucoup de fort peu recommandables, mais imagine un caudillo qui pense en termes modernes, et pour le bien de ce pays, qui soit soutenu par l'armée et obtienne l'adhésion du peuple. Tu devines ce qu'il pourrait faire. Transformer ce pays, construire une Colombie heureuse, rendre inutile leur foutue révolution. Ernesto, tu pourrais être ce caudillo !

— Si je rapportais tes propos au Président...

— Il me mettrait dans le premier avion, d'accord. Mais tu ne diras rien.

— Non, je ne dirai rien mais je ne serai pas non plus le caudillo de tes rêves. Vous avez de drôles d'idées, les Américains !

— Je plaisantais, bien sûr. Ne prends pas tout au sérieux. Mais sais-tu, Ernesto, je ne plaisante plus du tout quand je te remercie très fort de m'avoir invité à t'accompagner ici. J'avais besoin d'une expérience de ce genre, tu comprends, la découverte du pays profond. Qu'est-ce que je sais de la Colombie ? Je connais vos villes, vos institutions, j'ai rencontré beaucoup d'officiers, quelques politiques, quelques banquiers ou chefs d'entreprise, les gens des médias. Mais cette partie du pays, ces llaneros, non...

— Tu sais, les llaneros, ils viennent presque tous de la sierra.

Marina, toi qui n'y croyais pas, l'impossible me visite. Parviendrons-nous à vivre ces lendemains ? La nuit tropicale tombe sur La Vanguardia avec cette soudaineté à laquelle je ne parviens pas à me faire. Déjà, l'ombre des grands samanés est sur la prairie, couleur de muscat. Très loin, vers l'ouest, les Andes sont mauves. New York et Chicago appartiennent à l'autre versant du monde, et l'Indiana de notre enfance. Marina, saurais-tu vivre cette soirée avec nous, assise sous cet abri de chaume, dans la moiteur de ce crépuscule, manger les nourritures offertes par la terre et les eaux de ce pays, somptueuses offrandes dont ces hommes et ces femmes nous font l'honneur, ce sancocho, brouet noir où mijote une viande un peu faisandée, et la chair grillée, ferme et savoureuse du bagre qu'ils ont pêché pour nous dans un caño voisin, relevé d'une sauce piquante qui vient du Pacifique, et la mamona, le veau de lait qu'ils ont tué et accommodé à notre intention, un mets de roi.

Comprends-tu que ce repas est pour eux le signe de l'extraordinaire ? Ils vivent hors de la durée ou presque, hors du monde ordinaire, avec la seule mesure des travaux et des récoltes. Ils sont nés presque tous dans les montagnes de ce pays, habitués à des horizons de falaises et de vallées, à la différence des couleurs. Ici rien d'autre que l'immensité de la plaine, la puissance des arbres, l'obsession du vert. Aujourd'hui, ils sont assis auprès de l'un des hommes les plus influents de Colombie, un familier du Président, qui peut changer leur vie. Pardonne-moi, Marina, ici, je crois que l'art n'a même plus de sens. Tu dirais peut-être qu'il en eut pour des peuples plus démunis encore, qui s'en firent une force. Mais ils étaient installés dans un ordre venu de très loin, dont ils ne pressentaient pas la fin. Ici, tout est fragile, précaire, immédiatement périssable. Les gens vivent aux limites de la mort.

Peut-être la présence du padre Gorrión et ses visions de paradis leur tiennent-elles lieu d'imagination artistique. Gorrión prétend que le ciel flamboyant du llano, à l'approche de chaque nuit, annonce le ciel triomphal de la Résurrection. Et les millions d'oiseaux du llano chantent à l'aurore pour les pionniers, fils de lumière, les plus célestes cantiques. C'est un prêtre étrange que ce curé, bâti en hercule, fort en gueule, à la fois réaliste et lyrique, qui m'a l'air assez gourmand de la vie. Pourrais-tu vivre ici, Marina ? Je ne sais si tu supporterais la cruauté prévisible de la journée de demain. Garcia Benegas m'a dit qu'il avait une délégation de pouvoir de son collègue des Travaux publics car les prévarications de l'ingénieur du Commissariat sont devenues intolérables, même au regard lointain de Bogotá, c'est dire...

C'est une journée terrible pour Carlos Rodríguez, que, jamais, il ne pourra oublier. Ces salauds de bouseux le narguent ostensiblement depuis leurs charrettes et depuis le tracteur. Alors, pour ne plus croiser leur regard, Carlos fixe le sol, la glèbe lourde et rouge de la piste qui, déjà, se prend comme une colle sous ses semelles. Ils n'ont jamais été à pareille fête, les salauds, pouvoir se moquer impunément d'un homme de son rang, ils en profitent, mais il aura sa revanche. Il ira à Bogotá, au Parlement.

Il fait chaud, la chemise de Carlos est plaquée sur sa peau, déjà poisseuse. Les salauds ! C'est une heure pour boire frais, un jus de fruit glacé sous les palmiers, servi par Maruja qu'il pelote avec volupté à chaque occasion. Elle a des seins fermes et des cuisses chaudes entre lesquelles il glisse une main avide. « Je crois qu'il y a une petite pierre à l'horizon, avant le tournant. » Salauds de paysans, on ne sait même pas d'où ils viennent, vermine, gibier de potence, la racaille de la nation. Et un ministre pour prendre leur parti contre un homme comme lui, c'est inconcevable, un ministre qui est même général d'aviation, qui ne lui a pas laissé la moindre chance ! Un ordre et la menace.

Les autres suivent la route à l'aise, sur leurs véhicules, sous leurs parasols, et il marche seul, à son âge, par cette chaleur d'enfer, dans ce bourbier. Ils veulent sa peau et ils ricanent. « Une pierre ! Vive monsieur l'ingénieur ! » Ils cognent la pierre contre le métal, de plus en plus bruyamment. « Quelle pierre merveilleuse ! Elle défiera les siècles. Aussi résistante que le diamant ! Pas étonnant qu'elle coûte aussi cher qu'un diamant !... »

« Ah ! Il est dommage que ce passage n'ait pas été empierré ! » Le tracteur vient de piquer du nez dans une flaque, et un paquet de boue liquide a jailli, épaisse pluie rouge sur Carlos. Le chapeau, la chemise, le pantalon de Carlos sont maculés de boue rouge. Canailles de paysans ! Je sais qu'ils ont tous ri, et même l'étranger. Qu'est-ce qu'il fait ici, ce rouquin de merde, qui ne cesse de parler à voix basse au général et ne le quitte pas du regard ? Ils disent que c'est un Yanqui. À quoi jouent-ils les Yanquis ? S'ils s'imaginent qu'ils vont se refaire un pucelage avec des coups de ce genre ! Le peuple les déteste, les Yanquis ont besoin de nous, on va le leur faire savoir. Ces cons de bouseux qui s'imaginaient que j'allais empierrer cette route avec deux cent mille pesos ! Il en faudrait le double. Alberto se fait au moins deux cent mille de net pour chaque opération de ce genre...

Carlos Rodríguez a glissé et s'est étalé dans la boue rouge. La femme a éclaté de rire, instille une stridulation aiguë dans le cerveau de Carlos. Il se relève mains gluantes, la boue dans les narines, sur les joues, jusqu'aux yeux. « Les pierres auraient été moins glissantes, c'est sûr, il aurait fallu y penser. » Carlos avance maintenant, tête vide, pensée vacante, mécanique, pitoyable. Mais le général Garcia Benegas n'a aucune pitié. Le récit de l'affaire va enfiévrer La Vanguardia, courir le llano jusqu'à Villavicencio, sauter les montagnes pour redescendre à Bogotá, devenir légende. Carlos Rodríguez doit marcher jusqu'au bout, boire la lie.

L'Est lointain

Voici enfin le pont sur le Caño Grande. Ils chantent tous : « C'est le pont, joli pont... », feignent soudain la stupéfaction. Le pont est inachevé, s'interrompt brutalement au milieu de la rivière : deux piliers sur quatre, à grand-peine le tiers du tablier. « Vous devriez aller jusqu'au bout de votre pont. Il faut y aller tout de suite. Ce pont a coûté deux cent trente-cinq mille pesos, c'est assez pour atteindre l'autre rive. Marchez, monsieur l'ingénieur, marchez encore, marchez vous dis-je. Si vous vous mouillez les pieds c'est sans importance, il n'y a pas de caribes dans ce fleuve. »

Avant de parvenir à l'autre berge, Carlos Rodríguez est tombé dans le fleuve. Des perles d'eau brillent avec des reflets d'argent sur son visage brun. « Bain agréable, monsieur l'ingénieur ? Eau fraîche ? » Carlos Rodríguez marche toujours, sourd, muet, à demi aveugle. Que font les autres, que disent-ils ? Cela ne l'intéresse plus. Il voudrait mourir, disparaître, n'être jamais né, devenir cet arbre géant, plusieurs fois centenaire, indifférent aux histoires humaines, n'importe quoi, dormir, se gaver de sommeil.

Carlos Rodríguez constate soudain que le ciel est rouge, comme la piste. Le monde entier a la couleur du sang. Une rumeur vient vers lui, lente, tel le bruit multiple d'une foule en marche. Il avance toujours, vers l'espoir de la nuit, mais la foule qui le rejoint est claire, faite de linge blanc et de voix d'enfants. La voix du général, elle, n'a rien d'une voix d'enfant. Elle martèle les syllabes, force Carlos à écouter. « Nous avons ramené toutes les pierres de la route. Les voici. » Un roulement de cailloux, bref. « Il nous semble que ces pierres sont trop chères : deux cent mille pesos ! Je propose que nous cédions ces pierres à monsieur l'ingénieur à un prix d'ami. Voyons ! cent cinquante mille pesos, qu'en pensez-vous, monsieur l'ingénieur ? Cent cinquante mille seulement. C'est pour rien, un cadeau. Payables à l'ordre de la junte communale de La Vanguardia, naturellement, au terme d'un mois. » Le rouquin rit à en perdre le souffle et la foule applaudit, hurle sa joie, une clameur immense, comme une explosion. Carlos tente de voir le général, à travers le brouillard de sa fatigue infinie, hoche la tête, accepte tout ce que l'on voudra, pour revenir à San José, oublier, dormir, dormir jusqu'à oublier.

L'Embuscade

L'Armée révolutionnaire a surgi du néant. À Villavicencio, grand bazar de l'Oriente, où les llaneros accourus de la savane viennent acheter, vendre, boire et forniquer, la rumeur court, efface les anecdotes médiocres de la chronique locale, relègue même à l'arrière-plan la mésaventure étonnante de Carlos Rodríguez qui, hier encore, alimentait toutes les conversations, suscitait contradictoirement l'admiration, l'espoir ou la crainte.

L'affiche placardée au cours de la nuit, dans plusieurs quartiers de la ville, sur une dizaine de portes, lève tous les doutes à propos du mystérieux guet-apens de la veille qui a coûté la vie à cinq policiers sur la piste de Puerto Limón à Fuente del Oro, elle explique aussi l'enlèvement spectaculaire du juge Arniegas en pleine ville, alors qu'il sortait du Cercle. L'Armée révolutionnaire du Peuple revendique ces deux actions, affirme sa volonté de châtier les bourreaux des paysans expulsés des terres vacantes qu'ils avaient arrachées à la friche, déclare la guerre à la police, à la justice et à l'armée de classe, annonce des interventions prochaines pour que le Meta devienne la patrie des paysans et des pauvres.

Le gouverneur a fait évidemment saisir les affiches.

Trop tard. Le texte circule de bouche en bouche, descend jusqu'aux humbles cabanes des faubourgs, gagne la campagne environnante. Mais la panique s'empare de la ville lorsque se répand une incroyable nouvelle : cinq femmes ont disparu, cinq dames de la bonne société, épouses de notables, et l'affiche n'en dit rien.

Villavicencio avait oublié la guérilla les années troubles des grandes luttes agraires au temps de la Violence. Elle ignorait l'Armée révolutionnaire. La ville soudain s'affole. Combien sont-ils, d'où viennent-ils, qui est leur chef ? Ont-ils enlevé ces dames pour en faire des objets de plaisir ? Et leurs armes ? On murmure que Bogotá se dispose à envoyer au Meta un régiment entier, au moins un bataillon, tout spécialement entraîné à la contre-guérilla. Le gouverneur a promis que ces crimes ne resteraient pas impunis. On assure qu'ils ont avec eux des conseillers cubains, un vétéran de la Sierra Maestra, choisi par Fidel Castro lui-même. On dit...

Maintenant, le juge est nu, complètement nu, attaché au tronc d'un samané par une laisse de quelques mètres, qui lui prend un pied, telle une chèvre au piquet. Les hommes, à tour de rôle, l'approchent, l'insultent, lui crachent au visage. Facundo, lui, ne dit rien, se contente de jongler avec son revolver. Le juge est blanc comme la peur.

C'est démuni, pitoyable, un homme nu parmi des hommes habillés. « Déshabillez-vous. » Chaque fois que je priais un client de le faire, j'augmentais mon pouvoir sur lui, le tenais davantage encore à ma merci. « Déshabillez-vous. » La crainte s'emparait des plus faibles, l'ordre suggérait, croyaient-ils, une difformité secrète, inavouable. Une appendicite banale, une hernie ordinaire devenait presque une maladie honteuse. Je me souviens, avec certains clients fragiles je feignais de consulter un dossier, je paraissais les oublier... Ce juge aura perdu l'honneur. Car Guadalupe, décidément, n'est jamais à court d'imagination. Ce matin, de bonne heure, il a fait enlever cinq femmes, à Granada et aux Acacias, en douceur, sans la moindre violence. « N'ayez crainte, mes belles, nous vous invitons au spectacle, une première vous verrez, dès ce soir, à la brune, vous serez revenues auprès de vos tendres époux. Et on vous enviera, vous aurez tant de choses à raconter. Mais ne pleurez donc pas. Vous n'avez rien à redouter de nous. »

Elles sont rassemblées, dans la pleine lumière de la savane, elles entourent le juge nu. Avec son expression hagarde, son vieux cul ridé, ses couilles flasques, deux sachets vides, son sexe pendouillant, son ventre en chute libre, Basilio Arniegas n'a rien pour susciter le désir, rien pour faire battre les cœurs féminins, fussent-ils en vacances.

Guadalupe hèle Mano Fuerte, donne un ordre. Le colosse lève son fouet, les lanières cinglent le cul du juge, dessinent des zébrures rouges sur sa peau grise. Mano Fuerte lève et abaisse son fouet en cadence mais, souvent, au dernier moment, il retient son geste, choisit l'arbre au lieu du juge, effleure le cul douloureux, varie les figures, gestes d'artiste. Les femmes, cruelles, rient, incapables de retenue, peut-être une décharge nerveuse, le signe d'une angoisse pacifiée... Gervasio multiplie les photos, sous tous les angles, risque un gros plan, un détail... « Vous recevrez ces photos, mesdames, en souvenir. Vous les aurez avant tout le monde, avant le gouverneur, avant les journaux, avant le général et tous les juges de ce pays. Ces photos vaudront très cher demain, des pièces de collection. Mesdames, nous allons vous reconduire, pardonnez-nous de vous bander les yeux. Nous vous saluons respectueusement... »

Ce soir, Guadalupe est d'excellente humeur. Il rit, lorsqu'il raconte comment le juge a été reconduit à Villavicencio et déposé dans le bordel le plus connu de la ville. C'est vrai, Florencio, bien malgré lui, l'a servi. Un effet de contraste. Depuis Ocamonte, il était resté inactif, l'arme au pied, et l'Armée révolutionnaire n'était plus qu'un mauvais souvenir dont, avec soulagement, on s'apprêtait à guérir. Les deux actions, l'agression et l'enlèvement, se sont déroulées avec une facilité dérisoire, incroyable, tout a baigné dans l'huile. Guadalupe a voulu qu'elles soient exécutées l'une après l'autre, à une demi-journée d'intervalle seulement. Il avait raison, le pouvoir n'avait pas eu le temps d'organiser une réplique. Maintenant, ils savent que l'Armée révolutionnaire existe, et bien plus qu'hier. Aujourd'hui, elle est en première page d'El Tiempo, devient thème d'éditorial, occupe les stations de radio. Les officiels n'ont plus assez d'injures : criminels, bandits, antisociaux, hors-la-loi, canailles... L'aveu d'une inquiétude.

Maintenant, Guadalupe se détend. À l'écart, il contemple la fuite du llano, jusqu'à l'infini, en sa verdure toujours recommencée. Il est fait d'une autre nature, de la substance des Andes, il préfère la dureté du roc, les lignes tendues des montagnes pour clore l'horizon, la chute vertigineuse des vallées vers la mer et la fraîcheur du soir après le soleil. La nature des Andes est le miroir de sa courte vie où il n'a rien obtenu sans effort mais où, après le pire, lui ont été offertes pour quelques semaines d'irrésistibles douceurs.

La Côte et Carthagène où l'idée de la Révolution balbutie à peine doivent ressembler à ce que l'on appelle les vacances. Elles apprendront demain à ce pays triste la joie et le rire, mais il faut l'Oriente pour concevoir l'infini, pour que les pauvres de ce pays sachent qu'ils peuvent encore inventer l'avenir en regardant en face la beauté. Ici, où les formes ignorent la durée, où les lignes n'existent pas, l'identité de la beauté appartient aux couleurs et les oiseaux détiennent le secret des couleurs.

Hier encore, dans l'attente de l'action, pour tromper son impatience, Guadalupe observait les matraques creuser leurs nids de leurs longs becs d'acier dans les ravins d'argile séchée qui descendent vers le fleuve. Elles portaient un col blanc sur leur jabot rouge et leurs ailes battaient sur un bleu profond. Au soleil levant, lorsqu'ils naviguaient sur le fleuve, dont les milliers d'îles flottantes et de chenaux offrent d'innombrables défilements, ils voyaient se lever de majestueux vols d'ibis ; la lumière matinale, prise dans leur grande voilure rose, devenait alors miroitement doré, scintillement de corail. Les trompeteros noirs, bec vert au ras de l'eau, nageaient à l'affût d'un poisson. Dans les bosquets humides, auprès des marigots, nichaient les turpiales, au ventre orangé et au plumage bleu, et les toucans au col jaune, dont le bec brille comme diamant. Des milliers d'azulejos minuscules volettent entre les branches, font vibrer le bleu et le vert. Parfois, un garzón soldado, ses ailes immenses déployées, vol parfait de planeur, projette une ombre mouvante sur l'eau rouge du Meta. Les garses du bétail, couleur de crème, de paille ou d'ivoire, prennent la pose dans la prairie, sous le parasol circulaire des samanés, perchées sur le dos des zébus qu'elles épouillent délicatement de la pointe de leur bec jaune.

C'est au temps de Florencio que Guadalupe a découvert le monde des oiseaux. Durant les longues heures d'inaction que leur imposait leur chef, quand il préparait sa révolte, il les épiait immobile, en compagnie de Gregorio qui est llanero et qui les lui nommait tout en lui apprenant à les reconnaître à leurs cris, à leurs plumages et à leurs vols. Les gens de Granada et de San Martín prétendent qu'il y a autour des villages beaucoup moins d'oiseaux qu'autrefois, qu'ils sont partis vers l'Est le plus lointain, le Vaupés, le Vichada, pour retrouver la sécurité du gîte et la liberté de l'espace. C'est vrai, ils sont autrement plus nombreux dans ces parages. Les hommes agissent à l'instar des oiseaux. Ils sont venus à l'Est, chassés par la misère et la peur, en quête de paix et de liberté. Ils ont trouvé des chacals comme ce gouverneur, des valets corrompus comme ce juge. Mais il était plus habile de l'épargner. Vivant, il portera la mémoire de la honte. Les cruautés gratuites n'ont pas de sens.

Désormais, il faut jouer serré. Le gouvernement est obligé de monter une opération d'envergure contre nous, ils ne peuvent pas faire autrement, dans ce foutu pays gonflé d'Espagne où perdre la face est un désastre. Que faire ? Le vide devant l'armée, disparaître, se mélanger aux arbres et aux rivières ? Ou tenter le quitte ou double ? On doit en décider avec tous les membres du groupe, sans plus attendre. La seule chance d'élargir le recrutement, pour créer plusieurs unités autonomes de l'Armée révolutionnaire, affectées chacune à une zone déterminée, c'est un succès spectaculaire, bien plus important qu'Ocamonte.

Je suis leur chef, je vais leur dire qu'il faut prendre ce risque ou renoncer : si nous en restons à ce que nous sommes, deux groupes infimes d'une trentaine d'hommes, nous ne serons bientôt plus aux yeux de l'opinion que deux partis de hors-la-loi comme en ont connu toutes les Colombies de l'histoire. Depuis la mort de Florencio, il y a près d'un mois, quatre hommes seulement nous ont rejoints. Deux femmes aussi, c'est vrai, la femme de Gregorio et Chiqui. Celle-ci, c'est une chance. Ça fait du bien aux hommes. D'avoir baisé Chiqui, chacun son tour, à l'exception de l'Espagnol, de Ramiro et de Facundo, ça les a rendus plus gais. Ils sont comme libérés.

C'est tout de même vrai, ça ne pouvait pas se passer mieux, chacun sa nuit, ça n'avait rien du bordel, ça ressemblait à une vraie nuit d'amour. Chiqui est une fière baiseuse mais ce n'est pas une putain. Ils disent qu'elle ne regardait jamais un autre homme quand Edison était vivant. À sa façon, elle lui reste fidèle puisqu'elle couche avec la Révolution. La deuxième fois, quand je l'ai fait jouir vraiment, parce que la première fois c'était allé trop vite, j'ai reçu un coup, elle gémissait : « Edison... Edison... » Ramiro, il doit être fait comme tout le monde, mais il n'ose pas. José, il est bizarre, il assure qu'il a le temps : « Place aux jeunes ! » Et il se paye la gueule de ce con de Facundo qui lui demande tous les jours s'il est guéri. Elle est chouette, Chiqui, elle est gentille avec tous les types. Cela fait du bien, une femme, cette chair douce où l'on devient dur, cette force tendre qui vous boit. Ce soir, c'est le tour de Mano Fuerte. Veinard !

J'ai plaidé le choix du risque mais sans insister. Il fallait vraiment cette fois qu'ils aient le sentiment de décider en toute liberté. C'est bon, ils ont choisi le risque. Je leur ai expliqué que ce serait difficile parce que l'armée allait engager contre nous de puissants moyens mais ils veulent se prouver à eux-mêmes ce dont ils sont capables. Si je n'avais pas éliminé Florencio ils auraient pu attendre longtemps encore. Je suis sûr qu'il fallait le faire. Je n'ai rien à regretter.

José a voté contre, seul, et je l'ai laissé donner ses raisons. Il affirme qu'à la longue seules les actions non-violentes sont payantes. Il accepte, il approuve même certaines formes de violence, ce qu'on a fait à Bogotá, et même la leçon qu'on a donnée au juge, cela c'était très bien a-t-il dit, mais il est contre la violence armée, celle qui donne la mort. Les morts n'ont aucune chance de profiter des leçons qu'on leur donne, les hommes ne retiennent que leur propre expérience, jamais celle des autres. Le juge, lui, ne risque pas d'oublier, il a trop mal au cul. Chaque fois qu'il rendra une sentence, il se souviendra.

José parle bien. Il a fait rire les hommes avec le juge et il a semé un doute quand il a dit qu'en Espagne, trois années durant, ils s'étaient tués, massacrés pour rien, sinon pour installer la dictature. Mais il ne connaît pas assez ce pays où la Violence a semé tant de désirs de mort. Et Ramiro l'a pris en défaut : « Tu te contredis. Tu as bien approuvé Guadalupe quand il a tué Florencio. » Ce fut une belle engueulade ! Plus Ramiro criait, plus José était calme, un ange de douceur. Facundo, lui, n'a pas fait le poids ! Il a demandé à José pourquoi il s'était rallié à la guérilla puisqu'il ne voulait tuer personne. Et l'autre ! Ce regard de pitié pour Facundo : « Tu oublies que je tue tes morpions, quelques dizaines chaque jour, peut-être plus. Et ça me donne beaucoup de travail car ils te trouvent à leur goût. » Les autres se tordaient de rire. José prendra seulement son fusil, pour se défendre si cela tournait mal. Comme l'autre jour.

Ils ne nous surprendront pas. Ils ne savent pas avec précision où nous sommes. Ils doivent passer par Villavicencio. Et nous serons les mieux informés, grâce à Aurelio. Encore un héritage de mon séjour en prison :

avoir un agent clandestin, un agent dormant. J'ai retenu la leçon. Les fuites organisées, de simples rumeurs, quelques indices, l'appât, le leurre : ils viendront vers nous, tout naturellement jusqu'au piège. Et ils nous apporteront ce qui nous manque encore !

Tout est prêt pour la danse de nuit. Ils vont venir, Aurelio n'a pu se tromper. Je crois qu'ils nous ont sous-estimés. Une compagnie seulement ! Il est vrai qu'elle a été choisie dans l'unité spécialisée de contre-guérilla, ce n'est pas rien, et peut-être souhaitent-ils ne pas nous donner trop de publicité. Pour nous surprendre, comme ils le croient, ils doivent passer par ici, le marécage les y contraint. Il y a un tireur sur chacun des arbres qui cernent la clairière, et la lune est pleine. Ils recherchent la complicité de l'ombre pour accomplir leurs maléfices, mais la lune est avec moi, chasseur redoutable, inventeur de pièges mortels. Cette nuit, la lune accroche ses plumes blanches à la cime des arbres avec ses boucles de cuivre, et pour prix de sa lumière spectrale nous lui fournirons des cadavres de chulos jusqu'à contenter sa nuit et les nuits à venir.

Je débloque. Mais personne ne m'empêchera de croire à la puissance protectrice du fleuve d'étoiles qui, depuis les origines du monde, porte les germes de vie dans son écume bleue, et à la magie propice de la pleine lune. Quelle raison apprise pourrait effacer ma part d'indianité si elle me rend plus proche de la terre, si elle augmente ma force ? Nous avons les mains vides mais les forces profondes du monde, encore secrètes, confondues, sont avec nous. Je sens palpiter la nuit chaude, comme une terre en germination, grosse d'une violence créatrice. J'attends que retentisse le cri du hibou currucucu, puis celui du toucan, pour faire exploser la nuit. Car les oiseaux aussi sont avec nous. Ils viennent. Je les entends venir depuis toujours, depuis les cauchemars de mon enfance, depuis mes réveils illuminés par les incendies, depuis les jours hallucinés de Marquetalia. Cette fois, c'est moi qui suis la foudre et ils seront les victimes.

La foudre est dans ma main droite, prête à déclencher l'orage dans ce champ d'étoiles que l'on croit si lointaines. C'est l'instant espéré, le currucucu, une fois, deux fois... On s'y tromperait, l'imitation de Juan... Je vois leurs têtes sur le ciel, j'avais raison, ma folie raison, la lune est notre alliée, surgie pour nous de la grande forêt, nos muscles sont durs comme l'acier. Le toucan maintenant : Dios-te-dé... Dios-te-dé... Dios-te-dé. Trois fois. Ils se sont figés et la flamme est déjà dans le ciel, couleur d'orange. Qu'ils meurent puisqu'il faut du sang pour laver l'avenir. Les miens ont tiré presque ensemble, dans la lumière de la fusée, ils en ont touché plusieurs, il y a des blessés pour gémir, leur mitrailleuse est restée muette, on a eu les serveurs d'emblée. On tire de tous côtés, le cercle de feu qui vient du haut des arbres s'est refermé. Un officier a crié, ils cherchent à échapper. Une pagaille absolue. « Halte au feu ! » Quel silence !

Je vois les autres courir en zigzag, plonger, se relever. « Tuez-les tous ! Feu ! » Je suis sûr qu'on en a eu bon nombre, une douzaine au moins. Bien plus qu'à Ocamonte. « Halte au feu ! Arrêtez. » Cela ne sert à rien de tuer les feuilles. Il n'y a plus une minute à perdre. Ramiro, Facundo, faites ce que vous avez à faire. Gervasio, compte, organise la récupération. Qu'est-ce qu'il raconte, l'Espagnol ? Faut-il encore lui répéter qu'on ne fait pas de prisonniers ? Un Yanqui ! Il déconne. On n'a jamais vu de Yanquis dans une patrouille de chulos. José insiste, l'autre parle en anglais, c'est vrai qu'il a une gueule de Yanqui, ce rouquin. Il a peut-être raison.

« Comment veux-tu qu'on le transporte ? » Si l'Espagnol a raison, ce serait un otage idéal... la libération de plusieurs compagnons. « Il peut marcher ? Tu es sûr ? » Alors, d'accord, on l'emmène, José, tu en es responsable. Quel bilan ! Dix-huit hommes, un lieutenant, un sous-officier, vingt-huit fusils, la mitrailleuse, les équipements... Nous n'avons même pas un blessé. Et un agent yanqui en prime ! Il n'y aura plus aucun doute. L'Armée révolutionnaire existe. En route ! Il faudra marcher jusqu'à l'aube, se terrer, dormir, marcher encore toute la nuit prochaine. Allons.

Le Prisonnier

Patrick dévisage les cinq hommes silencieux assis dans l'herbe en face de lui. Il s'émerveille de vivre encore. Ces hommes ont l'attitude de juges, mais il ne craint pas une condamnation à mort. Pourquoi l'auraient-ils épargné s'ils avaient résolu de le tuer ? Une succession de miracles. L'homme qui le précédait, celui qui le suivait se sont affaissés en râlant dès le début de la fusillade, marionnettes dont on eût coupé les fils. Et, dans l'instant, le choc éblouissant contre son bras, d'où la douleur irradie, l'irruption du néant. Le retour à la conscience s'est fait à coups de mots brefs, impérieux, ordres secs jetés à voix basse dans son dos : « Marche... Silence... Marche... » Les mêmes mots répétés en anglais.

C'était donc pour cela qu'ils ne l'avaient pas achevé. Les guérilleros pratiquent enlèvements et séquestres pour obtenir rançons et publicité mais, lors des accrochages, ils ne font pas de prisonniers. Comment avaient-ils pu savoir qui il était ? La surprise préparée par le général Nogales avait changé de sens, s'était transformée en déroute. Les autres étaient admirablement renseignés. Ils l'avaient gardé comme otage, comme monnaie d'échange. À tort ou à raison, bien difficile à savoir. S'il ne s'agissait que d'une illusion, elle ne pouvait être plus opportune. Il ne fallait surtout pas les détromper. Tant qu'ils y croiraient, il continuerait à vivre.

Le bras le fait moins souffrir. La première marche de nuit fut atroce, une souffrance de tous les instants, l'élancement de la douleur, comme une vrille fouillant l'épaule, à chaque pas multipliée. Son bras, seulement pris en écharpe, était trop mobile, laissait la douleur en liberté. La peur le taraudait de tourner de l'œil, de s'évanouir d'un coup. S'il devenait une charge, une gêne, s'il ralentissait leur marche, ils le tueraient.

Il a tenu jusqu'à ce matin et son bras, maintenant, est bien posé dans des attelles assujetties au torse par un bandage ferme et souple à la fois. L'homme qui s'est occupé de lui, celui qui sait l'anglais, est présent, avec les autres. Patrick n'a plus le moindre doute : il s'agit d'un chirurgien expérimenté. Ses gestes sont exacts et doux, rapides lorsqu'il le faut. La piqûre pour anesthésie locale, l'extraction de la balle, la réduction de la double fracture, le pansement, tout cela témoignait d'un métier consommé.

Le jeune chef avait assisté en silence à l'opération et Patrick avait compris qu'il admirait cette sûreté et cette économie de gestes. Personne, à Bogotá ni à Villavicencio, ne paraissait savoir qu'un chirurgien ou médecin de cette qualité était au service de la guérilla. Un homme qui n'est plus très jeune, quarante-cinq à cinquante ans. Comment ne le savait-on pas ? Qui était-il ? Cela faisait beaucoup d'ignorances, beaucoup trop.

Ils étaient demeurés tout le jour tapis dans la forêt de bambous, quasi immobiles. Les hélicoptères tournaient dans le ciel, descendaient parfois très bas, jusqu'à frôler la cime des arbres. Ils devaient filmer le llano et les couverts mais les guérilleros s'étaient fondus dans la verdure. Le carrousel aérien s'était prolongé jusqu'au soir. Patrick appréhendait une nouvelle marche de nuit mais ils avaient dégagé des barques dissimulées au bord du fleuve et glissé vers la lune lointaine sur l'eau noire, au rythme régulier de rameurs silencieux. Aux approches du jour, le frémissement de la vie animale qui parcourait les berges du fleuve, intense, cruelle, s'était exacerbé et, quand le soleil rouge jaillit de la forêt pour ressusciter les couleurs, le ciel translucide vibrait d'innombrables chants d'oiseaux. Une nouvelle fois, ils s'étaient figés, enfouis dans les bosquets les plus épais. Ils n'avaient pas paru pressés de l'interroger. Mais ils se disposaient enfin à le faire.

— Commence, José. S'il ne comprend pas certaines questions, répète-les en anglais et traduis-nous les réponses. Ramiro, Gervasio, Mano Fuerte, vous poserez les questions que vous voudrez, mais pas ensemble. Va.

— Tu parles espagnol ?

Patrick hésite, imperceptiblement.

— Oui, mais avec difficulté... Quand on parle lentement je comprends bien.

— Tu es yanqui ?

— Oui.

— Quelles sont tes activités habituelles ?

— Je suis officier, capitaine dans l'armée des États-Unis.

— Quel corps ? Les Marines ?

— Oui, mais j'appartiens au groupe aérien de soutien.

— Et, actuellement, tu travailles pour le compte de la CIA ?

— Non.

Gervasio, l'étudiant, éclate de rire.

— Non ! Comment veux-tu qu'on te croie ? On sait

bien que tous les officiers de la mission américaine dans ce pays sont au service de la CIA. Et pas seulement en Colombie. Dans toute l'Amérique latine.

— Parlez plus lentement... Croyez ce que vous voulez. Je ne peux pas vous en empêcher. Mais si vous êtes persuadés que tous les officiers américains en poste en Amérique latine travaillent pour la CIA, cela veut dire que vous ne connaissez rien des États-Unis.

— Gervasio, je reprends. Admettons, provisoirement ce qu'il prétend. Dans ces conditions, qu'est-ce que tu pouvais bien avoir à faire dans une opération de contre-guérilla qui ne devrait concerner que les affaires internes de la Colombie ? Tu conviendras que cette question est logique.

— Je n'ai pas très bien compris. Pouvez-vous répéter plus lentement ?

Je souris. Je suis convaincu que l'autre a parfaitement compris. Il cherche seulement à se donner un peu de temps. Toutefois, je répète la question en anglais.

— J'ai commis une erreur, c'est sûr. J'étais à Villavicencio, après avoir participé avec le général Garcia Benegas, le ministre, à plusieurs opérations de l'Action civique de l'armée colombienne sur les terres de colonisation, ainsi à San José de Guaviare. On a été informé des coups de main que vous aviez réalisés, de l'enlèvement du juge Arniegas, et nous avons appris qu'une opération de contre-guérilla allait être déclenchée contre vous, avec une unité spécialisée. J'ai voulu voir sur le terrain comment les choses se passaient et, surtout, évaluer l'accueil que l'armée reçoit des populations qui vivent dans les zones de guérilla. Le général Garcia Benegas m'a déconseillé de suivre cette action mais je me suis entêté. Il avait raison. Je vous réponds de la manière la plus exacte.

— Je ne comprends pas bien. En quoi consiste exactement ta mission ?

— Je viens de le suggérer. Je suis détaché auprès du Service d'Action civique de l'armée colombienne.

Il y a comme une sorte de défi dans le ton du prisonnier. Et j'observe qu'en apparence au moins il ne fait aucune difficulté à répondre aux questions posées. Mais il fait allusion à des gens et des réalités qui m'échappent. Je me tourne vers Guadalupe.

— J'ignore de quoi il parle. Il vaudrait mieux que tu continues l'interrogatoire. Ce type connaît l'espagnol presque aussi bien que toi et moi. Il emploie le subjonctif quand il convient, ce qui est significatif. Il n'a pas réussi à me faire croire le contraire.

— D'accord. Je sais à peu près de quoi il retourne. Garcia Benegas s'est en effet toqué de l'Action civique sur les conseils des Yanquis. Alors, tu serais l'envoyé spécial du Pentagone pour nous vendre ce gadget ? Dis-nous un peu en quoi consiste ce service et pourquoi il a besoin de l'aide d'un Yanqui.

— Le service pourrait certainement s'en passer. Mais nos deux gouvernements ont passé un accord et on m'a proposé cette mission. Elle m'intéressait. J'en ai effectué une de ce genre au Guatemala. Alors, j'ai accepté. Grâce au développement de ce service et surtout de ses activités de terrain, votre combat ne servira bientôt plus à rien, il sera vidé de son sens.

Cette fois, je ne me trompe pas. L'Américain a haussé le ton, forcé la voix. Il donne dans la provocation mais ce n'est pas que de la provocation : le bougre croit à ce qu'il dit. Mano Fuerte écarquille les yeux et la voix de Guadalupe est vibrante d'ironie.

— Comment cela peut-il se faire ? Fais-nous la grâce de nous l'expliquer.

— Parce que vous cesserez bientôt d'intéresser les paysans. L'Action civique est en train de s'organiser, de planifier ses interventions. Et, par elle, l'armée va réaliser l'intégration des paysans, et surtout de ceux des régions de colonisation, comme celle du Meta, dans la nation. Quand ce résultat sera atteint, il ne sera même plus nécessaire de vous combattre sur le terrain.

— C'est la raison pour laquelle tu as participé à une opération militaire ! Tu te contredis.

— Je vous ai dit pourquoi. Vous pouvez me croire ou non. Évidemment, si on liquidait les guérillas avant, cela simplifierait les choses et on gagnerait du temps. Je l'admets.

— Voilà au moins de la franchise. Mais en quoi consistent ces interventions miraculeuses de l'Action civique ?

L'Américain se jette sur la question avec une sorte d'avidité.

— Cela peut consister à refuser d'intervenir militairement, comme lors de l'occupation par des squatters du quartier du Policarpe à Bogotá, dont vous avez peut-être entendu parler. Certaines de nos interventions ressemblent même aux vôtres. Ce que vous avez fait au juge Arniegas, qui était habile, nous l'avons fait avant vous avec l'ingénieur des travaux publics de San José, Carlos Rodríguez, vous avez bien dû le savoir, et en présence de plusieurs centaines de personnes. Mais ce n'est pas l'essentiel...

— Est-ce que l'essentiel ne serait pas, dans cette région qui vous intéresse en priorité, tu viens de le dire, de défendre les paysans de l'expulsion quand ils se sont établis sur des terres vacantes, qui étaient en friche, qui n'étaient cultivées par personne ? À qui faisaient-ils du tort ?

Le silence s'installe, se prolonge, presque incongru

après ce déluge verbal. Mano Fuerte, de sa voix lente, a mis dans le mille. Le Yanqui l'a su tout de suite, aussi bien que les autres. Il se décide enfin.

— Je reconnais que c'est le problème de fond, il est au centre de tout dans ce pays où subsistent de grands espaces improductifs, et je sais bien qu'il n'est pas résolu. Mais, un jour ou l'autre, bientôt je pense, l'armée prendra elle-même la direction d'une nouvelle politique agraire.

Gervasio se tape sur les cuisses, ricane, glousse.

— Ça alors ! Tu as le sens de l'humour ! Beaucoup de généraux et de colonels sont alliés aux grands propriétaires, ça se marie beaucoup dans ce milieu. Et tu fais semblant de croire qu'ils pourraient prendre l'initiative d'une réforme agraire authentique, contre leurs propres intérêts ?

— C'est bien ce qui se passe un peu plus au sud, au Pérou.

— Ce n'est ni sur les conseils ni avec la bénédiction des États-Unis.

— L'opposition des États-Unis à la junte péruvienne n'a pas grand-chose à voir avec la question agraire. Nous n'avons que très peu d'intérêts de ce genre au Pérou. Quelques haciendas sucrières, guère plus.

— Alors, pourquoi ?

— Écoutez-moi. C'est uniquement parce que la junte militaire est noyautée par les marxistes. Alors, c'est devenu un problème de stratégie internationale.

— Comme Fidel ! Et tu crois que c'est un hasard ?

Gervasio a crié. Guadalupe a un geste d'impatience, coupe sèchement.

— Ne vous énervez pas. Ça suffit ! Mano Fuerte a dit exactement ce qu'il y avait à dire et tu n'as répondu qu'au futur. Ou au conditionnel. Tout le reste c'est du vent. Même si tu crois ce que tu dis, les Yanquis naïfs ça doit bien exister, ça ne tient pas debout. À cause de la terre justement. Passons aux choses sérieuses. Comment t'appelles-tu déjà ?

— Patrick O'Reilly.

— O'Reilly. Et tu es capitaine de Marines. Bon... As-tu des raisons sérieuses de croire que le gouvernement acceptera de t'échanger contre quelques-uns de nos camarades ? Les Américains exerceront-ils les pressions nécessaires sur Bogotá ?

— Je l'espère.

— Pourquoi l'espères-tu ?

— Précisément parce que je ne suis pas un agent secret, qui, après sa capture, serait brûlé, parce que, je le répète, je ne travaille pas pour la CIA.

— D'accord. Mais il y a ta participation à une opération militaire de politique intérieure. Si on t'échange cela se saura et l'effet sera négatif, surtout dans les autres pays. Ce serait une mauvaise publicité pour ton gouvernement et le nôtre. Tu t'en rends bien compte ?

— Je ne serai pas décoré, c'est sûr. Mais je crois quand même qu'on voudra me récupérer. J'ai réussi certaines missions.

— On verra bien. Nous prendrons les contacts nécessaires. En attendant, il nous faut ta parole que tu ne chercheras pas à t'évader.

— Ma parole vaut quelque chose ?

— Pourquoi non ? Tu es un homme après tout, avec un cerveau, des tripes, du sang, une paire de couilles et deux jambes. Il faut que le reste te fasse oublier les jambes.

— Je n'ai pas envie de donner ma parole. Pourquoi vous faciliterais-je les choses ?

— Ton choix est restreint, tu ne parais pas le comprendre. Alors, je précise : c'est ta parole ou la mort, tout de suite. Nous n'avons ni les moyens ni le temps de surveiller les prisonniers. Choisis vite.

— Si tu choisis la mort, dis-je, et au cas où tu serais catholique, ce qui est possible avec ce nom irlandais, Ramiro que voici te confessera avec plaisir. Je crois qu'il sait très bien le faire mais avec nous il perd un peu la main et il va finir par oublier le rituel !

— Qu'est-ce que tu peux bien en savoir ?

— Vous deux, ne recommencez pas. Alors, décide-toi. Ta parole ou une balle dans la tête. Avec ou sans confession. Facundo a le geste sûr. Tu ne souffriras pas.

— Soit, j'accepte. Vous avez ma parole.

— Bien. Tu suivras la loi commune. Tu mangeras avec nous. Ça enrichira ton expérience de regarder vivre au quotidien des criminels, des antisociaux. Quand je commanderai le silence, tu fermeras ta gueule. Tu ne prendras pas la garde. Tu pourrais t'endormir et on ne peut pas te faire jurer que tu ne t'endormiras pas. En compensation, tu feras toutes les corvées de nettoyage. Quand nous devrons conférer sur des questions qui ne te regardent pas, on fera le nécessaire. C'est fini, compagnons. La séance est levée.

La nuit descend sur le llano. Ils achèvent leur repas : des galettes de maïs, une tranche de bagre grillé, des bananes. Je suis avec Facundo, Mano Fuerte, Juan et Joder. Je vois dans la pénombre, à l'autre bout de la clairière, Chiqui se lever et se diriger vers sa chambre de verdure, suivie d'un homme que, dans la pénombre, je ne reconnais pas. Je mets la main sur l'épaule de Facundo.

— C'est le tour de qui, ce soir ? Avec Chiqui ?

— C'est à Garbancito.

— Maintenant, il faudra attendre un jour de plus pour que le tour revienne.

— Pourquoi ?

— À cause du Yanqui.

— Merde alors ! Le Yanqui n'y a pas droit. Il ne manquerait plus que ça !

— Je ne sais pas, moi. Guadalupe a dit qu'il suivrait la loi commune, sauf pour la garde et les corvées. Peut-être que la loi commune inclut les nuits avec Chiqui. Et, de toute façon, c'est à Chiqui d'en décider. Elle veut peut-être savoir comment baisent les Yanquis.

— Je ne te conseille pas de dire que Chiqui est une putain.

— Je n'ai pas dit ça.

— Je le sais bien que tu ne l'as pas dit, mais je t'avertis pour que tu ne le dises pas car, si tu le disais, je serais obligé de te flinguer.

— Ça ne ferait pas les affaires de ta chaude-pisse, Facundo, sois raisonnable ! Si tu veux avoir une chance d'enfiler Chiqui avant que les chulos ne t'aient troué la peau tu ferais bien de veiller sur moi, d'être aux petits soins. Il n'y a que moi qui sache te soigner, ne l'oublie pas.

— Ça n'a rien à voir. Tu devrais te souvenir de ce que Chiqui était la femme d'Edison.

— Je le sais.

— Un héros de la Révolution ! Et tu oses dire qu'elle pourrait avoir envie de baiser avec un Yanqui !

— Parles-en à Guadalupe, il doit avoir son idée. Moi, Facundo, je m'en fous.

Je fais un geste vague et me lance à la recherche de l'Américain. Ramiro m'a précédé, je perçois des éclats de voix, aux premiers mots je devine la saveur des moments à venir. Une promesse ! Ils se lancent à la tête leur catholicisme, à chacun sa trahison, épuisent les variations possibles à propos de la violence, légale, illégale, terreur, oppression, s'approprient à tour de rôle le Christ et les apôtres. Je découvre en moi une impulsion sadique. Cette fricassée de catholiques, quelle aubaine inespérée dans ce désert ! La controverse du Meta, en quelque sorte ! Je vais me payer Ramiro en premier.

— Tu as raison, Ramiro, dans ce que tu dis de la violence mais si tu es ici cela signifie que tu n'as pas la foi.

— Qu'est-ce que tu oses ? Que je n'ai pas la foi. Qu'est-ce que tu peux bien savoir de la foi ?

— Tu viens de le dire. Nous sommes les pauvres de Jésus-Christ. Et même parmi les plus pauvres. Or, tu le sais bien, il est facile aux pauvres d'entrer dans le royaume des cieux, je pense que je n'ai nul besoin de te rappeler la parole évangélique. Qu'avons-nous à faire, nous les pauvres, pour être sauvés ? Trois ou quatre belles choses dans le cours d'une vie. Presque tous les hommes y parviennent. Et l'éternité nous attend, les verts paradis de l'Éden. Au fait, Ramiro, est-ce que tu crois à la vie éternelle ? Évidemment, voyons, quelle question ! Alors, les malheureux, ce sont les riches. Ce n'est pas moi qui le dis, c'est encore l'Évangile.

« Au fait, as-tu lu les Évangiles, Ramiro ? Tu devrais fulminer tous les dimanches, Ramiro, contre les riches bien sûr, leur annoncer l'enfer à leurs portes, les persuader que ça flambe déjà sous l'herbe verte et les fleurs des Jardins de la Paix de Monseigneur l'archevêque, leur apprendre par cœur la parabole du jeune homme riche, les insulter... Tu améliorerais le sort des pauvres en terrorisant les riches. C'est ce que tu ferais si tu avais vraiment la foi. Qu'est-ce que tu fous ici avec ton fusil de merde ? Tu joues à la guerre avec des hommes dont la moitié ne croient plus à ta religion ni à ton Dieu et tu bénis les mourants que tu n'as même pas le temps de confesser. Tu n'as pas la foi. La seule chose utile que tu fasses c'est de confesser Chiqui le premier jour de ses règles parce que tu lui assures quatre jours de liberté, quatre jours guéris de la peur du péché. Tu me fais pitié.

— Je me fous de ta pitié. Ici, je témoigne pour le Christ auprès des persécutés pour la justice.

— Et, pendant ce temps, d'autres prêtres, les aumôniers de vos armées, témoignent pour le Christ auprès des persécuteurs ! Tu as le crâne plein d'araignées !

Patrick émerge lentement de son ahurissement. Un débat de religion au cœur de la guérilla ! Et vigoureux. Un prêtre ! Un mécréant qui connaît l'Écriture aussi bien que le prêtre ! Dans ce groupe d'une trentaine d'hommes, comment deux êtres aussi dissemblables peuvent-ils coexister ? Ils s'affrontent devant lui sans le moindre détour, se moquent de ce qu'il peut bien penser. Il intervient pourtant.

— Tu es guérillero, mais si je comprends bien tu lui reproches de participer à la guérilla parce qu'il est prêtre ?

— Et à toi, cela semble parfaitement normal ?

— À vrai dire, après t'avoir écouté, je ne comprends pas très bien ce que tu fais toi-même avec ces hommes !

— Tu te rends compte. (Ramiro exulte.) Il te connaît à peine, il lui a suffi de t'entendre parler une fois ou deux et, déjà, il se pose la même question que moi. Qu'est-ce que tu fais ici, José, qu'est-ce donc ce que tu fais avec nous ?

J'ignore Ramiro, lui tourne le dos, je dévisage Patrick et je cherche à mettre dans mon regard une sorte de férocité.

— Presque rien, c'est vrai. À peine un peu plus que ce curé.

— Tu es médecin.

— Oui. Tu vois, je ne suis pas complètement inutile. Une balle à extraire par-ci, une chaude-pisse par-là. Accessoirement, je t'ai sauvé la vie. Ne me remercie pas, c'était par principe. J'aurais préféré sauver celle d'un Colombien.

— Tu es colombien, toi ?

— Ce que je suis ne te regarde pas. D'ailleurs, je suis apatride, citoyen de tous les mondes malades. Je fais seulement la guerre à la mort. Une cause perdue depuis longtemps, comme tu sais. Évidemment, je ne raffole pas des militaires. Ça m'emmerde un peu d'avoir sauvé la vie à un militaire de carrière. Toi, tu es yanqui, capitaine et catholique, c'est bien ça ?

— Oui.

— Tu as beaucoup à te faire pardonner. Et la CIA, tu ne connais pas ?

— Je connais, évidemment, mais ce n'est pas ma paroisse.

— Ce qui n'empêche pas, si je t'ai bien entendu, que, pour toi, le mal absolu, l'ennemi suprême soit le marxisme ?

— Ce n'est pas Satan, ce n'est que l'un des démons, l'un des pires.

— Et voilà pourquoi tu es parti pour la Croisade, le regard clair, la verge en bataille. Mauvaise surprise, voici que tu te bats contre un curé ! Il a été ordonné, il compte un sacrement de plus que toi. Tu te rends compte, Ramiro, ce monde est bien compliqué. Il est même mal fait. Il y a trois ou quatre siècles, vous vous seriez battus côte à côte, avec les mêmes certitudes, vous auriez chanté les mêmes cantiques. Toi, Patricio, tu m'aurais peut-être arrêté et toi, Ramiro, tu m'aurais jugé et condamné : hérétique, hétérodoxe, je ne sais, à mort sans doute. La foi, c'était si simple. Et maintenant, ce casse-tête. Ramiro, j'essaie de parler vrai. N'ai-je pas raison ?

— Il est vrai que c'est difficile. Mais il faut toujours choisir les pauvres. Le Christ avait choisi les pauvres.

— Et que fais-tu des riches ? Ne sont-ils pas les fils de Dieu ?

— L'Action civique aussi travaille pour les pauvres. Elle ne fait pas autre chose.

C'en est trop pour Ramiro. Il explose :

— Vous n'êtes que l'alibi des impérialistes. Quand il n'y avait pas de guérilla il n'y avait pas d'Action civique. Et si vous écrasez la guérilla, après deux ou trois coups publicitaires, finie l'Action civique !

Décidément, l'Américain est au moins aussi naïf que ce curé. À chacun son tour.

— Ramiro, je vais te surprendre mais je t'approuve. Patricio, pourquoi ne t'occuperais-tu pas, en priorité, des petits diables qui se promènent dans votre beau pays ?

— Vos partouzes de drogués, vos serial killers, vos marchands de culs ?

— Vos mafias tout-terrain, qui tuent même vos présidents, vos tueurs à gages, vos ghettos noirs, le Ku Klux Klan ou ce qu'il en reste, votre Quarante-deuxième Rue, bites sur canapés, vagins en vrac ?

— C'est trop commode de croire que nous sommes la cause de tous vos malheurs. Et, de toute façon, j'affirme que la guérilla, surtout lorsqu'elle détourne les hommes de valeur, est un gaspillage d'énergies.

— Tu crois que les conseils d'un officier yanqui nous intéressent ?

— Il faut que tu comprennes une chose, Patricio. Même si tu as raison, si la guérilla n'a pas d'issue, et il est probable qu'elle n'en a pas, ils ne pouvaient plus attendre. Ils attendent depuis un siècle ou davantage.

— Il vaut mieux attendre que mourir.

— Je vais te dire une chose, Patricio. Ce pays et ses voisins détiennent contre vous une arme dont ils se sont jusqu'à présent peu servis. Une arme d'enfer. Ramiro, tu lui expliqueras mieux que moi ce qu'est l'enfer. Je crois que tu en as vu la préface dans ce pays. Si vous ne révisez pas votre politique, ils vont vous empoisonner lentement, Patricio. On peut cultiver ici, sur des milliers d'hectares, le pavot et la coca, sais-tu, organiser des laboratoires clandestins, des distilleries, vous vendre le produit fini, et, en plus, ça leur rapportera beaucoup d'argent. Sais-tu qu'ils ont à peine commencé ? Ils vont vous empoisonner, Patricio, et le marxisme n'y sera pour rien. Vos jeunes gens mourront d'overdoses et vous n'aurez plus qu'à faire dire des messes. Vous êtes puissants mais vous êtes en retard d'une guerre.

Six pour Six

Ramiro n'a pas dû attendre longtemps pour démontrer à l'Américain que, dans ce pays aux visions de paradis, l'enfer est à la portée de tous. À portée de regard, d'odeurs, de toucher. Un jour, surgira un artiste inspiré qui fixera l'enfer sur la toile, dans la pierre ou le bronze. Les modèles sont prêts.

Les informations de Guadalupe étaient exactes mais elles lui étaient parvenues un peu trop tard. Lorsque nous sommes arrivés à Puerto Limón après trois nuits de marche forcée et de navigation sur un rio inconnu, les cadavres des paysans avaient déjà l'odeur écœurante de la mort. Ils étaient alignés derrière la clôture, couchés sur le dos, pour qu'on puisse les identifier ; leur langue était posée au creux de leurs mains, rassemblées sur le ventre. Trois miliciens armés de carabines San Cristóbal veillent sur ces reliques précieuses. Un grand écriteau cloué sur un poteau, au-dessus des cadavres, précise : « La langue est la pire des choses », et, au-dessous : « Ésope, auteur grec ». Certains des grands propriétaires colombiens sont frottés de culture classique et tiennent à ce qu'on le sache.

Les femmes pleurent des larmes interminables, une lamentation monotone qui arrive jusqu'à nous comme un murmure. Il y a six morts, assez pour intéresser une douzaine de femmes. Je ne sais de quelle source inépuisable elles font jaillir ces larmes toujours recommencées, combien de temps elles demeureront ainsi à proximité de la clôture. Espèrent-elles que les miliciens, qui fument en plaisantant, leur restitueront les corps ?

Ramiro a demandé à Patricio s'il voulait voir. Il a répondu qu'il fallait toujours voir, afin d'apprendre. Le curé a consulté Guadalupe qui a donné son accord, puisque le Yanqui avait, lui, donné sa parole. Nous sommes passés, en ordre dispersé, devant le portail de Los Garzones et nous avons vu les corps, les langues, l'écriteau, les miliciens, entendu de plus près geindre les femmes, nous avons senti l'odeur installée de la mort. Patricio a demandé pourquoi.

— Les paysans avaient occupé une partie du domaine, une zone inculte. Celui-ci couvre presque vingt mille hectares et le propriétaire (on dit ici le gamonal) possède encore soixante mille hectares dans le même département. Sur cette partie du domaine il n'y a qu'un troupeau de zébus, d'un millier de têtes environ. Quatre-vingts familles se sont installées à l'extrémité du domaine, il y a six mois, et quelques autres sont venues ensuite. Ils sont descendus des montagnes du Huila. Ils sont venus à pied, tu vois, comme des Cheyennes.

— Et alors ?

— Le propriétaire leur a intimé l'ordre d'évacuer les terres. Ils n'ont pas voulu partir. Où seraient-ils allés ? Il les a menacés. Ils ont proposé de défricher gratuitement pour le compte du propriétaire une autre partie du domaine. Le gamonal a refusé et a engagé une milice de tueurs à gages. Vous avez une grande expérience de ce genre de contrats aux États-Unis. Et les tueurs ont dit qu'ils avaient tué les meneurs. C'est tout.

— L'armée colombienne n'agit plus ainsi.

— Qu'est-ce que ça change ? Tu t'imagines peut-être que l'armée va intervenir pour arrêter les miliciens, ou seulement les désarmer, que la justice va enquêter sur l'affaire ? Tu te fais des illusions. Le propriétaire a fait ça avec la bénédiction du gouverneur. C'est de cette façon que les grands propriétaires répliquent maintenant aux occupations de terres. Ils enrôlent des milices privées et le gouvernement ferme les yeux. La presse elle-même s'en désintéresse. Ici, nous sommes au bout du monde.

Nous revenons vers le campement, à l'abri de la galerie forestière qui accompagne le cours de l'Ariari. Guadalupe interpelle Patricio.

— Tu as vu ?

— C'est ignoble. Mais l'occupation était illégale. Les paysans devaient savoir qu'ils couraient un risque sérieux.

— Sans doute. Mais tu as peut-être entendu parler de la loi 200 ?

— La loi des terres, oui.

— Sais-tu qu'elle date de 1936 et qu'elle devait entrer en application dix ans plus tard, soit en 1946. L'État a le droit, et même le devoir d'exproprier les terres non utilisées depuis dix ans. Crois-tu que mille zébus (il n'y en a même pas mille) sur vingt mille hectares, dans une zone qui est très fertile, c'est de la terre utilisée ? Et ce n'est pas tout. Ici, l'Institut qui, d'habitude, ne fait à peu près rien, allait arranger les choses. Le commissaire agraire négociait l'achat de cinq cents hectares (seulement cinq cents) sur le domaine de Los Garzones pour installer ces quatre-vingts familles. C'est pour faire échouer ce projet et terroriser les envahisseurs de terres éventuels qu'Octavio Irureta a pris les devants et engagé ces tueurs. Connais-tu la constitution de la Colombie ?

— Oui, je la connais.

— Tu aurais pu te dispenser de l'apprendre puisqu'elle ne sert à rien. Voyons tout de même, article 48 : « Seul, le gouvernement peut introduire, fabriquer et posséder des armes et des munitions de guerre. Personne ne peut, dans une agglomération, porter d'armes sans permis de l'autorité », et cetera... Je te dispense de la suite. Donc, ces types, ou bien ils sont dans l'illégalité, ou bien ils sont de mèche avec les autorités. Tu crois qu'ils seront poursuivis ? Évidemment, non. C'est ça la loi, le droit, dans ce pays. Bien sûr, l'occupation des terres par les paysans était illégale. Mais la possession de cette terre non cultivée par Irureta est devenue illégale elle aussi ? Notre groupe armé est illégal. Mais cette milice armée elle aussi est illégale. Et, naturellement, notre prochaine action sera tout à fait illégale. Joder, occupe-toi du Yanqui. Et informe-le sans mentir s'il te pose des questions. L'assemblée générale se réunit. On te mettra au courant ensuite.

Il a de moins en moins de goût pour la parole, notre chef. Chaque jour davantage, il paraît se défier des mots. Mais le système de transmission orale est au point. En quelques minutes, le groupe est rassemblé, fait cercle sous les bananiers. Guadalupe fait signe à Gervasio :

— Gervasio, tu devrais faire le résumé des événements et dresser le tableau de la situation. Tu fais cela beaucoup mieux que moi.

C'est un fait. Guadalupe sait mettre les autres en valeur et chacun, ou presque, lui en sait gré. Gervasio parle, présente un exposé clair, évite les digressions, s'abstient de tout slogan, de ses phrases choisies dans la langue de bois dont il est coutumier. De sa part c'est méritoire. Depuis qu'ils suivent Guadalupe, chacun de ces types est devenu un autre. Ce jeune homme a l'étoffe d'un chef, quoiqu'il manque encore de talent oratoire, mais il n'aura pas la chance de Fidel Castro. Ce pays est bien plus difficile que Cuba, comme si la hauteur des Andes et la puissance des fleuves multipliaient les démesures, et les temps, déjà, ont changé. Il n'y a plus de place aux Amériques pour un autre Fidel. C'est peut-être un bien, comment savoir ?

Tout, en apparence, marche selon les vœux de Guadalupe, six recrues nouvelles et un couple nous ont rejoints et on annonce d'autres arrivées. Bientôt, il pourra mettre son projet à exécution, scinder l'Armée révolutionnaire en deux groupes dont l'un demeurera dans les llanos, tandis qu'il regagnera les Andes avec l'autre, afin d'organiser la section du Boyacá, à portée de la capitale, et de développer la propagande parmi les paysans et les ouvriers de Paz del Rio et de Sogamoso. Auprès d'eux la partie n'est pas gagnée d'avance. Et l'embellie ne durera pas, ne peut pas durer. Il suffira d'un grain de sable. J'attends l'accident, la fêlure fatale, avec un mélange étrange d'impatience et d'angoisse, qui ronge la fin de mes nuits et me laisse épuisé sur la plage silencieuse du matin. J'aurais peut-être aimé avoir un fils de cette trempe. Celui-ci est un enfant de la violence, nourri d'elle comme d'un lait unique, promis sauf miracle à ses moissons futures. Une volonté quasi invincible l'entraîne au milieu du brouillard. Une force qui va, mais personne ne sait où. Je me dégoûte de vivre dans la certitude lente et ronde des charognards. Un charognard narcissique dont le miroir révèle mon cadavre en décomposition parmi les autres.

Gervasio a terminé depuis quelques minutes et plusieurs hommes sont intervenus, Chiqui elle-même. Ils sont tombés d'accord, c'était inévitable, et il n'y a pas d'autre issue. Les miliciens mourront donc à leur tour, on leur coupera les mains, la gauche aussi, Facundo a rappelé opportunément qu'il y avait peut-être des gauchers, comme il l'est lui-même, parmi les tueurs. Platanito a proposé qu'on leur coupe aussi les couilles. Guadalupe a refusé tout net.

— Pour ce à quoi elles vont servir, ajoute Chiqui.

— Et, toi, José, qu'en penses-tu ?

— Que veux-tu que j'en pense ? Ne les tuez pas tous. Qu'il en reste pour raconter.

— Tu as raison. Nous n'en tuerons que six. Un pour chaque paysan. Une simple loi du talion. Mais la liquidation des miliciens n'est que l'aspect négatif de l'opération. C'est une action de représailles, tout à fait insuffisante. Il reste l'essentiel, le cas d'Octavio Irureta, et, surtout, le règlement du sort des paysans. Que proposez-vous ?

C'est une foire d'empoigne. Ils veulent tous parler à la fois. Quelques hommes, une dizaine au moins, ne pensent qu'à tuer Irureta, et, surtout, à la manière de le tuer. Il faut que ça dure un peu, ils le découpent en image en tout petits morceaux qu'ils proposent d'envoyer à des centaines de destinataires, le président de la République en tête, quelques gamonales bien connus, aux quatre coins du pays, sans oublier les putains les plus célèbres de la capitale. Cela devient vite sadique un homme quand ça a pris, si peu que ce soit, l'habitude de tuer.

— D'accord, Irureta mérite dix fois la mort mais...

— Je propose d'envoyer ses viscères à la Faculté de médecine. Il aura ainsi contribué malgré lui à l'avancement de la science.

— Mais... (Guadalupe réclame le silence.) Tu allais dire autre chose, Socorro, quand Garbancito t'a interrompue.

Socorro est la femme de Gregorio. Elle est dure à la

souffrance, ne se plaint jamais, même à l'issue des journées les plus rudes. Un soir, j'ai dû la soigner de force. Elle hésite, regarde Guadalupe, se décide enfin.

— Je voulais dire que l'exécution d'Irureta n'arrangera pas les affaires des familles paysannes expulsées de Los Garzones, au contraire. Qu'est-ce qui est le plus important, aider les paysans ou châtier Irureta ?

Socorro a réussi son effet. Les plus violents en sont restés sans voix. Ils n'avaient même pas songé aux conséquences de leurs actes. J'ai quelque compassion pour Gervasio, chargé du cours de formation politique. Il a du travail en perspective et quelques dogmes à réviser. Guadalupe laisse peser le silence afin que se fendillent les crânes les plus durs. Puis :

— Continue, Socorro, tu as certainement une idée.

— C'est difficile à expliquer. Je ne sais pas comment dire.

— Dis-le comme tu le sens.

— Je pensais que, peut-être, on pourrait réussir les deux coups en même temps. Punir Irureta, mais sans le tuer, et obtenir la terre pour les paysans.

Guadalupe sourit, il a le plus grand mal à dissimuler une expression de triomphe, malgré son parti pris d'impassibilité qui n'est que façade. Il est évident qu'il avait eu la même idée et, probablement, a-t-il déjà songé aux moyens de la mettre en œuvre. Il attendait simplement que l'idée affleure, proposée par un autre. C'est selon cette méthode qu'il mène les réunions, il l'a affinée peu à peu. Il laisse parler les autres, s'affronter les opinions, s'user les idées qui le gênent, pour faire triompher finalement son point de vue et, mieux encore, s'il apparaît comme l'avis d'un tiers. Ce matin, il sait que tout sera facile. Socorro a dit ce qu'il attendait. Mais il feint la surprise.

— Comment cela, Socorro ?

— Je veux dire un chantage. Ou bien, il cède la terre de son propre gré, il fait semblant, ou bien...

— Ou bien...

Facundo a un geste définitif. On a parfaitement compris.

— Qu'en pensez-vous, compagnons ?

Ils ne peuvent en penser que du bien. Personne n'a de solution meilleure à proposer puisque celle-ci est la meilleure. Gervasio prend la parole. Il est enthousiaste, place une formule qu'il avait dû préparer soigneusement, tenir au chaud en attente de l'occasion : « Face à la justice de classe qui est parodique la justice populaire surgit et le peuple ne pourra s'y tromper. Cette action s'inscrit dans la suite logique du châtiment infligé au juge Arniegas. La justice populaire sanctionne les parasites, attribue la terre à ceux qui la travaillent pour le bien de tous. » Quel bonheur ! Il se félicite d'avoir été sobre il y a quelques instants. C'était maintenant qu'il fallait le dire.

Du coup, Gervasio est lancé. Le voici qui exalte le rôle politique de la femme dans la guérilla. L'intervention de Socorro en a donné la preuve, parce que la femme a le sens des autres, parce que la femme est réaliste. Il conclut par un coup de chapeau à Guadalupe « dont la lucidité révolutionnaire a su percevoir et rendre possible le rôle de la femme ». Encore une formule bien huilée, il doit s'endormir en rêvant de ses futurs discours, retourner et polir ses phrases. Gervasio a une âme de fidèle, homme d'appareil au service du chef, la conviction souple du militant, toujours prêt à faire la théorie, irréprochable, de l'événement révolu. Un adjoint précieux pour Guadalupe qu'il dispense des discours. Le jeune chef l'a bien compris.

Voici que Ramiro, maintenant, y va de son couplet, solidarité réciproque des combattants et des travailleurs, indispensables les uns aux autres. Il est enchanté à l'idée d'éviter l'exécution d'Irureta, un remords de moins, tous ces morts sont lourds à porter par un vicaire du Christ : « Une solution réaliste et qui a l'avantage supplémentaire de laisser au coupable la chance de la rédemption. » Gregorio assène un dernier argument : si on parvient à persuader Irureta à céder une part même modeste de ses terres on peut diviser les gamonales alors qu'en le tuant on les poussait irrésistiblement à l'union, à une coalition redoutable.

— Mais attention, compagnons. Tout le monde parle comme si nous avions déjà réussi. Tout reste à faire. Comment allons-nous nous y prendre pour convaincre Irureta ?

— Puisqu'on est tous d'accord sur le principe, on va préparer un plan d'action. Pour gagner du temps, les membres du Conseil vont rester ici pour délibérer. Que chacun de son côté réfléchisse, de manière à faire des propositions. Dans deux heures, l'assemblée générale se réunit à nouveau. José, viens un instant.

— Qu'est-ce que tu veux ?

— Occupe ces deux heures à faire teindre le poil du Yanqui. Entends-toi avec Chiqui, elle s'y connaît en teintures et que le Yanqui ne fasse pas d'histoires ! Avec sa chevelure en technicolor, il est trop facile à repérer. Et viens au Conseil avec une demi-heure d'avance, on aura besoin de toi. J'ai une idée, mais on ne peut pas la mettre à exécution sans ton aide.

J'intercepte Chiqui, lui explique l'ordre de Guadalupe. Cette idée la ravit. Elle m'embrasse sur la bouche à l'improviste.

— Quand te décides-tu à te purger, mon grand ?

— Une de ces nuits, ma fille. Quand j'aurai le noir.

— J'ai encore de beaux restes, tu sais.

— C'est ce qu'ils disent tous. Va, Chiqui, et reviens dès que ta mixture sera prête.

Je rejoins Joder et Patricio. L'Américain est inquiet, à l'évidence. L'animation inhabituelle du campement le trouble. Il ne cherche pas à le cacher.

— Que se passe-t-il ?

— Tu voudrais bien le savoir. L'obsession du renseignement ! Je reconnais que tu es handicapé, avec ce bras droit en berne tu ne peux même pas écrire. Le grand silence, chômage technique. À quoi cela pourrait-il bien te servir de savoir ce qui va se passer ? Tu as vu, ce matin, les paysans massacrés ? Alors, comme tu as bien un peu d'imagination, tu dois comprendre que nous n'allons pas en rester là. Ça va saigner dans les parages, violence révolutionnaire contre violence réactionnaire. Crois-tu que le sang soit un fertilisant ? En somme, on recommence votre Far West. Qu'est-ce que ça a donné chez vous ? Le désert du Nevada ou la Californie, jardin de l'Amérique, choisis. C'était du sang indien, du sang bien rouge. Ici, c'est plus mélangé.

« Mais j'oubliais. Sais-tu que l'on va te naturaliser. Tes cheveux de flamme, Guadalupe trouve qu'ils sont trop voyants. Il a raison, comme toujours, notre chef. Alors, on va te teindre, comme si tu étais une dame, Chiqui s'en occupe, et tu auras de beaux cheveux noirs. Ce n'est que le début de ta conversion, on commence par le plumage. La teinture du cerveau et celle du cœur seront plus longues à prendre mais il ne faut certainement pas désespérer. Tiens, voilà Chiqui, je te laisse en de bonnes mains.

Je m'allonge dans l'herbe haute, regarde au-dessus de moi les nuages mauves effacer le soleil, boire sa lumière.

Il pleuvra ce soir. En Espagne, la pluie avait, presque toujours, le sens de l'espoir, elle libérait parfois, après des semaines d'attente torride, les angoisses paysannes. Ici, des mois durant, la pluie n'est qu'une répétition lancinante, une sorte de rituel... Il a dit deux heures, pas davantage. Cela veut dire que, dans son esprit, tout était prévu ou presque... Qu'attend-il de moi ? L'Espagne ! Demain, c'est l'anniversaire de Mercedes, le premier que je manquerai... Demain. Il faut que j'y aille. Ils vont m'attendre. Je n'accepterai pas n'importe quoi, Guadalupe doit bien le savoir.

La réunion s'ouvre à l'heure dite. Tout paraît simple. Un scénario lisse, des rôles bien distribués. Guadalupe explique : le chantage ne réussira que si la menace est concrète, pressante, inéluctable. Ce résultat sera obtenu par un enlèvement. Quel enlèvement ? Celui d'un enfant d'Octavio ? Pas question ! L'Armée révolutionnaire ne s'en prend pas aux enfants, mais directement au responsable pour qu'il assume lui-même la responsabilité de ses actes. On va enlever Octavio Irureta tout simplement.

Guadalupe a peut-être du génie. Quel dramatique gaspillage ! Un plan cohérent, simple, avec une touche de fantaisie, un sens aigu de la publicité, celui du geste utile capable d'impressionner l'opinion, d'émouvoir les journalistes. La grande idée est de réaliser simultanément les deux opérations pour donner à entendre que la guérilla est plus forte, plus nombreuse qu'on ne croit, pour éviter que la réplique à l'une des actions puisse perturber le déroulement de l'autre et parce qu'on va se servir de l'exécution des miliciens pour impressionner Octavio. « Compagnons, quand nous aurons réussi, le climat sera malsain dans ces parages. Préparez-vous à marcher longtemps. » Je n'ai même aucune réticence à accepter le rôle qu'il m'a dévolu. Il a très vite trouvé ma place dans son petit organigramme.

Llano Grande, près de San Martín, est le plus beau domaine d'Octavio Irureta, sa fierté, son orgueil. Octavio possède bien d'autres domaines, et de plus vastes, puisque Llano Grande couvre seulement huit mille hectares mais aucun n'est aussi riche, aussi bien exploité. Dans une belle prairie plantée de samanés Octavio a fait construire, il y a une quinzaine d'années, la résidence de ses rêves, où il reçoit les grands de ce monde, deux présidents de la République déjà. Il avait caressé un espoir fou, le pape en personne, venu à Bogotá pour le Congrès eucharistique. Il aurait frété un avion spécial, Cecilia avait créé une orchidée nouvelle, la Paulina. Sa Sainteté s'est fait excuser.

Les quatre ailes du bâtiment principal sont doublées par d'élégantes galeries à arcades qui reposent sur de sobres colonnes de pierre. Les plafonds à caissons des galeries, en bois de manguier, sont admirables, dignes des artesonados espagnols les plus inventifs. Des spécialistes ont affirmé à Octavio qu'il avait construit un palais d'ordonnance classique et il a du plaisir à le croire. Les quatre corps de l'édifice se distribuent autour d'un grand patio central où les jets d'eau entretiennent une fraîcheur perpétuelle et d'éblouissantes fantaisies florales dont Cecilia Irureta est l'inspiratrice. Les vingt-deux variétés d'orchidées de son jardin sont ses créations, comme taureaux et vaches sont celles d'Octavio, fruits des croisements qu'il réalise inlassablement depuis des années entre San Martinero et Red Poll pour obtenir une race nouvelle qui conserve quelques traits des premières bêtes du llano. Octavio est heureux, l'harmonie est à lui, des champs de maïs bien cultivés, des rizières savamment irriguées, des bananeraies claires et propres, deux mille hectares de terres en plein rapport.

Octavio va au trot léger de son cheval, par les allées ombragées de la palmeraie que son père a plantée, il parle et plaisante avec ses colons au travail, partout sur le domaine. Octavio se réjouit de savoir qu'on l'aime, il en est certain, il sait qu'ils parlent de lui avec vénération. Un patron modèle. Ce n'est que justice. Chaque année, pour la fête de Noël, il offre un veau de lait à chacune des familles qui vivent sur le domaine. Il y a trois ans, il a fait installer un petit réservoir sur le toit de chaque maison, il a fait exécuter les travaux de plomberie et de robinetterie nécessaires pour que ses paysans aient l'eau courante, et tout cela à ses frais, et les femmes l'ont béni. Elles disent qu'un jour il sera un saint. Si le pape avait su...

Il y a seulement un an, il a décidé de prendre en charge l'éducation dans un bon collège secondaire de Villavicencio des enfants du domaine qui témoignent de bonnes aptitudes scolaires et le jeune Emilio Vargas étudie maintenant dans la capitale du département. Octavio est l'incarnation de la Providence pour les gens qui vivent à Llano Grande. Il est bon d'être aimé, admiré, respecté.

Octavio est en avance sur son temps. Il voyage souvent à bord de son avion particulier qu'il pilote lui-même et pour lequel il a fait tracer une piste d'atterrissage. Quand Cecilia rêve d'océan, de vagues et de corail, il l'emmène passer une semaine à San Andrés... Depuis que la route de Bogotá à Villavicencio a été modernisée, Octavio préfère prendre la Mercedes pour se rendre dans la capitale de la République. Mais Octavio n'est pas l'esclave de la civilisation mécanique. Il est aussi bon cavalier que le furent son père et son grand-père et rien ne remplacera jamais son amour du cheval.

Quand il se rend, un samedi sur deux, à Granada pour jouer au billard avec son ami Ricardo Aristazabal, Octavio préfère le cheval... Tout le monde peut rouler en Mercedes mais rares ceux qui peuvent monter un cheval anglo-arabe de race pure, plus rares encore ceux qui peuvent exhiber des éperons d'argent du dix-huitième siècle à parure de tourmaline. Lorsqu'il cavalcade sur la route de Granada, suivi de ses deux valets d'écurie, pour se rendre à Hato Nuevo, les gens de passage reconnaissent Octavio et le saluent, les automobiles et les camions eux-mêmes s'arrêtent quelques instants sur le bord de la route pour ne pas l'incommoder en l'obligeant à respirer la poussière qu'ils soulèvent.

Ce matin, cependant, la terre tourne à l'envers. Deux cavaliers lancés au grand galop viennent de dépasser Octavio, l'un à droite, l'autre à gauche, et de l'envelopper dans un nuage opaque et jaune. Des étrangers évidemment, des hommes qui ne le connaissent pas. Octavio est devenu aveugle, son cheval s'est cabré, il l'apaise en le flattant de la main, en lui parlant avec douceur, et il prend le pas afin d'attendre que la poussière se dissipe et repose. Il distingue enfin les deux masses vertes qui encadrent la route et, bientôt, celle-ci se dégage.

La route est vide, silencieuse, et le silence est tel qu'Octavio se retourne. Ses deux domestiques ont disparu. Peut-être se souvient-il d'avoir entendu, confusément, un cri, une sorte d'appel indistinct. À l'autre bout de la route surgit une tache noire qui sautille et grandit, une guimbarde cahotante vient vers lui, elle occupe le milieu de la chaussée, vient droit sur lui, sans paraître devoir s'écarter, Octavio freine encore son cheval pour donner à ces intrus le temps de le reconnaître, et la voiture dérape, s'arrête en travers de la route en faisant crisser les pneus.

Quatre hommes bondissent hors du véhicule, masques d'Indiens aux peintures de fête, l'un a saisi la bride du cheval. « Descends, vite... si tu tiens à la vie. Ta gueule. » Un homme a dégagé ses pieds des étriers, le fait basculer en arrière d'une bourrade, il se retrouve debout sur la route auprès de son cheval, il est enlevé, emporté, ceinturé, ses bras sont paralysés, prisonniers d'une poigne impérieuse, un masque silencieux se penche sur lui, armé d'une seringue, la pointe d'un poignard fend sa culotte de cheval, une aiguille perce sa cuisse, un liquide dur pénètre sa chair, la terre affolée tourne dans tous les sens, une esquille de route monte vers le ciel, redescend vers l'enfer, se perd dans le brouillard vert des hautes fougères arborescentes, la cathédrale sombre des fougères géantes où il fait nuit.

Pour accueillir Guadalupe, Mano Fuerte et leurs compagnons, dont je suis, à Puerto Limón lorsqu'ils reviennent en portant leurs fardeaux, les trois corps endormis, il y a six têtes de mort, les têtes fraîchement coupées des miliciens d'Octavio, fichées sur des pointes durcies au feu de bambous plantés dans la clairière. Leur langue bleue, pendante, pèse d'un poids si lourd dans ma bouche que j'ai envie de vomir. Je savais mais ce n'est rien de savoir, les mots ne signifient rien sans les choses. Elle ne finira donc jamais, cette danse macabre, ce vieux ballet funèbre de l'Histoire où s'échangent sans fin les figures sanglantes. Guadalupe est pâle, regarde fixement ces signes sinistres, se détourne enfin vers moi.

— Il se réveillera dans combien de temps ?

— Bientôt. Une heure, une heure et demie, peut-être moins. Comme les autres d'ailleurs.

— Bon. Alors, allongez-le sur une litière, comme vous pouvez, soulevez un peu sa tête. Il faut qu'il voie les têtes de mort bien en face quand il se réveillera.

175

— Tu ne penses pas que tu pousses un peu ? Tu n'en fais pas un peu trop ?

— Ne t'imagine pas que c'est par sadisme. Je ne cherche qu'à gagner du temps et à réduire le nombre des morts. Ce spectacle peut donner à réfléchir.

— Guadalupe, tu n'as pas de comptes à me rendre.

— Il ne s'agit pas de cela. Je te demande seulement de comprendre.

— À quoi cela peut bien m'avancer de comprendre ? Il est tellement plus confortable de ne pas comprendre.

— Ça suffit. Fais ton travail et fous-moi la paix. Je n'ai pas le temps d'avoir des remords.

Octavio Irureta n'est pas un lâche mais son réveil ressemble beaucoup à un cauchemar. Il est couché dans une niche de verdure encadrée de bananiers, face à une parade macabre, environné des mêmes masques que tantôt. Il y en a seulement davantage. La voix provient du groupe des masques, il ignore duquel et il s'en fout.

— Tu vois, nous n'en avons tué que six, un pour chacun des paysans assassinés. Représailles simples, sans intérêts, tu vois, nous n'aimons pas la mort. Nous avons épargné les deux plus jeunes, ils auront plus de temps pour se souvenir. Qu'en penses-tu, don Octavio ?

— Je ne leur avais pas ordonné de tuer ces paysans, mais de leur faire vider les lieux et de faire un exemple.

— Tu aurais dû préciser le sens qu'avait pour toi le mot « exemple ». Ils n'étaient pas très subtils et ils ne possèdent pas ta culture. Peut-être ne savaient-ils même pas qui était Ésope. Tu aurais dû y penser.

— Pourquoi vous en prenez-vous à moi ? Mes paysans vivent bien, ils sont heureux de travailler sur mes domaines. Vous pouvez vérifier.

176

— L'ennui est que tu fais vivre cent personnes où quatre à cinq mille vivraient à l'aise.

— Et les salaires que je paie au temps des récoltes aux peones ? Ce sont les plus élevés du département.

— Tu es un bon patron, don Octavio. Et nous te félicitons chaleureusement pour la lettre que tu viens d'écrire au directeur de l'Institut de la réforme agraire. C'est une très belle lettre.

— La lettre ?

— Bien sûr... Tu ne te souviens pas ? Tu nous l'as pourtant dictée il y a une heure à peine. Voudrais-tu que je te la relise ?... « Je soussigné, Octavio Irureta, propriétaire foncier, demeurant à Llano Grande, département du Meta, désireux de contribuer à la solution des problèmes sociaux que connaît notre chère patrie et à l'accélération de la réforme agraire... » Ce sont de très nobles intentions, n'est-ce pas ?

— ...

— Je reprends : « ...et à l'accélération de la réforme agraire, décide de céder en toute propriété une parcelle de mille hectares sise sur mon domaine de Los Garzones, municipe de Puerto Limón, département du Meta, à la coopérative paysanne de Huila Veintiuno (c'est extraordinaire de prendre une telle avance sur ton temps, une génération d'avance !), constituée par les quatre-vingt-huit familles dont la liste vient en annexe de cette lettre, avec le plan cadastral de la propriété de ladite coopérative et l'indication de ses limites. (Je ne te relis pas la liste, ce serait trop long.) Je crois qu'il n'est pas meilleure façon de manifester mon respect pour la constitution de notre cher pays et notamment pour son article 30 car je suis profondément convaincu que la propriété est une fonction sociale qui implique des responsabilités et des devoirs. (C'est excellent, ça !) J'espère que mon exemple sera suivi par un grand nombre de propriétaires de ce pays. » Je constate que tu emploies souvent le mot « exemple ». Mais cette fois il est très bien choisi.

— Cette lettre est une plaisanterie. Elle n'a aucune valeur.

— Elle en aura une si tu la signes et si tu en confirmes les termes quand tu seras libéré. Nous te laissons le soin de préparer le contrat de propriété en faveur de la coopérative, naturellement nous le ferons examiner par nos juristes, mais nous te laissons le bénéfice moral de ce beau geste. Tu l'as accompli en toute liberté, n'est-ce pas, l'idée t'en est venue un matin où tu assistais à la messe... Une grâce du ciel... Je crois que tu vas signer.

— Et si je ne signe pas... ? Et si, après avoir signé, je change d'avis ?

— Regarde-les... Ils sont tout à fait morts. Mais tu ne changeras pas d'avis. Qui pourrait croire que tu as signé sous la menace ?... Un homme de ta trempe !

— Vous parlerez et je serai déconsidéré.

— Personne, aucun d'entre nous, ne parlera. D'ailleurs, qui pourrait ajouter foi à la parole de hors-la-loi, d'antisociaux, contre ta parole ? Les paysans sont totalement en dehors du coup, ils ne savent rien, ignorent même que tu as été enlevé. Ils seront surpris sans doute par ce geste généreux, mais ils croient aux miracles et leurs femmes plus encore... Il y a les morts, c'est vrai, mais ce sera un argument de plus en ta faveur, tu pourras dire bien haut que tes instructions n'avaient pas été comprises, que ce fut une erreur tragique, tu pourras faire dire des messes pour le repos de leurs âmes... Ils croiront que ton geste est un hommage aux morts, une manière de proposer l'oubli... Tes domestiques n'ont pas vu grand-chose... Il ne tient qu'à toi qu'ils n'aient rien vu du tout... un veau de plus pour Noël peut-être. Tu expliqueras à Ricardo Aristazabal que tu as eu un éblouissement, la chaleur sans doute, tu as dû t'étendre à l'ombre. Une partie de billard, ça se remplace facilement.

— Donne cette lettre... Vous avez une machine à écrire ici !

— Nous avons pu nous en procurer une.

Octavio Irureta lit la lettre, lentement, ligne à ligne, mot à mot, à mi-voix. Puis, il signe, un beau paraphe, une boucle élégante, puis il tend la lettre à l'un des masques.

— J'espère que vous tiendrez parole. La prochaine fois adressez-vous ailleurs.

— On te foutra la paix jusqu'à la Révolution.

Octavio Irureta se réveille quelques heures plus tard sous la voûte des hautes fougères arborescentes. Les deux valets d'écurie sont étendus auprès de lui. Ils dorment encore. À cette heure, les guérilleros sont loin de Puerto Limón. Ils s'en vont à l'Orient vers la grande forêt, le monde vert où résident les âmes des hommes qui ont aimé la justice. Ils retournent aux principes masculins de la forêt, aux principes féminins des rivières. Les Andes, derrière eux, escaladent la nuit.

L'ELDORADO

Quebradablanca

Patrick découvre chaque jour la nouveauté de son corps, faite de marches interminables, de terre et d'herbe foulée, d'eau de pluie, de soleil et de vent, de nourritures frugales ou incertaines. Une peau tannée qui n'avoue plus rien de ses origines, des kilos de muscles durcis pour habiller son squelette sont le produit de ces semaines et il a contemplé plusieurs fois dans le miroir de Chiqui un visage inconnu sous d'incroyables cheveux noirs.

Tout a changé, comme changeaient la vie, la couleur de sa peau et l'ordre du temps. Dans la captivité des premiers jours il n'avait voulu voir qu'une épreuve, la plus simple et la plus dure à imaginer pour lui, la perte de sa liberté. Parce que la liberté lui était toujours apparue comme un bien de naissance, une richesse évidente, simple, à la manière de l'or. Aujourd'hui, les miroitements de la liberté sont étranges. L'attente fiévreuse de la première semaine, les réponses espérées aux contacts pris à Bogotá, à peine s'en souvient-il, il n'est même plus sûr que ces réponses l'intéressent, sinon sous la forme d'un remords.

Il est vrai, il lui arrive d'avoir peur, il éprouve l'inquiétude latente de perdre la vie dans l'aventure mais ne parvient pas à imaginer sa mort. S'il pouvait choisir, il prolongerait l'expérience longtemps encore, au moins pour quelques mois. On reçoit si rarement dans une vie l'offrande de l'extraordinaire. S'il en revient, il saura une partie des choses qu'il fallait savoir, de ces choses qu'ils ignorent dans les états-majors et dans les cercles politiques.

Marina, nous marchons sans trêve, mais nous n'allons nulle part. Depuis deux semaines, nous parcourons la savane. Nous marchons surtout la nuit, à moins de pouvoir cheminer à l'abri d'une de ces galeries forestières qui suivent le cours des rivières et qui nous dérobent aux patrouilles indiscrètes des hélicoptères. Nous cherchons à disparaître de la mémoire des hommes, comme je disparais peut-être de la tienne...

Je regrette de te décevoir mais ici, vois-tu, les significations de l'art ne me seraient d'aucun secours. Et ce n'est même pas comparable aux carrières d'Oolithic. Croirais-tu que j'aie presque oublié les formes des villes, leur densité de pierre et de lumière artificielle, la protection implicite et rassurante de leur foule anonyme ? J'aimais autrefois me baigner dans le mystère d'un regard éphémère, imaginer un destin pour élucider ce mystère, n'importe quoi... Ici, je n'ai à déchiffrer que des visages familiers et il n'y a pas autre chose à deviner que les avatars du drame final. J'ai la conviction en apparence illogique, en apparence seulement, de faire partie d'un équipage de naufragés dont je serais l'un des rares rescapés. Car quelques-uns d'entre eux au moins n'ont pas tellement envie de survivre, c'est plutôt un sens dévoyé du sacrifice qui est le ressort de leur action.

Je voudrais que tu puisses comprendre car, il ne faut pas s'y tromper, il y a ici des hommes qui sont, à la lettre, admirables. Pas tous, c'est sûr, je pourrais te brosser quelques portraits de brutes, trois ou quatre types dont le goût du meurtre est éclatant. Il y en a un, Facundo, qui ne cesse de me reprocher muettement d'être en vie. Ma présence lui rappelle constamment la frustration qui fut la sienne, la première nuit, quand il reçut l'ordre de ne pas m'achever. Il se maîtrise assez bien mais je l'étudie constamment, tu comprends, j'apprends ses gestes, les yeux, la bouche, les réflexes d'un tueur. Je n'en espère pas de révélation métaphysique, je me donne seulement une chance supplémentaire de sauver ma peau. Heureusement, je peux m'intéresser à d'autres spécimens d'humanité.

Je pourrais te les décrire tous, ils sont mon public quotidien. Tiens, le chef du groupe, par exemple, Guadalupe, curieux ce nom, donné en l'honneur de Notre-Dame, un jeune homme de vingt-cinq ans environ, efficace, dur, sans être cruel, mais impitoyable quand il croit que c'est nécessaire, un véritable meneur d'hommes... quel abominable gâchis ! Je préfère ne rien conclure à propos de Guadalupe mais je ne lui veux pas de mal. Celui qui me fascine plus encore, c'est l'Espagnol, je ne sais comment le définir, une sorte d'anarchiste dont les réactions sont imprévisibles. Je ne suis sûr, ou presque sûr, que d'une chose, il s'agit d'un non-violent, invraisemblable dans ce milieu, mais c'est comme ça. À coup sûr un ancien chirurgien, très compétent, je l'ai vu à l'œuvre et j'étais le cobaye, mon bras est à peu près guéri. Il est d'assez loin le plus âgé d'entre nous et, quand nous marchons durant une nuit entière, je vois bien qu'il souffre. Mais il ne se plaint jamais, on dirait même qu'il jouit de sa propre souffrance, j'ai surpris dans ses yeux de vraies lueurs de gaieté alors qu'il pouvait à peine suivre. Ce sont de drôles de corps, les hommes, Marina !

Et les femmes ! Te parlerai-je de Socorro ? C'est la femme légitime de l'un des guérilleros, nous avons deux femmes légitimes et deux femmes à tout le monde. Socorro est pure et dure comme un bloc de granit, elle traverse notre univers sans paraître le voir, le regard confisqué par le paysage irréel qu'elle porte en elle. Son homme, Gregorio, elle l'a installé dans le paysage, et tout est dit. Quand il n'y a que des haricots noirs, elle mange des haricots noirs. Elle n'a plus de chaussures, elle va pieds nus. Je t'ai dit qu'elle était dure, non, elle est douce. Je t'ai dit qu'elle vivait dans l'imaginaire, elle a plus de sens pratique que nous tous réunis.

Plus j'admire certains de ces types, plus je comprends qu'il faut en finir avec eux. Au moins les amener à cesser le combat. Tant qu'il y aura des hommes comme Guadalupe, la guérilla conservera sa force d'attraction et empoisonnera l'avenir. Si on lui en laisse le temps, Guadalupe deviendra un mythe, à l'égal du Che. S'ils me libèrent, je les trahirai, pourquoi est-ce que je pense ce mot, c'est mon job de les combattre, à regret, mais il le faudra bien. À l'exception de l'Espagnol, qui a bien d'autres choses en tête, ils n'ont que cette saloperie de marxisme pour référence. Le curé lui-même, pour comble nous avons aussi un curé, mélange le vocabulaire marxiste à ses réminiscences de l'Ancien et du Nouveau Testament, cela donne d'étranges discours...

Marina, je sais bien que je triche. Je me raconte à toi pour préserver mon identité. Mais je n'aperçois plus qu'une silhouette frileuse sur Michigan Avenue et tes cheveux où brillait l'eau de pluie. Saint Janvier éclaire toujours Little Italy d'une guirlande d'ampoules bleues mais je ne vois, Marina, que nos ombres sur les murs...

La nuit est aussi claire que celle de l'embuscade. Déjà

le temps de deux lunes. Les crêtes de la sierra de la Macarena partagent en deux le ciel de l'ouest. Nous sommes revenus vers les montagnes, aux abords du pays des hommes, comme si nous en faisions vraiment partie.

Cela s'est fait très vite, l'affaire de quelques minutes. Les mots convenus, les bourrades pudiques de l'amitié virile, et la séparation est accomplie, ils ne sont plus qu'une dizaine à regarder les Andes en face. Les autres restent, deviendront ou redeviendront paysans, le sel de cette terre, prêts à reprendre les armes, le jour où dans tout le pays se lèveront les étendards de la Révolution... Ils ont eu à peine le temps de voir disparaître leurs visages, Gregorio le llanero et sa femme Socorro, Gervasio l'étudiant, Mano Fuerte le colosse, et Joder qui porte sa vérole sur la face comme une publicité pharmaceutique, et tous les autres. Il faut marcher, encore et toujours. La terre devient dure sous les pieds, sèche et pierreuse, le sentier monte, raide, s'accroche à la pente au-dessus d'un torrent. Personne ne parle, ils ne sont plus qu'effort et sueur, et je suis le dernier dans le sillage de Chiqui. Lorsqu'ils s'arrêtent enfin, après deux heures d'ascension, sur un replat étroit où un bouquet de moriches abrite deux chaumières abandonnées, je prends la taille de Chiqui.

— Tu es une bénédiction, femme. Tu fais des miracles, comme les anges du ciel.

— Pourquoi te moques-tu de moi ?

— Je ne me moque surtout pas. Rien qu'à regarder ton cul, je me sentais pousser des ailes. Et c'est grâce à quoi je suis monté jusqu'ici.

— Des ailes ! C'est bien la première fois. D'habitude...

— Je le sais que tu nous fais tous bander, femme. Seulement, tu vois, j'ai pris de l'âge. Mes muscles ne parviennent pas à travailler tous ensemble. Tu devrais t'intéresser au Yanqui, il est jeune, lui.

— Depuis que je lui ai fait les cheveux noirs il est beau. C'est dommage qu'il soit yanqui et qu'il doive mourir si jeune.

— Pourquoi veux-tu qu'il meure ?

— Ce n'est pas que je le veuille. Mais il le faudra bien si les siens ne veulent plus de lui.

— On ne peut rien prévoir, sais-tu. Tiens ! Regarde, Guadalupe lui parle.

Guadalupe a pris l'Américain à part. Il est froid, désinvolte :

— Ça ne va pas très fort pour toi, ils ne manifestent guère d'enthousiasme pour te récupérer... Tu dois être moins important que tu ne croyais car ils affirment que nous avons mis la barre beaucoup trop haut... Enfin, ils n'ont pas dit non, mais oui pas davantage. Peut-être cherchent-ils seulement à gagner du temps pour obtenir un échange moins coûteux, mais ça ne me plaît pas.

« Tu nous gênes, comprends-tu, même si tu réussis à rester discret. Si on avait pu te laisser là-bas avec les autres, on l'aurait fait, mais c'était impossible pour des raisons, comment dire, techniques, c'est cela techniques. Alors, moi, j'étais partisan de te liquider. Après tout, on a, longtemps, joué le jeu de la négociation, si tes chefs te laissent tomber... Chaque jour qui passe, tu en sais davantage sur nous et cela devient dangereux. Nous partons dans les montagnes, créer un nouveau front, enfin front c'est un grand mot, un autre foyer de guérilla, pas très loin de la capitale, cela sera peut-être plus facile de négocier mais le risque augmente et c'est pourquoi j'étais partisan d'en finir avec toi. Cela ne me plaît pas que tu sois toujours avec nous si près de Bogotá.

« Il n'y a qu'une bonne route pour sortir des llanos, tu le sais aussi bien que moi, naturellement on ne l'a pas prise. Mais le pont de Quebradablanca, c'est un peu trop compliqué de l'éviter : ou bien on passe dans le lit du torrent et on est sûrs de se faire repérer, je ne tomberai pas dans ce piège, ou bien on devrait faire un détour interminable. Nous passerons donc par le pont. Et si tu le veux vraiment, tu pourras t'évader. Je te le dis parce que, de toute façon, tu t'en serais très vite aperçu. Voilà pourquoi... Bon, je me répète. Mais José a insisté pour qu'on te laisse ta chance. On passera en ordre dispersé, naturellement, deux par deux, si tu acceptes cette fois encore de donner ta parole, tu passeras le dernier, en compagnie de José. Nous aurons pris deux jours d'avance... Je dois beaucoup à José, je ne pouvais pas lui refuser. Si ce n'était que moi... Il dit que tu accepteras et que tu tiendras parole.

— J'accepte.

— Tu auras une occasion idéale de t'évader. Il se peut que ce soit la dernière.

— J'attendrai une autre occasion.

— José souhaite peut-être que tu profites de celle-ci.

— Pourquoi le souhaiterait-il ?

— Je ne comprends pas toujours les idées de José. Mais, bien entendu, si tu t'évades, je ne lui devrai plus rien.

— J'ai compris. Ne te donne pas tant de mal.

Guadalupe s'est détourné. Il observe les nuages mauves qui accourent de l'est pour se briser sur la muraille des Andes. Soudain, il pivote sur les talons, met la main sur l'épaule de Patrick, une main crispée, nerveuse. Il y a autant de passion dans ce geste qu'il y en a dans les yeux et dans la voix.

— Ce n'est pas ce que tu crois... Je ne veux pas le perdre.

La passion installe un homme au cœur de sa propre lumière et Guadalupe apparaît à Patrick tel qu'il est vraiment, très jeune et très seul, aussi démuni dans l'île déserte de sa force qu'il peut l'être lui-même dans sa faiblesse. C'est dangereux la promiscuité, le simple fait de parler ensemble. Il est tellement plus facile de faire la guerre enfermé dans un bombardier, à bonne distance des hommes et des cibles. Patrick s'éloigne de quelques pas. Les premières gouttes s'écrasent sur les larges feuilles vernissées des moriches. Quelques instants encore et, comme chaque jour ou presque depuis que la saison des pluies a commencé, l'averse s'abat, diluvienne, sur ce versant des Andes.

La montagne est prise dans un filet serré de pluie, une chape grise sur l'immense toison verte. Et, durant plusieurs heures, ils écoutent, à l'abri de l'une des chaumières, l'averse crépiter sur les toits, jusqu'à ce qu'elle se réduise à un murmure léger. Le ciel se dégage rapidement, de larges avenues bleues creusent les massifs blêmes des nuages et les dernières écharpes de brume se défont sur la cime des arbres. Une haleine parfumée monte de la terre frémissante striée par des ruisselets d'eau noirâtre. Dans la transparence du soir, au-dessus d'eux, les flamboyants colonisent la pente, épinglent leurs papillons rouges sur la pelisse verte lustrée par la pluie.

— Nous pouvons repartir. Il ne pleuvra plus ce soir. On a le temps d'arriver au sommet avant la tombée de la nuit.

Ils s'enfoncent dans le tunnel de verdure. La forêt s'égoutte lentement, un halo de lumière argentée environne les feuillages. À cette altitude, dix-sept à dix-huit cents mètres, la forêt gavée quotidiennement d'eau et de

soleil prolifère, produit d'imprévisibles et odorants repo-
soirs. Les derniers toronjos portent encore de beaux fruits
jaunes à veinules vertes et lorsque l'un ou l'autre des
guérilleros cueille une toronja au passage il fait vibrer les
branches et briller les dernières gouttes de pluie. La chair
est dorée, pulpeuse, fraîche comme une rosée, acidulée. Il
y a sur les arbres des milliers de toronjas qui ne seront
jamais récoltées et l'on vend à Chapinero des oranges
importées de Californie qui se payent en dollars.

Plus haut, la forêt devient plus dense, resserre son
emprise sur le sentier. Les hommes qui vont en tête
doivent parfois jouer du machete pour se frayer un
chemin entre les tamariniers à grappes rouges et les buissons de lauriers-roses qui croissent dans l'ombre claire
des grands bucarés au tronc lisse et droit dont les longs
rameaux déploient leurs draperies tissées de cheveux
d'ange. Les épiphytes jaillissent des branches, s'entrecroi-
sent inextricablement, jusqu'à tendre entre les arbres de
flexibles ponts de lianes, à la faveur d'étroites clairières
s'épanouissent des amaryllis aux couleurs éclatantes,
de safran, d'écarlate ou d'émeraude, et leurs étamines
multiples oscillent doucement, danseuses imperceptibles.
Sur de vieux troncs d'arbres moussus des pieds d'orchidées ont pris racine et produit des tiges sveltes, porteuses
de fleurs sauvages et somptueuses dont le labelle frémit
comme un drapeau de soie. Un colibri presque immaté-
riel, miracle de plumes à l'éclat de turquoise, suspendu
dans l'air immobile par l'effet d'invisibles vibrations,
aspire le pollen d'une orchidée d'un bec aussi fin et
brillant qu'une épingle de diamant. José pince la fesse de
Chiqui.

— Il est beau ton pays.

Chiqui se retourne. Je vois avec surprise se tendre un
voile de larmes sur ses yeux bruns.

— C'est ce que disait Edison. Il le répétait toujours. La Colombie est belle comme le paradis. Il y a autant d'oiseaux et de fleurs ici qu'au paradis.

— Ce doit être vrai. C'est dommage que les anges aient foutu le camp.

— Qu'est-ce que tu racontes ?

— Des sottises, comme d'habitude. Monte, Chiqui, les autres nous ont semés.

Un épais tapis de mousse étouffe le bruit de leurs pas comme il étouffe les tentatives du sous-bois. Les fleurs naissent à hauteur d'homme de vieilles branches four- chues où l'humus nourrit des guirlandes de merveilles, les épis violine ou jaune des bromélies dressées sur leurs hampes dentelées. Dans un dernier paroxysme, la selva nublada déferle en vagues serrées jusqu'aux approches de la crête, puis elle s'éclaircit rapidement, telle une armée fauchée par la mitraille. Des squelettes d'arbres fusillés par la foudre brillent dans le grand soleil rouge du crépuscule.

Au loin, vers l'est, dans les profondeurs, découpé en lanières parallèles par les zébrures claires des rivières, le llano bleuit lentement pour s'offrir à la nuit. Plus près, à leurs pieds, très bas, au-delà du lourd manteau forestier qui couvre l'autre versant, le Rio Negro venu du cœur des Andes se rue hors de la montagne en bondissant de gouffre en gouffre. En face, telle une plaie purulente dans la chair de la montagne, se creuse la brèche fantastique de Quebradablanca, où la verdure a disparu, s'offrent la rocaille et la terre à l'état nu, des escaliers monumentaux d'éboulis, scandés par les éclats d'argent des cascades toujours renouvelées. On aperçoit le grand pont métal- lique, un peu en amont du confluent entre la Quebrada et le Rio Negro, qui relie les deux tronçons de la route de Bogotá à Villavicencio. Des mobiles rouges et blancs glissent sur le pont dans les deux sens. Deux mille mètres de dénivellation effacent tous les sons, le langage de la lumière se voile. Guadalupe prend le bras de Patrick, désigne le llano du geste.

— Tu vois, gringo, quand nous serons délivrés des impérialistes, nous construirons des barrages sur quelques-unes de ces rivières que vomissent les Andes, nous fabriquerons de l'électricité pour tous les Colombiens, nous drainerons ces plaines et on verra surgir d'autres montagnes, des montagnes de riz, de maïs, de sucre, de coton.

— J'ai entendu cela il y a quelques jours déjà. Devine qui le disait.

— Je ne sais pas.

— Le général Garcia Benegas, le ministre. Presque exactement ce que tu viens de dire.

— Il voulait chasser les impérialistes ?

— Il n'a pas parlé des impérialistes, c'est vrai, mais il disait aussi quelque chose d'astucieux, que nous serions obligés de vous payer, nous, tous les pays industrialisés, pour que vous conserviez vos grandes forêts parce qu'elles reproduisent l'oxygène du monde.

— Qu'est-ce qu'il veut dire ?

C'est Chiqui qui veut s'instruire.

— Les arbres possèdent de la chlorophylle, tu comprends. C'est une substance très importante, qui absorbe le gaz carbonique et qui dégage de l'oxygène, surtout quand il y a du soleil. C'est pour ça que si les immenses forêts de l'Amérique du Sud disparaissaient les hommes mourraient par asphyxie.

— Ça alors ! (Chiqui regarde José avec admiration.) Tu sais tout cela parce que tu es médecin. Moi, je croyais que la chlorophylle c'était pour avoir les dents blanches. Je l'ai vu sur des affiches. Pourquoi vous riez ?

Une franche rigolade secoue le groupe. Guadalupe rit tout autant que les autres. Il se moque d'abord de lui-même.

— Tu as raison, Chiqui. Je n'en savais pas plus que toi, alors ne te vexe pas. Il est utile d'être instruit. J'aimerais seulement savoir quand vous commencerez à payer pour que nous gardions nos forêts. Dans trente ou quarante ans, quand cette génération sera sous terre ?

— Il vous faudra bien un délai aussi important pour en finir avec les impérialistes. Tu devrais y penser.

— C'est à voir.

— Pour ce qui te concerne, gringo, ça pourrait même demander beaucoup moins de temps.

Facundo tapote le canon de sa carabine en regardant Patrick dans les yeux. Il a prononcé ces mots avec une étrange douceur. Un sourire cruel tord sa lèvre supérieure. Facundo souhaiterait ne pas attendre trop longtemps.

— Je pense que tu devrais éviter les provocations. Ce pourrait être mauvais pour ta santé. Facundo a parfaitement raison... Bien, nous allons préparer l'abri, on campera ici. Demain, Ramiro et Garbancito partiront les premiers. Après-demain, ce sera mon tour avec Facundo, ensuite Chiqui et Tiburón, puis Juan et Pito. José et le Yanqui fermeront la marche. Après avoir passé le pont, nous nous regrouperons comme il est convenu. Chiqui et Tiburón, vous prendrez l'autobus, personne ne vous connaît. Juan et Pito, même chose. Les autres se débrouilleront. Ça se passera bien. Au travail.

Ramiro et Garbancito sont partis de bon matin... Les hommes tuent le temps en jouant aux cartes, Chiqui prépare le repas et Guadalupe l'aide en rêvant. Il reverra bientôt son vrai pays, le Boyacá austère et rude, les lignes

194

sombres des páramos, les chaumes roux des blés mois-
sonnés... Les éclats de voix de Patrick et de José qui
discutent avec passion traversent son rêve. Tout va recommencer... Les victoires d'hier ne prédisent pas les succès
de demain, peut-être, au pire, ne serviront-elles à rien. Le
regard de Guadalupe accroche les nuages d'orage qui
reviennent en force. À midi, il recommence à pleuvoir.

L'averse de ce jour atteint rapidement une intensité
inouïe. Le rideau gris de la pluie supprime complètement
le paysage. Ni ciel, ni forêts, ni montagnes. Lorsque la
pluie frappe directement le sol, les gouttes s'écrasent avec
une telle violence qu'elles creusent dans la terre de petits
entonnoirs où mousse une écume blanchâtre. La toiture
de lianes tressées, tendue la veille au soir entre deux
arbres, pour servir d'abri, laisse filtrer une eau tiède.
Déluge pour confondre le jour et la nuit, brouiller le
temps, opaque, obscur. Lentement, lorsque l'averse
s'atténue, la forêt émerge de l'univers liquide où elle avait
sombré. Sur le versant opposé, de l'autre côté de la vallée,
la masse sombre de la montagne se libère de la gangue
nuageuse, grandit en même temps que la rumeur née
dans un ailleurs indistinct, sur l'autre versant du
brouillard, qui s'enfle jusqu'à la démesure, se convertit en
hurlement incompréhensible car le sol reste ferme sous
leurs pieds, ne se dérobe pas...

— Là, dit Tiburón.

Il tend le bras vers l'avant, désigne le grand ravin,
insiste, les oblige à voir. Un pan entier de montagne
suspendu au-dessus de la Quebradablanca descend en
avalanche, glisse, telle une pâte de chocolat fondu sur une
tôle brûlante. Des fragments de roc explosent dans l'air,
éclaboussures de silex, de grands arbres titubent, puis
s'abattent en se croisant comme des épées. L'avalanche
s'accélère, se précipite, plonge enfin dans la quebrada

avec un fracas assourdissant. Des rochers volent comme des billes, des gerbes dures de cailloux mitraillent la montagne alentour. Et la clameur se discipline, se module, roule, tambour funèbre dans le couloir des vallées, renvoyée d'une paroi à l'autre jusqu'au silence incroyable, presque insupportable. Le glissement de terrain a barré le thalweg de la quebrada à mi-versant, un gigantesque cône d'éboulis obstrue le ravin. Ils demeurent quelques instants incrédules, figés dans une consternation muette.

— Regardez, dit Pito. La quebrada ne coule plus.

— Cela va être un désastre, dit Patrick.

— Qu'est-ce qu'il te faut de plus !

— En amont, le torrent donne à plein maintenant. Regardez ce qui dévale. L'eau va s'accumuler derrière le barrage de terre et de rochers. Et quand la pression sera trop forte, quand le verrou... Dieu, regardez !

Quelques centaines de mètres en aval, une autre avalanche, de dimension moindre, vient de couper la route. Un autobus rouge et blanc, atteint de plein fouet, culbute et dévale de tonneau en tonneau jusqu'au lit du Rio Negro. Trois ou quatre automobiles, tirées comme des moineaux, suivent le même chemin.

— Ramiro et Garbancito ?

— Ils sont partis de bonne heure. Ils auront eu le temps de passer. Ils doivent être de l'autre côté du pont à présent.

— Je ne voudrais pas être à la place de ces gens, dit Pito.

Il montre la longue file d'autobus, de camions, de voitures, immobilisée sur la route, entre le lieu où la chaussée vient d'être emportée, laissant une brèche béante, et le pont. Des silhouettes dérisoires s'agitent sur la route. Guadalupe inspecte la situation à la jumelle.

— Ils feraient mieux de passer le pont sans plus attendre, dit Patrick. Ils peuvent encore réussir. Rester là, c'est de la folie.

À cet instant précis, un autobus s'engage sur le pont. Il brinquebale un moment, parvient à la rive opposée et gravit la pente.

— C'est un autobus de la flotte Macarena, un jaune et bleu, dit Guadalupe. Il s'est sauvé et il met tous les gaz.

Trois voitures ont suivi l'autobus. Une autre file de véhicules, en provenance de Bogotá, est en attente de l'autre côté du pont.

— Je me demande ce qu'ils espèrent, ceux-là. Ils feraient beaucoup mieux de faire demi-tour et de prendre leurs distances. Ce n'est pas fini.

— Ça, tu peux le dire. Nous n'avons encore rien vu.

— Toi, Yanqui, tu nous les brises. Qu'est-ce que tu sais de la Colombie ?

— Colombie ou pas, qu'est-ce que ça change ? C'est une simple loi de la physique, une sorte de loi qui peut même être respectée en Colombie, l'exception, tu vois ! Tu n'as qu'à considérer le débit du torrent en amont du barrage. Il n'y en a même pas pour une heure. Pense au nombre de mètres cubes qui sont déjà sous pression.

— Il y en a qui ont compris. Ils font demi-tour.

Un nouvel autobus s'engage sur le pont. Dans l'air redevenu léger le grincement de l'armature métallique devient perceptible. L'autobus atteint l'extrémité du pont et vire sur la route à fort pendage. Deux automobiles sont dans son sillage. La troisième n'atteindra jamais le pont.

Le barrage vient d'exploser avec un rugissement d'enfer. Une colonne sombre, couronnée d'écume, d'une vingtaine de mètres de hauteur, dévale le lit de la quebrada à la vitesse d'un train rapide, percute le pont, monte en quelques secondes à la hauteur du tablier. Propulsé comme une barque au sommet de la colonne le pont tire sur ses câbles avec une plainte de métal forcé jusqu'à ce que le premier câble cède en râlant. L'armature du pont pivote de quatre-vingt-dix degrés, heurte brutalement le flanc du ravin, arrache le deuxième câble et s'en va, à la crête de la vague de pierre et de boue, s'abîmer quelques centaines de mètres plus bas. Camions, autobus, taxis, voitures, aspirés par le cyclone solide, croulent dans le ravin, déjà broyés, laminés, dépecés, lacérés, enterrés, invisibles, absents, comme les cris, inaudibles, des victimes. En deux ou trois minutes l'agitation qui environnait le pont a été escamotée, engloutie. Le silence authentique de la mort. Un instant, personne n'ose le rompre. Guadalupe sait déjà que ce désastre le sert.

— Nous partirons tous demain matin, dès six heures. Avec le bordel prévisible personne ne s'occupera de nous et le passage sera facile. Tous sauf vous deux, José et Patricio. Vous nous suivrez à quatre heures de distance.

La fièvre des grandes catastrophes et les voix basses des toilettes de mort. Groupes d'hommes et de femmes, perdus de palabres, rassemblés au-dessus du ravin où le soleil allume des ruisseaux d'étincelles. Hommes importants, vêtus comme notables, cravates noires, qui lancent des ponts sur le ciel, curés graves, maîtres de chapelles ardentes. José et Patrick se sont dilués sans effort dans cet essaim où personne ne prête attention à personne. Ils écoutent.

Les ingénieurs civils et militaires sont accourus en nombre de Bogotá, ce sont eux que l'on voit s'affairer dans le lit du torrent, à quelques centaines de mètres en contrebas, examiner la structure désarticulée du pont, les possibilités de récupération. Des hommes d'affaires parlent. Déjà, à ce que l'on dit, la spéculation se déchaîne à Villavicencio. En quelques heures, les prix des marchandises importées y ont bondi de vingt ou trente pour cent. Si les llanos orientaux devaient demeurer coupés longtemps du reste du monde la situation deviendrait intenable. Des émeutes peut-être...

Une passerelle étroite a été lancée d'une rive à l'autre Suspendue à des câbles actionnés par un treuil, elle enjambe l'abîme. Alternativement, dans un sens, puis dans l'autre, des files bigarrées d'hommes, de femmes, d'enfants, empruntent la passerelle. Quelques hommes, des femmes même, ploient sous d'énormes charges. José presse le bras de Patrick.

— Tu peux partir. Dans cette cohue il peut arriver n'importe quoi. Guadalupe aura pu en juger. J'inventerai quelque chose.

— Pourquoi fais-tu ça ? Tu es avec eux, oui ou non ?

— Évidemment, je suis avec eux. Ne t'y trompe pas. Mais je crois que tu leur seras plus utile libre que mort. Et je pense même que, mort, tu leur ferais grand mal.

— Et l'échange ? Tu leur fais perdre la possibilité de libération de plusieurs de leurs militants !

— Je ne crois plus à l'échange, pour des raisons que j'ignore il ne se fera pas. Guadalupe a cessé d'y croire lui-même.

— Je ne partirai pas. J'ai donné ma parole. Mais ce n'est pas la vraie raison. Crois-tu que dans un parcours comme le mien, dans une vie comme la mienne, on puisse souvent rencontrer la chance d'une expérience aussi extraordinaire, d'une aventure aussi imprévisible ? J'ai compris au fil des jours que c'était un cadeau du destin. Je ne sais si le cadeau est empoisonné, peut-être bien, mais je veux aller jusqu'au bout de l'histoire.

— Ce sera au risque de ta vie. À ton aise. Et prends bien garde à Facundo. Il peut avoir un mauvais réflexe. S'il n'avait pas à l'égard de Guadalupe une crainte respectueuse, tu serais déjà mort.

Patrick a un geste vague, hausse les épaules, montre la route tordue, le gouffre, la passerelle.

— Il n'est pas plus dangereux que ça.

Autour d'eux, toujours, une rumeur multiforme, les récits de terreur... Des centaines de cadavres sous les éboulis. La moitié peut-être enterrés vivants... Sept ou huit autobus, deux ou trois dizaines de voitures, plusieurs camions, on ne sait pas au juste. Quelques malheureux ont pensé se sauver en se glissant dans d'énormes buses alignées le long de la route, prévues pour les grands travaux à venir. Ensevelis comme les autres, noyés par la boue, asphyxiés par la poussière. Tous ces morts s'en iront en lambeaux, parcelles d'engrais organiques dont le Rio Negro fera don aux llanos, mêlées de sables et de galets. Une des tragédies à l'aune de la nature américaine.

Le tour est venu pour José et Patrick de s'engager sur la passerelle. Elle danse sous leurs pas. À hauteur de hanche, deux cordes font office de main courante. Par un accord implicite, et chacun est conscient du comportement de l'autre, José et Patrick plongent le regard dans le gouffre, recherchent le scintillement de l'eau redevenue blanche, appellent le vertige pour le défier. Le temps d'une fraction de seconde, José se retourne et Patrick voit passer dans ses yeux une lueur de gaieté, le signe d'une complicité fondamentale. Ils parviennent à l'extrémité de la passerelle, se frayent un chemin à travers la foule en attente, l'amoncellement des colis, des cageots, des ballots de toute sorte. Un panneau est planté au sommet d'une pyramide hétéroclite : « Vingt pesos la charge. »

Une dizaine d'hommes s'agglutinent autour du donneur d'ordres. Un grand cahier ouvert sur les genoux, une liasse de billets de vingt pesos prise par un élastique dans la main gauche, un crayon dans la main droite, il distribue les rôles. Les vieux Indiens, les vieilles Indiennes de plus de quarante ans investissent la mémoire de Patrick : elles sont présentes sur la grand-place de Quito, une lanière de cuir encercle leur front, leurs pieds nus et tannés sont couverts de croûtes sanglantes, et leur dos courbé en état de révérence définitive s'incline vers le sol, horizon unique de crachats, de résidus, d'ordures. Patrick interpelle José.

— J'y vais. Vingt pesos, c'est une aubaine !

— Tu as tellement besoin d'argent ? Au fait, tu reviens ?

— Je reviens.

La charge écrase ses épaules, le voue à la contemplation du sol. Il faut attendre quelques minutes le tour du passage bien qu'ait été organisé un tour préférentiel pour les mulets humains. Avant de mettre le pied sur la passerelle, Patrick assure l'équilibre de la charge sur le dos, fixe l'enfilade des planches pour n'en plus détacher le regard. La tentation et l'attrait du vertige sont le luxe des hommes délivrés du poids écrasant du passé, de la recherche obstinée de la survie. Vingt pesos, deux jours de survie, cinq fois vingt pesos dix jours, presque un avenir. Les portefaix accourus à Quebradablanca comme des charognards vont traverser dix fois, vingt, trente fois la passerelle, jusqu'à ce que, demain ou après-demain, le relais d'un câble métallique les prive de cette chance inespérée. Le visage anxieux de José habite en face, au milieu d'une foule inconnue.

— Je recommence.

Une fois encore l'agression de la charge, son poids

oppressant sur les muscles qui résistent et se nouent, sur les jarrets qui se tendent, sur les chevilles qui s'écartent pour sauvegarder l'équilibre incertain. Le cerveau se vide ou presque, la pensée se cristallise en idée fixe, en idée-image. L'extrémité de la passerelle qui monte et descend sous les pas lourds des hommes devient la seule réalité, l'obsession qui résume le monde. Et, lorsque l'homme rejette le fardeau, le fait glisser le long de son flanc pour le déposer sur le sol, cela ressemble à la liberté.

José est toujours là. Ils se rejoignent et s'éloignent, gardent un moment le silence, échappent à la multitude, retrouvent une quiétude relative.

— Je crois que tu te trompes sur mon compte. Je n'éprouve aucune complaisance pour la guérilla. Ce n'est pas pour cela que je reste.

— Il s'agit bien de la guérilla !

— Et de quoi s'agit-il donc ?

— De ce qu'ils sont et de leurs choix profonds. Ils sont l'effort. Ne me dis pas que tu méprises l'effort. Ce serait mensonge.

— Ils se trompent et en se trompant ils rendent tout bien plus difficile.

— Ils ont raison de se battre et tu ne veux pas l'admettre. On ne leur a pas laissé d'autre choix que de se coucher ou se battre. Leur seul problème est celui des armes. Il ne faut jamais choisir les armes de l'adversaire, surtout lorsqu'il peut en avoir davantage et de plus redoutables. C'est ce qu'ils n'ont pas encore compris. Le temps viendra.

— Et quelles sont, José, les armes de l'adversaire ?

— C'est très simple : la loi et les fusils.

— Et que reste-t-il ?

— Cherche, Patricio, cherche !

Les Émeraudes de Muzo

Fósforo, le nouveau, représente une chance. Tapis dans leur refuge, les guérilleros écoutent. Ils attendent, avec une angoisse inavouée, le verdict des minutes à venir. Il y a les matins calmes, quand la montagne revient au silence paisible des solitudes, quelques instants seulement après le lever du soleil, et les matins tragiques lorsque mitrailleuses et carabines s'exaspèrent, crachent un feu infernal sur quelque misérable projeté dans une fuite éperdue. Cela finit presque toujours par une flaque de sang sur la rocaille pulvérisée et les doigts se crispent sur un petit sac de cuir plein de cailloux ternes où flambent, dès qu'on les gratte, de maléfiques lueurs vertes.

Si Fósforo peut ramener quelques pierres ce sera un bonheur. Il ira les vendre à Bogotá après une taille sommaire et cela fera de l'argent, beaucoup d'argent. On ne peut rien tenter d'important, ni de spectaculaire sans argent. Depuis leur arrivée dans la montagne, il y a un mois, ils n'ont pu entreprendre une seule action armée. Guadalupe assure qu'il faut d'abord s'adapter à ce milieu si différent de celui des llanos, il faut qu'ils apprennent le pays et les gens. Ils ont parcouru les chaînes et les plateaux de l'est où naissent les rivières par dizaines, qui s'abattent comme trombes sur la plaine avant de se réunir au Meta pour commencer leur long, leur lent voyage jusqu'à l'Orénoque. Ils sont descendus au creux des vallées profondes et tièdes de l'ouest et du nord où des vaches maigres broutent jusqu'à près de deux mille mètres les tiges des cannes fraîchement coupées, où les caféiers chargés de fruits se rassemblent dans l'ombre protectrice des ceibas ou des bucarés.

Ils se sont enfoncés dans la gorge formidable de Chicamocha en amont de Paz del Rio. Mais ils ne se sont pas risqués dans les villes, souricières où l'étranger devient aussitôt une affiche. Il faut se défier des ouvriers : les métallos de Paz del Rio et de Sogamoso sont relativement bien payés ou croient qu'ils le sont, possèdent leur propre maison. Il faudrait qu'ils soient fous pour prendre un risque. Aussi fous que nous, ai-je assuré. C'est un état privilégié que la folie.

Les seuls renforts possibles sont un journalier en révolte, un paysan évincé de sa terre et désespéré, un égaré ou un exalté. Au fil des jours ils ont recruté quatre paysans, un jeune étudiant de la faculté d'agronomie de Tunja, une contrefaçon naïve et presque enfantine de Gervasio, un gamin ébloui par la Révolution. Fósforo est différent. Facundo l'a ramené un soir, en même temps que le ravitaillement. Il n'est plus jeune bien qu'on ne puisse lui attribuer d'âge précis. Ses cheveux sont gris. Il est sec et agile. C'est un homme triste et l'on n'en sait guère plus sinon qu'il a travaillé dans les mines d'émeraude de la Banque de la République à Muzo. Il sait merveilleusement discerner les filons de calcite transparente et de pegmatite où les émeraudes et les tourmalines demeurent prisonnières, dissimulées dans leur gangue de pierre.

L'arrivée de Fósforo a donné un tour nouveau aux réflexions de Guadalupe. Il doit reconnaître l'évidence : ses projets et ses activités sont paralysés par le manque d'argent. Il l'a voulu, n'a à s'en prendre qu'à lui-même puisqu'il a insisté pour que les restes, encore substantiels, du trésor de guerre soient laissés à Gregorio et au groupe du llano. Un exemple parfait des méthode de manipulation de Guadalupe : il a mis la question au vote mais avait fait connaître son avis et, comme la majorité des guérilleros demeuraient sur place et devaient être les bénéficiaires de ce choix, le résultat du vote était acquis d'avance.

Gregorio et les siens avaient grand besoin de cet argent pour organiser les paysans, et l'affaire, n'est-ce pas, était si bien engagée ! Je soupçonne Guadalupe d'éprouver une sorte de volupté à repartir à zéro, sans rien, comme s'il savait que le dépouillement mesure plus exactement son pouvoir qu'une situation acquise. J'en frémis. Guadalupe est mon fils spirituel en quelque sorte. Un jour, s'il survit, il se réveillera en paix avec lui-même et avec le monde, mais ce jour n'est pas encore venu. Pour l'heure, il attend, il espère le retour de Fósforo et de Facundo. S'ils reviennent ils n'auront pas les mains vides. Fósforo connaît parfaitement le secteur, c'est bien pourquoi il les a entraînés dans ces parages.

Les montagnes du Boyacá sont possédées chaque nuit d'une fièvre nouvelle et cependant ancienne, aussi vieille que l'Amérique. Des centaines de mineurs clandestins se terrent le jour durant, sortent le soir venu d'une grotte ou d'une masure. Leurs silhouettes furtives courent les chemins de la nuit dans l'espérance du miracle qui leur permettra enfin de faire bonne figure à la lumière et de regarder la richesse des autres en liberté. Ils reprennent, enfouis dans quelque trou de rocher, la petite barre à mine, le pic, les cartouches de dynamite et la torche qui sont les outils de leur espoir en même temps que les preuves flagrantes de leur délit.

Tout au long de la nuit, des lueurs étroites, presque confidentielles, dansent au pied des falaises, s'insinuent dans les vallons les plus reculés, escaladent même l'un ou l'autre des pics de la cordillère. Parfois, certaines s'éteignent, une partie de la montagne sombre, des heures durant, dans une obscurité épaisse, puis elles se rallument ailleurs, un peu plus loin, un peu plus près, un peu plus haut ou un peu plus bas, comme si un nouveau pan de montagne était mis à son tour à la question.

Les explosions commencent aux premières rougeurs de l'aube. Chacune d'elles semble appeler la suivante, qui survient parfois très loin, à l'autre bout de la nuit pâlissante, tel un écho affaibli par la distance. Et, d'une minute à l'autre, au rythme de ces déflagrations de faible puissance, assourdies et comme retenues, s'affirme la quête obstinée, acharnée des mineurs de l'ombre dans les entrailles des Andes. Ils savent parfaitement que cette quête peut être mortelle. Ils ont rencontré, une fois au moins, dans le désert minéral, les morts sans sépulture, dont la disparition a fait naître et courir les rumeurs noires, et les squelettes étaient déjà bien curés par les vautours. Mais ils risquent leur chance.

La quasi-simultanéité des explosions et leur ubiquité sont leur manière de jouer à la roulette russe. La brigade spéciale d'intervention de l'armée est obligée de choisir, elle ne peut réagir partout en même temps. Une complicité tacite mais délibérée rassemble tous les chasseurs d'émeraudes dans l'élection de l'instant, celui où ils accomplissent, aux frontières de la nuit et de l'aube, les gestes identiques et précipités qui peuvent leur valoir la richesse ou la mort.

Maintenant, la cadence des explosions s'accélère, elles se prolongent dans l'air limpide des hautes Andes en vibrations superposées, d'intensité différente, dont les plus ténues sont relayées par de nouvelles pistes sonores. Le jour filtre par les interstices de la galerie. Ils imaginent sans effort l'irruption du soleil surgi de la grande forêt orientale, les courses des hommes sur les coulées fraîches de calcite ou de quartzite et, peut-être, le scintillement fascinant d'une gemme verte dans la lumière nouvelle.

La poussière tremble dans un rai de lumière. Dehors, il fait grand jour. Depuis un quart d'heure au moins aucune explosion ne s'est produite. Ce matin, il ne se passe rien. La voix multiple et menaçante de l'armée demeure muette. L'étau silencieux de la peur se desserre lentement. Guadalupe assure :

— Ils vont revenir.

Pourtant, l'attente se prolonge. Et, de même que l'écoulement du temps dans le mutisme des armes avait dilué l'angoisse, l'écoulement d'une longue séquence de silence recrée cette angoisse. D'abord rassurant, le silence devient inquiétant. Ils savent que dans ces parages tout peut arriver.

On n'ose plus guère croire qu'ils reviendront jamais et c'est alors qu'ils surviennent. Un sifflement modulé comme un chant d'oiseau et la pierre qui masque l'entrée tourne. La lumière envahit la galerie, silhouette leurs profils sur la paroi. Ils sont revenus tous les deux.

— Vous avez été longs.

— Ce n'a pas été facile. Nous avons été contraints d'aller beaucoup plus loin que prévu. Le filon que j'avais repéré était sous bonne garde, inapprochable, à cause des gens de la mine de Macanal. Nous sommes allés ailleurs et avons dû prendre de grandes précautions, faire quelques détours, pour revenir en plein jour. Je ne voulais pas prendre de risque inconsidéré.

— Tu as bien fait. Vous ramenez quelque chose ?

Fósforo et Facundo agitent deux petits sacs de peau, dénouent les lacets, font ruisseler des cailloux sur le sol de la galerie. La lumière accroche parfois un éclat de couleur.

— Je suppose que ces pierres ne vous font pas grand effet ? (Fósforo promène un regard ironique sur ses compagnons.) Ce n'est pas extraordinaire, c'est vrai, mais pas si mal tout de même.

Il extrait de l'une de ses poches un marteau minuscule, s'agenouille, étale les cailloux sur le sol, les frappe à petits coups secs et précis, se relève. Ils voient briller des fragments d'arc-en-ciel.

— Des émeraudes, il y en a dans cette pierre seulement. On va en extraire trois ou quatre, pas d'une eau très pure mais convenables. Par contre, nous aurons une bonne trentaine de tourmalines, des rouges, des violines et surtout des vertes, que nous pourrons faire passer pour des émeraudes auprès des étrangers. Avec eux, c'est plus facile. Il faudra marauder dans les galeries commerciales situées derrière le Tequendama ou dans la Quatorze. Une fois bien taillées, ils s'y tromperont. Cela fera un petit paquet d'argent.

— Combien ?

— Je ne sais pas au juste mais sûrement plus de dix mille pesos.

— Dix mille pesos ! C'est quelque chose !

Palo Alto n'a jamais vu de sa vie dix mille pesos ensemble. Il en gagnait dix à quinze par jours. Cela fait plus de jours qu'il ne peut en imaginer.

— Ce n'est pas énorme mais ça fait un bon début et cela suffira pour obtenir le petit matériel dont nous avons besoin. Pourquoi ris-tu, José ?

— Parce qu'à l'évidence les Yanquis vous sont tout de même bien utiles, je n'ose dire indispensables mais presque. Tu entends, Patricio, ce qu'a dit Fósforo. Il prétend vendre des tourmalines aux étrangers en leur assurant qu'il s'agit d'émeraudes. À ton avis, à Bogotá qui sont les étrangers ? À une forte majorité, des Yanquis, n'est-ce pas ? Il affirme que vous n'êtes pas capables de distinguer ces pierres, que vous êtes faciles à berner. Et, pourtant, vous êtes si riches. Ramiro, explique-lui que la richesse peut être une imposture. Il faut qu'il ait appris au moins cela avant de mourir.

Voilà que ça les reprend. Il faut toujours qu'ils lui parlent de sa mort prochaine, comme s'ils n'étaient pas aussi menacés que lui. Une façon d'oublier leur propre mort. Pour José, ce n'est qu'une simulation. Les autres...

— Bien. Vous allez tailler et préparer ces pierres, puis vous irez à Bogotá tous les deux. Ramiro vous accompagnera pour en finir avec l'affaire de l'échange. Il fera agir son contact mais il faut que, cette fois, on ait une réponse définitive. Vous ferez aussi vite que possible. Je préfère que la vente soit un peu moins avantageuse et gagner deux jours. Nous sommes le 5 octobre. Vous devez revenir au plus tard le 12 octobre. Car, la prochaine fois, ce ne sera plus un coup de dix mille pesos. Le prochain coup...

Guadalupe ne veut pas en dire davantage. Durant l'absence des trois hommes, au long de ces journées, il demeure silencieux, ne confie rien de ses projets à personne, réfléchit pendant des heures entières, les yeux clos, ou bien étudie une carte avec Alberto, l'étudiant de Tunja, qu'il interroge longuement. Les hommes mettent à profit ces journées immobiles pour dormir et se détendre. Chiqui, aidée de Patrick, a fait une grosse lessive. Au petit matin, chaque jour, le feu d'artifice recommence, devient une habitude. Une fois, la fusillade s'est déclenchée dès le lever du jour et s'est prolongée durant une petite heure. Nous nous sommes enfoncés dans la galerie, avons attendu longuement avant de risquer une sortie. Nous imaginions qu'il y avait plusieurs morts épars dans la montagne.

J'ai provoqué Guadalupe :

— Je me demande bien ce que nous sommes venus faire dans une zone aussi pourrie. Dans les llanos, tu avais créé une dynamique, nous pouvions faire beaucoup mieux. Le gouvernement lui-même aurait pu décider de faire la part des choses, consentir au développement d'un front pionnier pour diminuer la pression qui agite les gens des hautes terres...

— C'est précisément pour cela. Si les choses devaient se passer comme tu le dis, le pouvoir du gouvernement serait consolidé.

— Hijo, quand tu raisonnes de cette façon, tu me déçois beaucoup. En somme, tu te fous du sort des paysans, en tout cas de leur sort immédiat ! Il faut qu'ils attendent le Grand Soir. Cela peut être long.

Je l'ai dévisagé, j'ai mis dans mon regard toute la rancune que j'éprouvais à son égard et je ne lui ai plus adressé la parole jusqu'au retour de nos trois compagnons. Guadalupe a rassemblé tout le monde et désigné Patrick.

— Celui-ci ?

Ramiro a un geste de lassitude, un ton désenchanté.

— C'est toujours la même chose, on ne peut avoir de réponse nette. Pour être franc, je crois qu'ils ne veulent pas réaliser cet échange mais ils font traîner les choses de façon à rejeter la responsabilité de la mort de Patricio sur notre groupe... si nous l'exécutons.

Guadalupe trace dans le sable des profils d'oiseaux avec une pointe de silex. Il paraît déçu.

— L'ambassade américaine n'est pas intervenue ?

— Ce n'est pas tout à fait ça. Ils ont fait une démarche à San Carlos mais sans y mettre le poids nécessaire. Ils n'ont exercé aucun chantage.

— Et le gouvernement ? Puisque nous avions réduit nos demandes à cinq hommes ?

— C'est autre chose. Ils ne veulent pas donner l'impression de surestimer la vie ou le sort d'un Yanqui. Garcia Benegas a fait tout ce qu'il a pu pour convaincre ses collègues mais n'y est pas parvenu. Selon certaines sources, ce serait un moyen d'affaiblir l'Action civique qui déplaît aux représentants d'une partie des propriétaires. Il faut savoir que, pour les milieux les plus conservateurs, l'Action civique va déjà beaucoup trop loin. Selon d'autres sources, ce serait une bonne chose si nous exécutions Patricio, un argument pour obtenir de plus grands moyens de Washington.

— Laissons cela. Et les pierres ?

— Ils se sont remarquablement débrouillés. Explique, Fósforo.

— Douze mille six cents pesos exactement.

— C'est bien. Pourquoi ris-tu, Ramiro ?

— Parce que Fósforo a une méthode très particulière pour vendre la camelote aux Yanquis. Raconte, Fósforo, ce sera l'occasion de nous divertir un peu tous ensemble.

— Il attend à la sortie des grands hôtels, intervient Facundo, et il file le train à ceux qui ont une allure d'étrangers.

— Et alors ?

— Je les aborde à la première occasion, en général quand ils s'arrêtent devant une vitrine et qu'ils s'attardent un peu. Je les aborde sans phrases, je leur mets directement une pierre sous les yeux. Je dis « émeraude » et que cela vaut tant, puis je propose tout de suite un prix sensiblement inférieur. Il y en a qui ont une façon spéciale de dire non, je n'insiste pas. D'autres s'y connaissent un peu, je vois tout de suite qu'ils sont tentés parce que, évidemment, nos prix sont plus avantageux que ceux des boutiques spécialisées. Avec eux, ça va vite, tout ce qu'ils cherchent c'est à faire encore baisser le prix. Naturellement, je l'ai prévu, je baisse un peu et l'affaire est bouclée. Mais les plus nombreux sont ceux qui sont intéressés mais qui ont peur de se faire rouler.

— C'est alors que cela devient passionnant. Écoutez-le.

— Même les gens qui n'y connaissent rien savent que l'émeraude est verte et qu'en tant que diamant elle raye le verre. Alors, je prends la tourmaline, je l'appuie contre la vitrine, sur une arête, et je raye. Un coup de gauche à droite, dix centimètres, un autre coup de haut en bas, dix centimètres, ça fait une belle croix !

— Tu rayes la vitrine !

— Les types, ils sont soufflés, intervient Facundo.

— Après cette démonstration, la discussion ne dure pas. On change d'air, d'un commun accord, en continuant à marchander et ils allongent l'oseille. Ils ne font pas une mauvaise affaire d'ailleurs, c'est de la jolie tourmaline et une fois montée elle fera de l'effet.

— Les commerçants ne réagissent pas ?

— On ne leur en laisse pas le temps, on se tire vite fait. Les clients sont aussi pressés que moi parce qu'ils se sentent complices, plus ou moins. Ils ont peur de se faire insulter.

— Et les flics ?

— Je les flaire de loin. Et je vais ailleurs.

— Ta méthode est intéressante, Fósforo. Mais, si tu disposais d'un lot important de belles émeraudes, où irais-tu les vendre ?

— De belles émeraudes ?

— Volées, évidemment.

— Dans ce cas... oui, dans ce cas, j'irais à Cúcuta. C'est là que ce serait le plus facile et le plus avantageux. Chaque jour, des centaines de Vénézuéliens passent la frontière en voiture et viennent acheter à Cúcuta, n'importe quoi. Ils ne savent que faire de leurs bolívars. Il suffirait de s'entendre avec deux ou trois policiers, une commission quoi, et ils fermeraient les yeux, de sorte qu'on pourrait négocier tranquillement.

— Il faudra y penser, Fósforo. Nous t'offrirons peut-être bientôt un séjour à Cúcuta. Écoutez, vous tous.

Guadalupe fait signe à Palo Alto d'écarter Patrick, qu'il aille se faire voir dans la belle nature, et les guérilleros se rassemblent autour de leur chef. Il expose son plan. Il parle une dizaine de minutes. À en juger par la pesanteur du silence qui suit sa conclusion, l'impression prévaut que Guadalupe, cette fois, passe la mesure, qu'il va trop loin. Mais personne ne se risque à le lui dire. Ils voudraient que leur mutisme ait une éloquence suffisante, qu'il comprenne seul. Guadalupe éprouve la lourdeur de ce silence, insiste.

— Je ne vois pas pourquoi nous nous donnerions autant de peine pour ramasser ces cailloux, dans les pires conditions, alors que des équipes de travailleurs spécialisés, parfaitement équipées, peuvent le faire pour nous et sont même payées pour ce travail !

— Tu plaisantes, Guadalupe. Ce que tu proposes est trop dangereux. Si l'armée organise des convois militaires pour escorter les chargements d'émeraudes, ce n'est pas pour rien. Et ils sont armés jusqu'aux dents, précisément parce que des convois trop légers ont été attaqués. Figure-toi que chaque convoi représente une valeur de plusieurs millions de pesos.

— C'est bien pourquoi ça en vaut la peine.

— Je ne crois pas que nous soyons de force. Pourquoi ne veux-tu pas tenter l'opération contre une mine privée. À Guateque ou à Macanal, avec une bonne préparation, cela pourrait se faire. Ce n'est pas si loin et nous aurions une bonne probabilité de réussite.

— Il ne faut pas perdre de vue l'objectif militaire. L'armée reste notre adversaire principal, elle a choisi elle-même de l'être. Il faut donc lui asséner les coups les plus rudes. Et cela nous a toujours réussi de faire d'une pierre deux coups. Ils ne s'attendent pas, je crois, à être attaqués dans cette zone. Si nous nous en prenons à une mine privée ce sera considéré seulement comme un acte de banditisme.

— De toute façon, c'est comme cela que la radio et la presse interpréteront l'opération.

— Cela n'a aucune importance ! Ce qui compte c'est l'effet sur l'opinion et il sera grand. À deux cents kilomètres de Bogotá seulement, te rends-tu compte ! Un convoi militaire attaqué et détruit, cela veut dire qu'il a dû faire face à une armée. C'est ce qu'il faut que les gens pensent. Après un exploit pareil, ils viendront nous rejoindre par centaines.

— Dans le llano, chaque fois que nous avons attaqué les chulos avec succès, c'était la nuit, sur un terrain que nous avions choisi, où nous les avions attirés.

— Cette fois aussi, nous choisirons.

— Pas vraiment. Tu le sais bien. Le choix sera très limité parce que ce sera obligatoirement sur la route et, de plus, ce sera de jour. Même s'il y a effet de surprise, la cavale sera très difficile.

Guadalupe a pu se rendre compte qu'il ne suscitait pas l'enthousiasme. Chacun a trouvé un argument à lui opposer, ce qui est tout à fait inhabituel. Il y a deux mois, il n'aurait pas insisté. Mais aujourd'hui, il s'obstine, défend son projet pied à pied, réplique à chaque objection. Il finit par faire dire à Fósforo, pourtant réticent, qu'on pourrait réussir si la préparation était parfaite, le minutage précis. Mais il faudrait en plus un peu de chance.

— La chance ! Comme si on pouvait s'en passer ! Sans la chance, nous n'aurions rien réussi. Nous serions déjà tous morts.

— Tu peux être sûr que cette fois il y aura des morts et des blessés, et qu'il y en aura parmi nous. Je peux préparer ma trousse et je vais avoir besoin de me procurer un peu plus de matériel. C'est vraiment ce que tu veux ?

— Comme si on pouvait faire la Révolution sans verser le sang ! Nous avons toujours su ce que nous risquions.

Je sais bien que je parle en vain mais je veux avoir tout dit, pour qu'il fasse retour sur lui-même s'il en réchappe. Je m'excite, je m'emballe :

— Les règles, surtout celles d'un révolutionnaire, sont faites pour être brisées, transgressées. Guadalupe, si tu veux en finir avec le passé, rejette donc ses modèles, ce sont des recettes usées, invente donc autre chose. Pense à une forme de révolution qui s'imposerait aux gens, un aimant irrésistible, qui aurait pour elle la force contraignante des évidences, qui se répandrait comme un virus, les uns un jour, le lendemain les autres. Si on évite le bain de sang, on sera enfin délivré des vengeances et des revanches... Tu as tort de railler... On rêve beaucoup en Europe, dis-tu... Mais que l'Espagne te serve de leçon ! Après le bain de sang, près de vingt ans de répression sévère ou larvée, puis quinze de restriction des libertés...

— Écoute, José, l'Amérique est une violence multipliée, la Colombie n'est qu'une histoire de la violence...

215

— Tu m'emmerdes avec l'histoire, oublie-la un peu, veux-tu. Un révolutionnaire digne de ce nom doit être capable de violer les usages de la Révolution, ses vieilles habitudes, de la changer de peau. Ramiro, aide-moi, nom de Dieu ! Qu'est-il venu faire ton Christ ? Tu ne vas pas lui faire chanter avec Guadalupe ces refrains idiots, ces rengaines ! Pourquoi ne veux-tu pas regarder la vérité en face, Guadalupe ? Tu as seize hommes, pas un de plus. Et Chiqui, elle vaut bien deux hommes, d'accord. Qu'est-ce que tu veux en faire ? Les envoyer au massacre ou les économiser ?

Ramiro, pour une fois, est d'accord avec moi. On est très peu nombreux, c'est vrai. Et il faut réinventer la Révolution. On ne peut pas se satisfaire de tourner perpétuellement dans ce cercle de tueries. Je me lève et je crie.

— Le cercle est la plus parfaite des figures. Mais c'est une fausse perfection car il recommence toujours !

Ils me regardent, abasourdis. Guadalupe en profite pour reprendre l'initiative.

— José, tu as presque trente ans de plus que moi, mais tu n'es pas réaliste, tu rêves, tu chevauches les utopies. Ici, on ne peut rien sans coup d'éclat, il faut du spectacle. Nous sommes dans un pays de volcans et de tremblements de terre. Nous devons nous signaler par un coup de tonnerre ou bien ceux qui sont morts auront vraiment crevé pour rien. Nous avons maintenant des amis prêts à agir presque partout, à Bogotá, dans le Santander, dans le Tolima, dans le llano, qui peuvent se lever tous ensemble. Mais il faut un signe fort, un détonateur.

Nous sommes repartis sur les chemins de terre, les pistes, les sentiers. À nouveau, la longue marche dans l'air calme et sec de la nuit andine, l'éblouissement d'une aurore orangée. Nous allons, répartis en trois groupes.

Je marche avec Patricio, Tiburón et Alberto, l'étudiant. Je vois avec les yeux de l'âme. Les images d'enfance affluent, effacent pour un temps les souvenirs les plus immédiats, procèdent en foule d'une mémoire renversée. La Castille envahit le ciel, s'étale sur l'horizon, ocre et rousse, crevée de veines blanchâtres où brille la roche nue. À l'abri des déluges, la terre, ici, est libre, elle respire. La steppe est courte et rare.

— Tu vois, Patricio, comme l'Espagne voyage. Elle est venue jusqu'ici, c'est le même ciel et le même chaume roux qu'à Ségovie et Soria, et presque les mêmes hommes. Tiens, Alberto, ce pourrait être un étudiant de Valladolid. Et les villes, Patricio, as-tu vu les villes ? Je vais finir par croire que c'était vrai, que l'Espagne a créé plus encore qu'elle n'a détruit, qu'elle a inventé un avenir. Dans ton Amérique à toi, Patricio, qu'avez-vous donc importé de la vieille Angleterre ou de l'Irlande de tes ancêtres ? Pas grand-chose, il me semble ! Vous avez cru vous débarrasser de l'Histoire, faire du neuf. Mais est-ce tellement neuf ? L'argent, le pouvoir, une race qui en écrase une autre. Vous avez grandi si vite et vous avez voulu apprendre au monde à vivre d'une autre façon. Vous avez à demi réussi. L'american way of life, beaucoup en rêvent encore, en Europe ou ailleurs. Cela sent le chocolat, ça ressemble à ces machines miraculeuses qui devaient supprimer la peine des hommes. Vous nous parliez de la fin inéluctable de l'Histoire... Et maintenant, en restes-tu aussi sûr ?

— Les États-Unis sont un pays libre, José. Ne me dis pas que l'Espagne est un pays libre.

— C'est pour demain, Patricio. Je le sais. Et de quoi êtes-vous libres, au fait ? De renifler la merde qui traîne dans vos rues ? D'admirer des cimetières de ferraille périmée ? De vous saouler à mort, de bésouiller en groupe, admirable liberté, de vous droguer pour rêver parce que vous n'êtes plus capables de rêver seuls, d'assassiner Martin Luther King ou les frères Kennedy, de vous allonger sur un divan pour raconter à un confesseur diplômé que vous avez voulu violer votre grand-mère quand vous aviez douze ans, que vous n'avez pas pu et que cela vous a marqué pour la vie, de vous enfermer à double tour dans un appartement climatisé dès que tombe le soir ? C'est une liberté pervertie, illusoire, infantile, Patricio. L'Espagne n'est pas un pays libre, la Colombie encore moins, mais, regarde ces hommes, ils ne sont pas pris dans la glu, ils ne sont pas condamnés définitivement à une manière de vivre, ils ne sont pas pris au piège des fausses libertés, ils peuvent demain inventer une liberté heureuse, comprends-tu ?

« ... Je sais, vous avez inventé des machines merveilleuses, mille manières nouvelles de guérir les maladies mais tout autant de jouets de malheur. Et maintenant, pour conserver vos machines, vos baisodromes californiens, votre admirable constitution et, bien entendu, toutes les possessions que vous avez acquises un peu partout dans le monde, de toutes les façons, escroqueries comprises, tout ce que les cons prennent pour la liberté, vous cherchez à empoisonner les autres à leur tour, à les enivrer comme vous avez saoulé vos Indiens. Ils me les brisent avec leur marxisme de bazar, vieux comme un dinosaure, mais dans le fond ils ont raison parce qu'ils ne veulent pas être réduits à votre façon de concevoir la vie. C'est cela l'impérialisme. Qu'importe le vocabulaire, leur traduction ! La révolte est le seul chemin qui leur reste. Ils ne se trompent que de révolte.

Patrick ne répond pas tout de suite. Il porte en lui la mémoire vivante d'une autre Amérique qui ne ressemble en rien aux visions de José, une Amérique chaleureuse, faite de millions d'hommes et de femmes, bien plus vraie, croit-il, que celle de l'Espagnol. Il se décide enfin, il parle calmement.

— Pourquoi choisis-tu cette image, José ? Crois-tu vraiment que les États-Unis se réduisent à ces caricatures ? Ce que tu as dit est vrai. Mais ce n'est que l'écume.

— Je choisis ce que vous faites voir, ce que vous montrez au monde, ce que vous exportez. L'écume est à la surface, elle cache l'eau profonde. Pardonne-moi, Patricio, mais ici tu es l'écume.

Nous étions proches de Tunja lorsque Guadalupe m'a envoyé avec Chiqui jusqu'à la ville. Il fallait pourvoir au ravitaillement et je manquais de bandes, de coton, et autres accessoires pharmaceutiques. Nous sommes arrivés à Tunja avec le soir et le soleil couchant illuminait la colline des Pendus. La ville, grise et blanche, escalade la montagne et, sur la place Bolívar, j'ai eu, brutalement, les larmes aux yeux.

Un homme ne parvient jamais à effacer les lieux de sa propre histoire. Je vois, à travers la brume des larmes, les blasons frappés sur les murs, la haute galerie de bois plaquée sur le crépi blanc. Deux portes cochères ouvrent sur des patios fleuris encadrés de galeries à arcades. J'entre dans une église où Chiqui me suit : elle se signe et s'agenouille. Les retables et les saints qui habillent les murs, taillés dans le bois, peints d'or et de pourpre, sont de style espagnol. Dans la nuit qui tombe sur Tunja, je retrouve les rues étroites pavées de granit, les balcons suspendus et les miradors aux angles des rues et les murs sont aussi blancs qu'à Almagro. Il n'y a pour dissiper l'illusion que le glissement des ruanas grises et brunes, les petits chapeaux noirs posés droit sur la tête des femmes. Je prends le bras de Chiqui.

— Dis, Chiqui, ce soir, tu voudras... Tu peux dire à l'autre d'attendre un jour de plus, tu veux bien... c'est la première fois.

Chiqui s'immobilise, interdite. Elle a pris un air grave, comme si elle était une jeune fille.

— Bien sûr... Pourquoi as-tu attendu si longtemps ?

— Je ne sais pas, c'est difficile à dire. Il faut que je me prépare à perdre le monde, j'ai peur que Guadalupe nous conduise au désastre. Alors, j'essaye de découper ma mort en morceaux, de perdre seulement un morceau de vie après l'autre. Et ça, c'est une des meilleures choses de la vie, tu ne crois pas... On n'est jamais aussi fort que l'on voudrait. Alors, il y a des jours, des nuits surtout, où l'on ne supporte plus d'être seul.

— Tu sais, José, je ne suis pas peureuse.

— Toi, peureuse !

— Écoute, quand Edison est mort, tu m'écoutes, dis... J'ai dormi seule dans la montagne, plus d'un mois. Une nuit, j'ai eu un cauchemar. Le vent criait dans la maison, comme une bête, une créature vivante. J'ai hurlé de peur. Je ne savais plus vivre seule. C'est pour cela que je suis venue avec vous. Tu crois qu'Edison m'a pardonné ? Ramiro dit que oui.

— Ramiro connaît mieux que moi cette question... S'il te le dit. Moi, je ne connais pas très bien ces histoires de péché. Mais il a certainement raison parce qu'Edison sait très bien que c'est lui qui t'a donné le goût. Donc, il ne peut pas t'en vouloir. Je suis sûr que ça lui fait plaisir.

— Quand un homme entre en moi, je ferme les yeux et je sens Edison. Avec toi, ce sera pareil. Il ne faut pas que tu m'en veuilles.

— Ne sois pas idiote, Chiqui. Personne ne t'en veut.

La montagne des jours suivants a la simplicité d'un dessin. Des barres dures et brillantes de pierre couronnent les versants que les ravinements découpent en facettes bleues ou jaunes. L'argile est sèche, le vent lève des nuages de couleur qui accrochent les bouquets d'eucalyptus ou de pins noirs serrés sur les hauteurs. Ils s'enfoncent dans des défilés arides et nus. Le quatrième jour, le paysage se transforme : l'altiplano déroule des vallonnements verdoyants, parcourus de ruisseaux d'eau vive, ourlés de prairies grasses bien irriguées où paissent des vaches hollandaises aux yeux lointains et doux. Il y a sur les bords des routes de terre des bidons de lait en métal blanc. Dans une ferme, ils achètent du fromage blanc. Il est crémeux, savoureux. Le paysage, attendrissant, ressemble à la paix. Les tours blanches du sanctuaire de Chiquinquirá montent sur l'horizon.

— On va contourner la ville, puis on rejoindra la route principale quelques kilomètres plus loin. Le convoi est prévu dans deux jours. En venant de Muzo, ils sont obligés de passer par Chiquinquirá. On les attendra à peu près à mi-chemin. J'ai repéré un emplacement idéal. Si on avait eu des fonds suffisants on aurait acheté un camion. On se contentera de deux vaches.

C'était l'idée de Guadalupe : deux vaches en travers de la route pour freiner les véhicules en provenance de Muzo. On répandra du foin sur la route pour que les vaches musardent, s'attardent, comme s'il s'agissait du foin épars d'une balle tombée d'un camion. L'idée en vaut une autre. Les vaches ont un certain air d'innocence. Le chef a mis au point avec Fósforo un plan pour faire exploser les vaches au moment venu.

À une journée de marche de Chiquinquirá, la nature se déchaîne à nouveau, se répand en architectures violentes. Les vagues serrées, précipitées de la cordillère, déferlent sur le ciel, traits de métal sur un océan de poussière minérale, puis elles plongent, se fractionnent en ravins étroits, profonds, sinueux, ravins d'ocre et de vermeil, ravins de plomb et de suie. Puis, parce que d'heure en heure ils perdent de l'altitude, l'air devient tiède et doux, l'herbe et les arbres reconquièrent les sols, les champs de maïs au fond des vallées et les caféiers sur les pentes, par grappes, dans un désordre végétal absolu. La forêt dense monte vers les crêtes, efface les accidents du relief.

À Caldos, ils ont pu acheter deux vaches, deux bêtes qui vont sur leur fin, vieilles et stériles, les yeux brumeux, cernés de rouille. Palo Alto et Chiqui les remorquent sur la route, couple de paysans sans surprise, l'homme muni d'un machete, la femme pourvue d'un panier. Le reste de la troupe marche à l'écart de la route mais à portée de vue ou de voix. À plusieurs reprises, au cours de la journée, ils voient la poussière se rassembler, monter au-dessus de la route, comme une large voile oblique agitée par le vent. Le ronronnement du moteur ne les atteint qu'ensuite et l'autobus rouge de la flotte Boyacá apparaît enfin, comète à bout de course, dans un tressautement épuisé. Guadalupe, le soir venu, annonce que l'affaire est pour demain, vers dix heures du matin.

— Ils quitteront Muzo à neuf heures. Nous aurons le temps de fignoler tous les détails.

Il a prévu et dessiné un itinéraire de fuite, en cas de malheur, un sentier qui s'enfonce dans les profondeurs de la forêt, en direction du nord, pour rejoindre la route de Briceño et passer dans le Santander. Nous installons le campement à la sortie d'un défilé étroit taillé dans le roc. Ramiro, Chiqui et moi, nous resterons là avec les hamacs, les sacs, tout le matériel inutile, avec mission de couvrir une retraite éventuelle et d'assurer la garde de Patrick.

On ne sait pas exactement pourquoi Patrick est encore en vie. Lors des trois premières journées qui ont suivi le retour de Ramiro, Guadalupe l'a averti qu'il serait exécuté le lendemain. « Je te laisse tout le temps de te confesser. » À chaque fois j'ai forcé Guadalupe à me regarder dans les yeux, fixement, jusqu'à ce qu'il détourne le regard, et j'ai donné un comprimé à Patrick pour qu'il puisse dormir quelques heures. L'Américain a les joues creuses, des rides dures se sont enfoncées dans sa peau, il paraît absent, lointain, comme s'il avait pris le parti d'ignorer le temps. Il ne voit même plus le sourire cruel de Facundo lorsque, après avoir nettoyé sa carabine avec soin, il feint de le mettre en joue. Guadalupe renonce à ses précautions habituelles, s'exprime en toute liberté devant le Yanqui. Une nouveauté inquiétante.

— Avec ou sans émeraudes, nous partirons par ce sentier. Nous irons loin, dans le Santander, jusqu'aux environs de Socorro. Inutile de dire qu'il sera urgent de quitter la région. Si nous avons les émeraudes, Fósforo ira en négocier un petit lot à Cúcuta et nous cacherons le reste en attendant son retour. Socorro est un lieu idéal pour lancer le signal de la Révolution. Notre mouvement s'enracinera dans la tradition nationale.

Patrick émerge de son mutisme, risque un sourire ingénu.

— Après chacune de vos victoires, vous fuyez, vous abandonnez le terrain. Ceux qui voudraient se joindre à vous ne savent même pas où vous trouver, comme si vous n'aviez pas d'existence réelle. Vos victoires sont étranges car elles ne produisent aucun résultat durable. Vous êtes des fabricants d'illusion.

— Ta gueule, Patricio !

Cette fois, il n'y eut même pas d'illusion, aucun jardin d'émeraude où l'on puisse chercher l'avenir.

Je suis adossé au tronc d'un bucaré, j'ai émondé quelques branches afin de dégager mon champ de vision et je suis parfaitement placé pour surveiller la sortie du défilé que je contrôle, invisible, sur trois ou quatre cents mètres. Ramiro est en face de moi, perché un peu plus haut, au creux d'une niche rocheuse, et Chiqui est en retrait auprès de Patrick qui est attaché à un arbre. L'explosion s'est produite à peu près à l'heure prévue, suivie, quelques minutes plus tard, d'une deuxième explosion, inattendue celle-ci. Une fusillade s'est déclenchée, s'est intensifiée, nous avons perçu, nettement, le crépitement d'une mitrailleuse, l'éclatement de grenades offensives. La fusillade se rapproche, intermittente, en rafales brèves et rageuses. L'affaire a mal tourné, cela est sûr et nous avons subi des pertes.

Je le savais. Guadalupe est mort peut-être, l'angoisse me tord le ventre, le sort de ce garçon m'importe plus que je ne l'imaginais... Une détonation éclate, toute proche, unique, une grêle de cailloux dévale la falaise. J'épaule. Trois hommes apparaissent au creux du défilé, l'un derrière l'autre, à quelques mètres de distance. Ils courent aussi vite qu'ils le peuvent, sans même se retourner. Palo Alto vient en tête, suivi de Guadalupe, puis de Facundo. Les poursuivants apparaissent à leur tour, deux ensemble, puis deux autres, en uniforme. Facundo n'a même pas cent mètres d'avance sur eux. Un des soldats s'arrête, épaule, tire. Manqué. Maintenant, Facundo et Guadalupe courent en zigzaguant. Les soldats font halte au milieu du défilé. L'un des soldats est au bout de ma ligne de mire, je vois l'endroit précis où la balle ira se loger entre les deux yeux, et mon doigt crispé sur la gâchette ne parvient pas à se contracter.

L'arme de l'un des chulos crache soudain, Facundo tombe. Un autre chulo s'apprête à tirer, il n'en a pas le temps, il s'effondre la face contre terre et je comprends en un éclair la signification du choc qui m'a endolori l'épaule. Je vise une deuxième fois, enfonce la crosse au creux de mon épaule et le deuxième soldat tombe. Cette deuxième détonation m'a stupéfié, je n'entends plus rien, je vois seulement un troisième soldat lâcher son arme, porter la main à son ventre et s'écrouler en hurlant. Je suis sûr de n'avoir pas tiré une troisième fois. Ramiro peut-être. Le dernier des quatre chulos a plongé derrière un rocher mais d'autres soldats apparaissent au bout du défilé, je tire quatre fois, coup sur coup, sans viser. Les soldats s'effacent. Palo Alto a rejoint Chiqui, Guadalupe se retourne et voit le terrain libre derrière lui. Il m'interpelle.

— Vite, venez. Ils nous ont eus.

Ramiro et moi, nous sautons sur le sentier. Chiqui, Patrick dont la jeune femme a coupé les liens, et Palo Alto ont déjà pris un peu d'avance. Nous nous lançons à corps perdu derrière Guadalupe. Mais je comprends que je ne tiendrai pas longtemps. Le cœur cogne dans ma poitrine, des coups douloureux qui se prolongent en battements violents derrière mes tempes. J'interromps ma course, recharge mon arme et m'embusque à l'abri d'un tronc, j'épaule. Deux ou trois minutes passent, avant que deux soldats se profilent sur le sentier. Je les laisse progresser de quelques dizaines de mètres, je vois le mort venir vers moi, un mort beaucoup trop jeune qui s'écroule enfin en tournoyant. L'autre soldat fait volte-face, se replie en criant, et je tire plusieurs fois, dans les rochers, sur les feuilles. Puis, je reprends ma course. Les autres, déjà, sont loin. Je dois les rejoindre, à tout prix, pour que Patrick continue à vivre. Je ne pleurerai pas Facundo.

Il m'a fallu deux heures pour retrouver Guadalupe. Le jeune guérillero était revenu en arrière. Lorsqu'il m'a reconnu, un sourire fugitif a éclairé son visage. Il m'attend au bord du ravin, entoure mes épaules de son bras.

— J'ai eu peur pour toi.

Je me laisse aller contre le flanc du jeune homme. Des muscles et des os, durs comme le roc. J'attends de retrouver un rythme respiratoire normal avant de répondre.

— Je les ai attendus parce que je ne pouvais plus courir. J'en ai descendu un, puis j'ai tiraillé au hasard. Ils ont dû croire que nous étions plus nombreux. Je ne crois pas qu'ils insistent dans l'immédiat.

— C'était un guet-apens. On nous avait donnés.

— Qui veux-tu ?

— Je ne sais pas. Je ne crois pas que ce soit Fósforo car il n'était pas chaud pour cette opération. Et je l'ai vu tomber. Je crois qu'il est mort.

— Ils ne pouvaient pas savoir qu'on les attendrait là.

— Sans doute pas. Mais ils nous ont piégés. Ils avaient divisé le convoi en deux unités, à chaque fois un camion et une Land-Rover, mais séparés par cinq cents mètres environ. La deuxième Land-Rover et le deuxième camion, qui n'étaient pas prévus d'après mes informations, étaient bourrés de soldats et venaient derrière. Quand les deux premiers se sont arrêtés, après l'explosion des vaches, on a commencé à tirer, on les a encerclés et tout paraissait bien parti. Les autres nous ont pris par surprise. Ils nous ont tirés comme des lapins et ils ont fait sauter la route de l'autre côté, ils devaient croire que nous avions un véhicule camouflé. Ils sont tous morts, sauf Palo, tous à cause de moi.

— Certains peut-être sont seulement blessés.

— Alors, ils ne valent guère mieux. La torture, la prison à vie si ce n'est pas le peloton d'exécution. Je ne sais pas si nous parviendrons à nous sauver. Il va y avoir alerte générale. La route de Briceño sera gardée.

— La montagne est vaste. Nous sommes tels des grains de blé dans un grenier.

À l'approche de la nuit, réunis autour d'un régime de bananes et d'un bidon de jus de canne, nous mangeons et buvons. Mon fusil est auprès de moi. Ramiro se lève.

— Tu sais, Guadalupe, c'est grâce à lui. Quand les chulos t'ont ajusté j'étais mal placé. Je ne savais pas que tu tirais si bien, José.

— Moi non plus, je ne le savais pas. Je n'avais jamais tiré que dans les foires, sur des cibles en carton.

Je vois le jeune mort qui avance en courant dans le sentier avec ce visage lisse d'enfant. Je me lève à mon tour, je prends le fusil, je le montre à Guadalupe.

— Tu vois ce fusil ?

— Je le vois.

— Jamais plus, tu entends. Jamais. C'est une saloperie, une merde. Jamais, quoi qu'il arrive.

Je saisis le fusil par le canon encore tiède, lève l'arme très haut, pivote sur moi-même et la crosse se fracasse contre le roc. Guadalupe sursaute.

— Je regrette, mais tu es fou.

— C'était mon arme, non ? Je n'en ai plus besoin.

— C'est bon. Tu fais ce que tu veux. Vous faites tous ce que vous voulez. Je n'ai plus rien à dire. Je ne suis plus votre chef.

La Tour du Soleil

Nous fuyons. Depuis combien de jours, vingt-trois ou vingt-quatre peut-être, nous ne le savons plus exactement, nous avons perdu le compte des nuits et des soleils. Nous allons d'une sensation élémentaire à l'autre, le froid, la pluie, la chaleur, et toujours la faim devenue habitude. La cordillère déserte des Cobardes, environ trois mille mètres, et la succession de ses étages forestiers, la vallée profonde du Suarez, sorte de puits torride au cœur des hautes terres, et, de nouveau, la muraille inlassable des Andes, telle l'enceinte renouvelée d'une cité interdite. Nous allons vers l'est, esquivant tous les signes des hommes, routes ou clochers, jusqu'à l'apparence d'un simple champ. Lorsque notre fringale devient intolérable, Palo Alto ou Ramiro se risquent un soir jusqu'à un ranchito isolé. Il y achète ce qu'il peut trouver, quelques œufs, un peu de lard, des haricots ou du manioc, des galettes de maïs ou de blé, des patates. Nous complétons avec des fruits sauvages et du guarape pour chauffer le corps, pour fournir à nos muscles durcis par nos marches incessantes un indispensable carburant.

L'Eldorado

Cette fuite désormais n'a plus de sens et nous le savons. Il y a bien quinze jours que nous avons échappé à la dernière des patrouilles envoyées à notre recherche. Nous n'avons plus rien à craindre des soldats. Mais nous ne savons plus nous refuser à l'espace. Il est notre drogue, l'alcool de chaque matin. Le páramo brun, presque mauve, ondule sous le ciel comme une houle sombre, jusqu'à la neige très blanche, ce paradis immaculé de l'Orient, la Sierra Nevada du Cocuy drapée dans ses solitudes. Guadalupe parle à peine, ne donne plus jamais un ordre, mais il marche et on le suit, sans rien dire. Parfois, les premiers jours, Palo Alto passait devant lui : il savait toujours, au cœur des forêts, trouver le sentier invisible entre deux parois vertes et secrètes, coupait, lorsqu'il le fallait, d'un revers sec du machete une tige ou une liane sans même ralentir. Mais sur le páramo le regard s'en va, libre, cheval sauvage du rêve, et on suit ce regard avec lenteur, péniblement, collés au sol par notre pesanteur. Nous abandonnons le choix du chemin à Guadalupe. Palo Alto plus jamais ne le précède.

Notre stature, maintenant, est plus haute que celle des plantes les plus hautes et nous échappons à l'oppression muette du végétal. Les campanules mauves qui se balancent dans le vent léger et les lupins, leurs fleurs lumineuses rassemblées en grappes bleues, sont à la hauteur de nos cuisses. Les frailejones eux-mêmes, buissons de hampes blanches porteuses d'étoiles dorées, constellations de soleils minuscules, effleurent seulement la taille ou la poitrine. L'air est vif et, le soir, quand l'ombre s'étend sur les Andes, il fait froid. Nous cherchons l'abri des rochers encore tièdes, chauffés par le grand soleil vertical du jour, nous nous enroulons dans nos ruanas et nous dormons, blottis l'un contre l'autre, échangeant nos chaleurs.

Patricio est toujours avec nous. Guadalupe n'a plus jamais évoqué sa mort prochaine, ne paraît plus y penser et le Yanqui n'a jamais cherché à s'évader. Il aurait pu le faire cent fois, personne ne l'aurait poursuivi, n'aurait même cherché à l'arrêter. La vérité est qu'il fait partie de ce groupe réduit à six personnes, partage la même folie. Il vit pleinement ce délire éveillé qui nous conduit je ne sais où, compagnons d'une longue marche où il n'y a plus rien à prendre, ni ville, ni pouvoir, ni pierres précieuses, ni rien.

Tout aujourd'hui, nous avons marché. Nous sommes devenus des pas, le mouvement et le son de nos pas. Chiqui est aussi svelte qu'elle pouvait l'être à dix-huit ans, elle a des joues couleur de cuivre et les yeux brillants d'une enfant. Elle redevient peu à peu la femme d'un seul homme, c'est presque toujours avec Palo Alto qu'elle fait l'amour, de loin en loin avec Guadalupe, une fois encore ce fut avec moi. Je ne savais pas que c'était la dernière fois. Ramiro demeure chaste, contraint sa chair au silence. À sa guise ! Un soir, comme nous venions de boire, j'ai dit que, si Chiqui devait être prise en exemple, les Colombiennes faisaient mieux l'amour que les femmes yanquis et qu'il était nécessaire que Patricio le sache, ça porterait un petit coup à son complexe de supériorité. Cela n'a pas fait discussion. Guadalupe et Palo Alto ont fait semblant de croire que cela pouvait être important pour l'avenir de la Révolution.

Il fut aussitôt évident que Patricio était prêt à mettre le drapeau étoilé en berne. Au point où il en est, il eût été mal venu de jouer au prix de vertu. Je pense que ça lui a fait grand bien. Et Chiqui s'est fait baiser sans la moindre protestation, avec ce qu'il fallait de fierté patriotique. Elle n'avait rien d'une fille soumise : le Yanqui ne lui déplaît pas, même si elle préfère Palo. Cette nuit-là aussi, Edison est revenu.

Ce soir, la neige est rose sur les crêtes du Cocuy. On les distingue avec netteté maintenant, leur dentelle de pierre que le gel de chaque nuit brode, ajoure ou repique. Nous ne sommes plus qu'à une journée de marche du haut massif. Peut-être Guadalupe veut-il nous ensevelir dans la neige, afin de nous changer en eau de source. Du Cocuy descendent des torrents, de l'eau pour le Venezuela, la Colombie, le Brésil...

Pour nous, ce soir, c'est l'alcool. Palo Alto a ramené hier trois bons litres de guarape. Nous n'avions jamais bu de guarape aussi fort, celui-ci ressemble à un rhum d'un degré très chargé. Il râpe le gosier, chauffe le sang, puis revient dans la tête comme une vapeur. Nous buvons beaucoup ce soir, nous buvons trop, tout en regardant noircir la neige si proche, nous avons même allumé du feu et nos visages surgissent parfois dans la lumière dansante des flammes, telles des formes sculptées et peintes dans le bois le plus dur. On parle autant qu'on boit, on dit tant de choses lorsque l'alcool supprime la peur, et même la vérité. Pourquoi tiens-tu tant, Guadalupe, à savoir ce que je pense de la Révolution ? Comme si tu ne le savais pas ! Tu sais bien que je n'en pense pas grand bien.

Le pouvoir change de mains, c'est vrai, et les prisons de clients. Le malheur change de peau, chacun son tour, après tout pourquoi pas s'il suffit que passe une justice distributive élémentaire pour assurer aux faibles une revanche provisoire. Mais toujours le talion, hombre, dis-moi la nouveauté. La révolution du bonheur, fils, est-ce que tu en connais une ? Oui, tonne Ramiro, la révolution du Christ. Écoute, curé, je te parle avec la plus grande douceur dont je sois capable, je suis évangélique, aussi serein que si j'avais enfin accepté ma mort, mais, si je me souviens bien, ils l'ont crucifié, et on soutient même dans vos livres que c'était prévu, cela devait se passer ainsi. N'était-ce pas annoncé dans les Écritures ? Alors, qu'est-ce que cela peut bien vouloir dire ? Que les hommes refusent d'être heureux ? Le sang, c'est épais, cela tache, Guadalupe, c'est très difficile à effacer, je t'assure, ta violence sacralisée, à la place de Dieu, elle me fait pitié, tu comprends, la violence créatrice parce que pure, quelle imposture, comme si l'on en revenait aux enfances du monde, cette arme sans espoir, avons-nous vécu tous ces siècles pour rien ?

On parle, l'alcool invente les mots, les retrouve au fond de la mémoire, et Palo Alto, qui ne parlait jamais ou presque, nous contraint à entendre sa voix rauque, profonde, venue de si loin, une voix de vérité. « Écoute, José, la Révolution, pour moi, ce n'est rien d'extraordinaire, tu sais, ce que nous voulons... la terre, simplement, on l'a toujours travaillée, on couche sur la terre, on a pris sa couleur, regarde celle de ma peau, on sait bien qu'on est fabriqué avec, c'est même écrit dans la Bible ? Ramiro, c'est bien ce que tu nous as dit. Alors, voilà, qu'on nous donne un lopin de terre pour vivre, nous n'en demandons pas plus, tu comprends, un lieu pour planter une maison que l'on fait soi-même, où on voit naître et grandir ses enfants, où l'on pourrait même les voir jouer. Le pouvoir, crois-tu que nous en ayons jamais rêvé ? On ne sait même pas ce que c'est...

« On a toujours été chassé, d'une terre et puis de l'autre, chassé par des fusils, alors, un jour, il se trouve que tu as une occasion et, toi aussi, tu prends un fusil... » Et Chiqui l'écoute, les larmes aux yeux, « Comme Edison... Il dit la même chose qu'Edison. » Et que pourrais-je bien leur répondre puisque c'est l'histoire toute simple de leur vie. Guadalupe me considère fixement, ses yeux sont devenus étroits et durs, il sait bien que je suis le miroir de son échec...

« Alors, José, si tu penses tout cela, pourquoi es-tu venu avec nous ? » Je ne peux pas lui dire la vérité, que j'aime leur dénuement, qu'ils sont vrais parce qu'ils n'ont rien, que j'avais besoin d'eux pour me connaître, elle est tellement dérisoire ma petite histoire, mon étoile imperceptible au milieu de tous ces drames, mon luxe de vieillard usé avant l'âge, alors je lui dis ce que je crois un peu tout de même, que j'emmerde la Révolution mais que les révolutionnaires m'intéressent, non, « Guadalupe, détrompe-toi, ce n'est pas du tout la même chose, les révolutionnaires c'est avant, et puis, quand la révolution est faite, ils disparaissent très vite, ils changent, ils deviennent hommes de pouvoir et sais-tu ce que l'on fait de ceux qui veulent rester révolutionnaires, car il y en a toujours quelques-uns, des purs, des vrais ? On les tue... Les hommes comme toi, Guadalupe, vous êtes utiles, indispensables même, vous empêchez les autres de dormir de leur sommeil trop lourd, ils doivent faire des choses qu'ils n'auraient pas faites sans vous, en somme vous êtes le sel de la terre, n'est-ce pas, Ramiro, mais le sel se dissout. Et si vous ne savez pas vous dissoudre, on vous élimine ». Guadalupe ne répond pas tout de suite, il joue avec son revolver. C'est Ramiro qui dit son mot.

— Il est important d'exister, d'indiquer une autre voie.

— Merci, Ramiro. Mais tout cela est de ma faute. Vous l'aviez tous dit.

— Qu'avions-nous dit ?

— Que c'était trop dangereux, trop difficile... Je voulais le réussir, justement parce que c'était difficile. On aurait pris définitivement confiance en nous. On aurait eu tant d'argent, et tant de volontaires pour se battre avec nous... Je me croyais plus fort, plus intelligent que je ne suis, vous m'aviez mis en garde et je n'ai rien voulu entendre. Et ils sont tous morts à cause de moi.

— Tu sais, nous autres les Latins, nous avons trop de complaisance pour les gestes, nous acceptons de les payer trop cher. C'est une faiblesse dangereuse.

— Je ne suis pas un Latin.

— Parce que tu as du sang indien ? C'est pire... super-latin. Tu dois le savoir, c'est mauvais cette impatience, cette volonté d'aller vite. Ce sont des chevaux sauvages qu'il faut dompter.

— Il est trop tard maintenant. Je suis fini. Tu le sais bien.

— Fini, fils ! C'est ton premier échec. Les hommes se grandissent quand ils surmontent leurs échecs.

— Ce n'est pas tellement l'échec. Bien sûr, je pourrais recommencer, je trouverais d'autres hommes, forcément, ils font tout ce qu'il faut pour cela, mais ce n'est pas l'important. Je croyais que la mort des autres n'avait pas d'importance. Aujourd'hui...

— Aujourd'hui ?

— Je les ai vus mourir. Figure-toi. La bouche de Fósforo s'est tordue mais c'est surtout Alberto. Il avait l'air très étonné de mourir.

— Alberto était très jeune. Mais, Guada, sais-tu que le jeune chulo que j'ai tué, le dernier, il était aussi jeune qu'Alberto. Et c'est moi qui l'ai tué. C'est un crime que j'ai commis. Et moi, je n'ai même pas l'excuse de croire à la Révolution.

Je crois que Guadalupe ne m'a pas entendu. Toujours le même ton. Il manipule son revolver.

— Alberto n'avait même pas commencé à vivre. Et je suis sûr qu'il a compris au dernier moment que c'était dommage, que cela aurait pu valoir le coup de vivre quand même, sans révolution et sans justice. Et moi, je ne lui ai pas laissé sa chance, je l'ai sacrifié.

— Ce n'est pas toi qui l'as obligé à nous rejoindre. Guada, si tu n'avais pas été là, il y en aurait eu un autre. Que faire d'autre dans ce pays quand on veut changer le monde si peu que ce soit. La pression sur le pouvoir, empêcher les autres de dormir, les pousser à faire des choses qu'ils n'auraient pas faites spontanément, c'est sans doute bon pour l'Europe, mais ici ! Nous sommes condamnés à agir par la violence. Ici, quand le pouvoir prend peur, il devient pire. S'il se sent fragile, menacé, il assassine, il torture... Est-ce que tu sais, José, que les premiers guérilleros qui ont tenté de négocier avec le pouvoir, ils ont été piégés, éliminés physiquement, tiens, Guadalupe, Salcedo le premier et bien d'autres ensuite. Tu ne le savais pas ? Alors, il fallait courir notre chance et... Nous aurions pu réussir, Guada, et alors...

— Non, Ramiro, on ne pouvait pas réussir. J'aurais dû le savoir, au moins placer un guetteur en amont sur la route pour vérifier l'importance du convoi. J'ai été nul, tactiquement nul. Je n'avais pas le droit.

Ramiro argumente, discourt. Guadalupe l'écoute distraitement, ne desserre plus les dents. Il m'inquiète avec son revolver. Je comprends que cela comptait beaucoup pour lui le pouvoir, il avait cru réellement qu'il pourrait le prendre, toujours la référence à Fidel, oui, il y avait cru vraiment, et il en ferait des miracles, la découverte de l'Eldorado, il ne parvient pas à émerger de son rêve. Il était allé trop loin. Et l'autre, l'Amerloque, si discret, si effacé depuis le drame, le voici qui s'en mêle, il commence à débloquer, ça le travaille le guarape, j'aurais cru qu'il était immunisé après avoir été baptisé et biberonné au whisky mais le guarape est bien plus traître, cette charge de sucre qui stimule les muscles et brouille l'esprit. Cela ne me plaît pas du tout ce qu'il raconte, comme s'il n'aurait pas pu en rester aux chansons.

Au début de la soirée, il chantait, il a une belle voix de basse, une de ces voix qui vous font croire que vous étiez heureux autrefois, dans quelque paradis perdu, une ballade irlandaise, mais il a changé de registre maintenant et j'aime de moins en moins ce qu'il déclame, c'est stupide et dangereux, Guadalupe fait sauter son revolver d'une main à l'autre, « Marx sera bientôt tout à fait mort et nous enterrerons ses petits-enfants, ne reniflez-vous pas jusqu'ici, malgré la pureté de l'air des hautes Andes, la puanteur de Staline ? » Guadalupe joue avec son revolver. Il a trop bu, cet imbécile : « Ta gueule, Patricio », mais il ne veut rien entendre : « Il fera bon sur la terre des hommes quand nous serons délivrés des bourreaux, une litanie à présent, une kyrielle de noms sans le moindre intérêt, Molotov, Beria, Grotewohl, Husak... » Guadalupe explose, c'était fatal, je le pressentais. « Cela ne te suffit pas qu'on t'ait laissé vivre ! Tous les types que tu cites, ici nous n'en avons jamais entendu parler mais il ne fait pas meilleur sur cette terre, pourquoi n'as-tu pas parlé du Che ? Dis un peu, pour voir, est-ce qu'il pue lui aussi, est-ce qu'il est un fils de pute comme les autres ? Et Fidel, que penses-tu de Fidel ? Le fils de pute, c'est toi et tous les Yanquis de ce pays sont des fils de putes, et les autres... »

Guadalupe s'est levé brusquement et je me lance en avant une seconde trop tard et c'est moi qui reçois la balle dans le ventre, à la hauteur de la ceinture abdominale, et je sais tout de suite que je vais souffrir, et je vois les yeux agrandis de Guadalupe quand je tombe vers lui, je l'entends, cette douceur, « non pas toi, José, surtout pas toi », et le Yanqui, ce con, dégrisé d'un coup, qui se précipite vers moi. Ils vont me bercer, je ne mourrai pas tout de suite, je dois en avoir pour quelques jours, j'ai encore un peu de force, je fais signe à Guadalupe, je dégage l'index et le majeur de la main droite, je les lui montre. Cela fait deux vies qu'il me doit.

J'imagine le trajet de la balle comme si je suivais sa trace avec les doigts. Elle a brisé la neuvième côte, c'est la raison pour laquelle je souffre tant, a crevé le péritoine, puis perforé l'intestin dans lequel elle s'est logée. Je suis bon pour une péritonite d'anthologie. Je me donne trois jours, quatre au mieux. Je serais peut-être capable de m'opérer moi-même, avec l'aide des autres, si j'avais l'équipement nécessaire, mais cela n'en vaut plus la peine. C'est une manière de mourir qui en vaut une autre.

Ils ont bricolé une civière et ils me portent précautionneusement. Patricio va devant, Guadalupe derrière, et il me parle très doucement comme si j'étais un enfant, me conjure de ne pas avoir peur. À le croire, il me conduirait au royaume des fées, me promet un sorcier maître de la mort, qui effacera ma douleur. Lorsque je lui parle, à voix très basse, pour ne pas faire bouger le mal à l'intérieur de mon corps, je lui dis qu'il ferait beaucoup mieux de songer à se sauver lui-même. Puis, je ferme les yeux et je serre les dents, je ne veux plus rien voir, je tente de proscrire toutes mes photos en noir et blanc, mon vieux cinéma d'enfance, cette invitation insupportable au souvenir...

Dans le village de pierre, Palo et Ramiro parlent avec les montagnards. Je les entends. Ils connaissent, disent-ils, un sorcier merveilleux, le Fou blanc, qui vit à une journée de marche, au-delà des sommets de la Sierra, derrière le mur de brouillard, dans une tour de granit ouverte au soleil levant. Ils disent que c'est un fou bienfaisant et doux, qui les a sauvés plusieurs fois de la famine et de la maladie, un homme très vieux, plus vieux que n'importe qui, dont la barbe et les cheveux sont aussi blancs que la neige immaculée du Cocuy.

— L'as-tu entendu, José ? Un jour seulement. Un des villageois accepte de nous guider jusqu'au domaine du Fou blanc Nous partons immédiatement. Nous arriverons à temps.

Que puis-je lui dire ? Mon ventre est de bois, la contracture abdominale est déjà réalisée et, à l'intérieur de mon ventre, l'infection a commencé. Guadalupe se félicite de ce qu'il fasse froid parce que l'air sec et glacial des hauteurs est bon pour ma blessure, freine la suppuration. Je le laisse à son illusion, je sais bien que le chancre est entré en moi en même temps que la balle d'acier, qu'il ravage mes viscères et que la pureté de l'atmosphère andine n'y changera rien.

Maintenant, la pente se fait plus raide. Derrière le montagnard qui ouvre la marche, Patricio et Guadalupe me portent toujours, ils ont refusé deux ou trois fois de céder le relais à Palo Alto et à Ramiro. J'éprouve parfois un frisson, une secousse profonde de l'être, une sensation ambiguë de chaleur et de froid, je transpire, une sueur glacée coule entre mes épaules. Lorsque j'ouvre les yeux la lumière est blanche, d'une violence ordonnée : les cristaux de glace multiplient les combinaisons de formes et de lignes, projettent autour de moi une fantasmagorie éblouissante. J'ai dû m'assoupir, je ne sais combien de temps, le décor a changé, l'air est mouillé et gris maintenant, vêtement de brume jeté sur la montagne pour réduire les êtres et les choses à l'uniforme. Je ne vois que des silhouettes semblables projetées sur la neige grise.

Une halte, à l'abri d'une ruine. Qu'est-ce que tu dis, que je n'ai plus de fièvre ! Cette voix de femme, musique céleste, quelle bonne fille cette Chiqui ! « Ne te fatigue pas, ma douce, lumière de mes yeux, tu sais, quand on a vingt-cinq ans d'hôpital, de malades, d'agonisants derrière soi, on sait à quoi s'en tenir. C'est vrai, j'aurais pu durer quelque temps encore, c'est la faute de ce con de Patricio, il avait trop bu, mon capitaine. Les légendes ne tiennent pas la route. Les Irlandais, des éponges à whisky, tu parles ! »

Ça se rapproche. La nuit m'absorbe lentement, mais j'ai encore un peu de temps. C'était beau mon Amérique à moi, un alcool de grand luxe, haut de gamme, un peu fort pour mon âge mais je ne l'ai pas si mal tenu. « Ramiro, ne fais pas cette tête, ne fais pas semblant de croire que j'ai une peur horrible de la mort. » Je ne vais tout de même pas passer sans faire une dernière faena à Ramiro, une faena-cumbre. Je vais l'estoquer le cureton, d'une entière et sans puntilla. Ramiro, approche, s'il te plaît, un peu plus près, je n'ai plus beaucoup de voix.

Sans doute avait-il décidé de les surprendre jusqu'au bout, l'Espagnol. C'est gagné, un numéro inouï, invraisemblable. Le mourant est devenu jongleur, acrobate. Ramiro, l'infortuné, n'est plus qu'un poisson pris dans une nasse et il n'a aucune chance de s'en sortir. Il faudrait qu'il sache ce que l'autre a dans la tête et il n'a aucune chance de le savoir. Patrick non plus, Guadalupe pas davantage, seule Chiqui ne paraît qu'à demi surprise. Il est trop compliqué pour eux. Depuis qu'ils le connaissent, ils ont appris que ses phrases signifiaient souvent tout autre chose que ce qu'elles disent mais on n'est guère plus avancé. Il faut considérer le ton, le regard, mais parfois il veut seulement se foutre du monde, se moquer des autres et de lui-même tout ensemble. Quand il a appelé Ramiro auprès de lui, ils ont dressé l'oreille, se sont rapprochés, spontanément. « Écoute, curé, ça te ferait plaisir de m'entendre en confession ? » Ramiro a sursauté, comme si on l'avait giflé, mais il s'agit d'un agonisant, il a essayé la douceur :

— Je t'en prie, José, à quoi rime cette comédie ? Puisque tu risques de mourir, tu aurais aussi bien pu te dispenser de ça... Quel plaisir peux-tu prendre à te moquer de moi dans un instant pareil ? Pour toi, ce n'est qu'une farce mais je ne peux pas être complice de ce jeu...

— Ça alors ! Bien la première fois que je vois un curé refuser la confession à un moribond... Je me rappelle, en Espagne, tous les trucs qu'ils pouvaient inventer pour décider un vieux mécréant à passer aux aveux, le récupérer sur la ligne d'arrivée... n'importe quoi, même des anarchistes de toute la vie, ou des communistes... offrir une dernière joie à l'épouse éplorée, les souvenirs d'enfance, la première communion, ils n'étaient jamais à court, et toi...

— Moi, justement, je ne me prête pas à ces supercheries, s'il te reste une parcelle de sens du sacré...

— Mais c'est moi qui te le demande, je reconnais devant témoins que tu n'as rien fait pour me forcer la main, au contraire...

— C'est un sacrilège que tu veux commettre, une parodie...

Alors là, tout de même, il y va un peu fort, ils sont sidérés, Guadalupe lui-même, il passe les bornes, José, un

cynisme absolu, et ils comprennent que le coup est impa-
rable, ils prennent Ramiro en pitié.

— Naturellement, il y a quatre-vingt-dix-neuf chances
sur cent pour que je me foute de ta gueule, du sacrement
de pénitence et de la Sainte Église catholique en même
temps, mais tu ne peux pas en être absolument sûr, je
viens peut-être d'être visité par la grâce, il reste une
chance sur cent que je dise vrai et tu n'as pas le droit de
la négliger, même s'il n'y avait qu'une chance sur un
million tu n'aurais pas le droit, tu es en charge de mon
salut éternel, ou alors tu ne serais qu'une contrefaçon de
curé, une caricature de prêtre... Dépêche-toi, je n'ai plus
beaucoup de temps, dans dix minutes je ne pourrai peut-
être plus parler...

Et voilà, il a eu ce qu'il voulait, ils conversent à voix
basse tous les deux, les autres ont pris leur distance, ils ne
voient que des gestes, des signes de croix... Chiqui essuie
une larme.

Patrick le sait. Sans ses discours stupides d'ivrogne, il
ne se serait rien passé. José aurait aimé vivre encore. Il n'a
nullement prémédité sa sortie, même s'ils sont maintenant tous dépendants de sa liturgie. Voilà, ils ont fini.
Ramiro, impénétrable, retrouve un vieux rôle, se referme
sur son secret. José fait signe qu'on peut repartir. Chiqui
a rembourré la civière, a improvisé des coussins. Ils
l'étendent avec douceur et se remettent en marche, d'un
pas régulier, comme s'ils pouvaient le bercer jusqu'à
l'endormir.

À cette altitude, la raréfaction de l'oxygène, qui rend
leur effort plus pénible, ralentit la progression. Ils
doivent consentir plusieurs pauses. À l'occasion de ces
haltes, le montagnard répond sans réticence à leurs questions. Révélations étranges, improbables. Le Fou blanc a
fait construire sa tour il y a si longtemps, quarante ou

cinquante ans peut-être. Il est riche, immensément, il a trouvé un trésor, l'or des chibchas dit-on. Il vit avec une garde indienne, des hommes et des femmes très beaux venus on ne sait d'où, vêtus d'étoffes somptueuses. Il a capturé la lumière du soleil. Une fois par an au moins, un long convoi de mules monte jusqu'à la tour. On ne sait exactement ce qu'il transporte, des objets non identifiés, des caisses longues et pesantes. Quand le village est dans le malheur il le sait, on n'a nul besoin de le prévenir, et il apporte un secours. Mais il n'est pas vrai qu'il soit maître de la vie et de la mort. Guadalupe ni Ramiro n'avaient jamais ouï-dire du Fou blanc. Ils ne savent que penser.

Ils ont enfin franchi le col. La brume est traversée d'arc-en-ciel, se déchire par fragments. Le ciel s'élargit, vire au bleu, et un grand soleil de justice s'installe au zénith. Un peu plus bas, sur un plateau pierreux, ils aperçoivent la tour : elle n'est pas très haute. Sur des tumulus de rocaille, face à l'Orient, s'élèvent à la verticale des capteurs d'énergie solaire, irruption incroyable de la technologie la plus moderne sur ce bout du monde. Patrick n'en croit pas ses yeux. Une lampe rouge s'allume à l'entrée d'un défilé... « Soyez les bienvenus. »

« Vous êtes surpris, n'est-ce pas ? Ils disent que je suis immortel mais ils se trompent. Je n'ai que cent ans, aucun d'entre eux n'égale mon âge, alors ils croient que je les regarde naître, vivre et mourir. N'en croyez rien... Et je ne sais pas ressusciter les morts.

« Je suis venu dans ces montagnes pour trouver l'Eldorado. Bien d'autres l'avaient cherché avant moi. Les Indiens avaient donné à Jiménez de Quesada un trésor mais ce n'était qu'une petite partie de l'or des chibchas. Et les autres ont couru le pays en vain, les Allemands, les Espagnols, Philippe de Hutten, Nicolas Federman, Hernan Pérez de Quesada, Belalcázar, Juan Cabrera, ils cherchaient la Maison du Soleil. Ils ne l'ont pas trouvée... Moi, je savais où il fallait aller... Et je l'ai trouvée. Évidemment, je n'ai rien dit, je voulais vivre... Il y a longtemps que toutes mes richesses sont en Suisse... plusieurs comptes. » L'incroyable vieillard s'est mis à rire.

« Ils pensent que je suis fou... C'est bien. La folie est sacrée, redoutable... Je suis puissant et bon, c'est si rare. Savez-vous pourquoi j'ai fait élever cette tour en ces lieux ? Parce qu'il n'existe nulle part au monde de haute montagne qui permette de voir le soleil se lever d'aussi loin. Les sommets qui protègent la tour à l'ouest dépassent de beaucoup les cinq mille mètres, ici nous sommes seulement à trois mille huit cents, au-dessous de la limite des neiges éternelles, nous avons ainsi des champs de pommes de terre et des pâturages ; vers l'est, sur des milliers et des milliers de lieues, il n'y a plus une seule haute montagne, rien que plaines, océans, le bassin du Meta et celui de l'Orénoque, celui de l'Amazone, le plateau guyanais ce n'est pas grand-chose, l'Atlantique, le désert, rien avant les montagnes qui se dressent au cœur du Sahara.

« Moi, je rêvais du soleil, je voulais vivre au cœur du soleil, comme ce moine autrefois, mon ancêtre Tomaso Campanella... Cela ne vous dit rien ? C'est étrange. Tout ce qu'il avait annoncé, au fil du temps, se réalise. Savez-vous qu'il était en prison lorsqu'il a écrit *La Cité du Soleil*. Et aussi son *Hymne au Soleil*, entre deux séances de torture. Quelle foi incroyable dans la puissance du futur ! Chaque matin, le soleil m'annonce le miracle du jour et m'offre l'énergie dont j'ai besoin et davantage...

« Le monde m'a oublié et je contemple de loin la folie du monde. J'ai créé et j'enrichis encore, quand je le peux, le musée de cette folie. Je peux rassembler ici tout ce que je veux, je suis si riche, mais je suis fatigué. Venez voir... Mais votre ami se meurt... Attendez, je m'occupe de lui... »

La douleur m'a réveillé, une vrille brûlante de métal travaille à l'intérieur de mon ventre, sous la peau tendue et durcie comme celle d'un tambour. Ou est-ce la caresse de cette main ? Un inconnu se penche vers moi, visage de parchemin dans un casque d'argent, cheveux et barbe d'un blanc inimitable, ne serait-ce pas l'apparence retrouvée des dieux blancs promis par les prophètes incas qui devaient naître de la mer, missionnaires de Viracocha ? Mais ceux qui sont venus étaient de faux dieux, ils portaient le désespoir et la mort, et l'Évangile s'est échappé de leurs mains avides. Celui-ci est bienfaisant, ses mains fraîches glissent sur mon front brûlant. Il me tient un langage de vérité : « Je ne peux rien pour toi, tu vas mourir, tu le sais. Tu n'as plus rien à apprendre, il faut que j'instruise tes compagnons. Je vais te faire installer de manière plus confortable pour que tu jouisses une dernière fois de la beauté du monde. La paix soit avec toi. »

Le soleil est au-dessus de moi. On a placé sur ma tête un chapeau de paille que je n'avais jamais vu, deux coussins moelleux ont été glissés sous mes épaules pour redresser le buste. Est-ce la fièvre qui aiguise mes sens, libère mes perceptions ? Les sons me parviennent avec une netteté incroyable, mon regard porte très loin. Sans doute l'embellie, trompeuse et précieuse à la fois, des heures dernières. Depuis la large terrasse où ma civière est placée, je contemple le plus admirable paysage qu'il m'ait été donné de voir. À ma gauche comme à ma droite un enchevêtrement de crêtes englacées, de dômes et de pinacles blancs scintille dans le soleil. Devant moi, la montagne se brise d'un coup, descend en cascades vers l'orient, par vagues de roches flamboyantes, puis de croupes vertes submergées par la forêt, jusqu'à la grande plaine où l'eau innombrable des fleuves et des rivières vibre jusqu'à l'infini.

La voix de l'inconnu parvient jusqu'à moi, franchit l'obstacle des murs qui me dérobent les visages, je ne vois personne mais c'est sans importance, je contemple et j'écoute : « Suivez l'ordre du temps qui tourne sur ces murs, c'est très simple, lorsque manquent les objets je supplée à ces carences par les fresques murales... Ne recherchez pas l'esthétique, la beauté, je ne suis pas un artiste, il ne s'agit que de représenter les armes que je n'ai pu obtenir. Mais j'ai évité l'accumulation, je déteste la série, il n'y a ici que des spécimens. Voyez les objets que, depuis les origines des temps, l'effort conjugué, véritablement prodigieux, de la raison et de la science a inventés pour tuer : les haches de pierre et les pieux durcis au feu, déjà des outils, la marque indiscutable de l'idée. Peu efficaces encore, je l'admets, ne tuaient qu'un homme à la fois. Il est sûr que nous verrons beaucoup mieux. Patience !

« Ici ce sont des massues de toutes sortes, d'Égypte celle-ci mais tellement inférieure à cette massue de Bohême : un pays de forgerons, elle est belle, hérissée de pointes de fer. Voici le xiphos grec, une épée un peu courte, et, déjà plus longue, la spathé. Évidemment, le gladius romain est infiniment plus long. L'invention ne va pas encore très loin, je le concède : piques, lances, haches de jet, francisques, épieux de guerre. Dévorons quelques siècles : cette vouge anglaise qui date de la guerre de Cent Ans m'a coûté fort cher. Je vous l'ai dit, j'achète : très cher aussi ce grand arc en bois de frêne. Et ce poignard mycénien est une pièce d'Antiquité digne des plus grands musées du monde. Finissons-en avec les armes blanches : glaives et sabres en tout genre, espagnols, arabes, turcs, et surtout japonais, voyez ces daishas, longs ou courts, enfin baïonnettes à partir du dix-huitième siècle. J'oubliais ces poignards maniés en virtuoses par les gurkhas, arme silencieuse dont raffolent aujourd'hui les hommes des services spéciaux. En bref, Orient égale Occident. Mais on ne tue ainsi qu'à coups d'habileté, d'ingéniosité, de bon entraînement. Un raisonnement simple suffit. Vous attendez l'explosion de la science, la guerre bactériologique. Je vous ai recommandé la patience. »

J'ai perdu le sens de son discours. Des mots m'échappent, cette voix haut perchée se casse soudain. J'entends à nouveau, nettement. Il en est aux armes à feu, à ce qu'il me semble. « Ne méprisez pas l'arquebuse. Celle-ci est à croc, je n'ai pu me procurer d'arquebuse à rouet ou à mèche, je les ai peintes ici. Voici enfin la mort donnée à distance, quel progrès gigantesque ! Dans ce registre, la concurrence a été permanente, sauvage, et les résultats extraordinaires ! Mousquets, revolvers, carabines, fusils ! Le Colt de 1835, le Far West, souvenez-vous... le revolver Adams, la carabine à répétition Spencer, presque aussitôt détrônée par la Winchester. Le fusil allemand Mauser et le français Gras, neuf coups par minute, un exploit. Le Martini-Henry anglais, le Lebel de 1886, trop lourd, le Mannlicher, je vous fais grâce des autres...

« Voyez plutôt les mitrailleuses, la première réellement opérationnelle, la Gatling à trois cents coups par minute mais elle s'enrayait. J'ai voulu l'avoir parce que c'est une sorte de prototype. Mais la Maxim lui a été bien supérieure : voici le modèle de 1883, puis l'Hotchkiss, la Browning très utilisée pendant la Deuxième Guerre mondiale. Les fusils-mitrailleurs, les pistolets-mitrailleurs, quelques modèles de valeur exceptionnelle, la Sten et le Beretta, en attendant le FA-Mas français que j'obtiendrai dès qu'il sera sur le marché, j'ai déjà un prototype, la Kalachnikov soviétique, je me trompe parfois, je dis Raskolnikov, idiot n'est-ce pas, les M 16 américains très utilisés au Vietnam. J'interromps ma collection, les catalogues sont décourageants...

« Et, pour finir les lance-roquettes, les missiles comme le M 47 Dragoon américain, le projet de fusée Exocet dont les Français disent grand bien, un prototype. J'ai renoncé aux canons, trop lourds pour nos convois, j'ai seulement, en guise d'exemple, mis en place ce canon antichar, il ne pèse que seize kilos, c'est le Carl-Gustav suédois... Pour exprimer la force et la puissance meurtrière des canons d'aujourd'hui il aurait fallu le génie d'un grand peintre, je ne suis guère plus qu'un copiste...

« Voyez, dans cette composition, j'ai essayé d'associer l'objet et l'effet plastique, il s'agit d'une mine bondissante et j'ai représenté ici l'instant de la déflagration. Je crois que les couleurs sont assez bien rendues... Non, n'ayez crainte, ces flacons sont munis de fermetures de sécurité. Oui, les gaz ! Je dispose d'une grande variété de gaz, suffocants, toxiques du sang, neurotoxiques, vésicants, lacrymogènes et même hilarants, peu employés parce que le pouvoir est idiot. Il pourrait désarmer en faisant rire, imaginez !... Oui, la rupture de ton est volontaire, je rappelle les possibilités de l'Orient. Dès que l'on revient à l'exigence de qualité, l'Orient égale l'Occident... L'imagination déborde la raison et multiplie les instruments de supplice.

« Choisissez, le bûcher ou la cage, le carcan, le chevalet, la croix, je n'ai pu résister à la tentation de la croix, j'ai ajouté mon propre Christ en croix à ceux de tant d'artistes, modestement, dans ce coin, tous les autres sont des copies. Et puis la roue, le pal, le gril, la potence, le pilori, la guillotine, la chaise électrique et, en contrepoint, le raffinement chinois, la cangue et la machine à écartèlement automatique. Ainsi s'affirme l'extraordinaire rationalité du monde ! La mort est certaine pour tous les hommes, n'est-ce pas ? Moi-même, je ne bénéficie que d'un sursis prolongé par ma folie. La mort est la plus fidèle des fiancées et les hommes ont dépensé des trésors d'intelligence pour inventer et perfectionner les machines à mourir !

« Votre ami nous écoute. Je le rassure : ces armes ne sont pas pour vous et je suis sûr que vous n'en voulez pas. Nous allons monter dans quelques instants jusqu'à mon laboratoire. Je vous le ferai visiter. Il contient toutes ces poudres candides et ces liqueurs de mort lente qui ouvrent les portes des paradis artificiels. Savez-vous que l'on cultive pour moi dans des jardins du Boyacá des pavots aux teintes profondes que je transforme en toute une gamme de variables : morphine, codrine, héroïne. Mais je ne les conserve que pour mémoire. Je dispose aussi d'autres options : mescaline, kava-kava, kat, LSD. Et naturellement, j'ai sous vitrine des feuilles de datura. Étonnante puissance destructrice de la raison alliée à la science. Jadis, l'Église, en sa sagesse, enseignait que la mort pouvait ouvrir les portes du paradis. On a découvert aujourd'hui que les paradis d'illusion étaient les chemins fleuris de la mort.

« Venez, suivez-moi. Vous savez, l'homme a appris à tuer avec fort peu de chose. Cette aiguille à tricoter d'apparence innocente a crevé je ne sais combien de fœtus dans des ventres de femmes. Et j'ai une très belle collection de fœtus conservés dans du formol. Il était assez coûteux d'en obtenir il y a une dizaine d'années encore mais les prix se sont effondrés, l'offre est surabondante et la concurrence sauvage. Ces fœtus en provenance du Danemark pouvaient paraître exceptionnels. Mais, maintenant, je suis submergé par les prospectus.

« Le marché chinois est inépuisable : on ne paye que les frais d'expédition, ceux de manutention ont été abolis. On n'a plus aucune difficulté pour recevoir des fœtus de France, d'Espagne, de Portugal, qui furent longtemps rarissimes. J'en attends même deux en provenance de la Cité du Vatican. Attention à cette urne, elle est pleine de cendres juives, de l'Auschwitz. J'ai encore des os de nègres lynchés, deux ou trois scalps de pionniers américains, des têtes d'Espagnols réduites par des Indiens d'Amazonie, un fragment de cœur espagnol immolé sur un autel de Mexico par un couteau d'obsidienne, un squelette de soldat inconnu, deux foies d'Indiens marinés au whisky, j'ai des milliers de reliques achetées sur tous les continents, de Chrétienté et d'Islam, dans les camps d'extermination et le Goulag car j'ai des correspondants partout, des concierges d'asiles psychiatriques en Russie, des secrétaires de communes chinoises, un ancien geôlier de la prison de Carabanchel à Madrid, des tueurs à gages aux États-Unis, deux chefs d'État africains, le ministre du bien-être social en Argentine, je pourrais vous montrer... Mais votre ami va mourir. Tenez-lui la main. N'ayez pas peur. Il est prêt. Je sais qu'il vous voit, réunis autour de lui pour le dernier adieu. Voyez, il a dans les yeux les derniers feux de la vie.

« Ne vous y trompez pas, je ne suis pas aussi fou qu'on le croit. Savez-vous ce qu'est la clairvoyance ? Elle traverse le futur. C'est ce qu'avait compris mon ancêtre, le moine. Cette fresque est mon dernier effort, il y a cinq ans que j'y travaille, un thème très ancien mais dont l'actualité n'a jamais été aussi évidente, me semble-t-il. Bien sûr, un Jugement dernier. La raison humaine a inventé son chant du cygne. Au lieu de s'employer à tuer plus rapidement et plus sûrement leurs semblables, les hommes usent désormais de leur science et leur imagination à tuer la planète. Plus rationnel parce que beaucoup plus complet. En somme, on est passé du stade artisanal à la grande industrie. La rationalisation à l'échelle mondiale. Et quand la planète mourra, sonnera le jour du Jugement.

« Regardez bien. Voyez le pétrole ramper sur la mer, et l'ordure envahir les villes, comme des troupes de rats, avec la collaboration des animaux, excréments de chiens vous voyez, et les feuilles qui tombent des arbres au printemps, les plantes qui se dessèchent, le ventre blanc des poissons au fil des eaux putrides, l'air empoisonné qui fait crever les chats dans les rues des villes, et voici enfin, au terme de l'Histoire, la plage finale, le désert radioactif peut-être ou quelque autre cataclysme...
« Au commencement était le paradis terrestre, la profusion végétale, les merveilles des arbres et des fleurs, de leurs couleurs, de leurs parfums, la diversité prodigieuse des espèces animales, mais l'homme a mangé le fruit de l'arbre de science et voici l'achèvement de la science, la mort universelle... Suis-je fou comme disent les hommes

et les femmes du village ? Est-ce parce que je suis fou qu'ils m'aiment ? Dérision ! L'homme n'a jamais fait le moindre progrès dans la conquête de lui-même... Venez, j'ai donné des instructions pour que l'on vous prépare une collation. Vous pourrez manger et boire, avant de repartir en quête de votre destin. Et, si vous le désirez, vous pourrez donner à votre ami une sépulture, à l'abri de la tour, dans cette prairie épargnée par les tempêtes. »

Edison ! Edison !

Ils l'ont veillé toute la nuit, enfermés dans leur silence. Chacun d'eux avait à poursuivre avec José un dialogue inachevé. Vers midi, Palo Alto a donné sans un mot le signal des besognes élémentaires. Il a choisi un lieu retiré, dans un cirque étroit au pied des falaises entre deux rochers incrustés de quartz, et il creuse le sol avec une houe que lui ont prêtée les Indiens. C'est une arène détritique, en voie de décomposition rapide, et le travail de Palo avance vite. Patricio creuse lui aussi, avec un fragment de roche aux arêtes vives, et Guadalupe, en face de lui, dont la peau brune distille une sueur luisante. Ramiro qui, depuis une heure, n'a pas prononcé un mot, a entrepris de confectionner une croix. Chiqui, assistée de deux Indiennes, muettes, aux gestes précis, fait à José son ultime toilette.

Ils ne se sont pas concertés mais ils éprouvent la nécessité de creuser profondément pour mériter la fidélité de la terre. Ils s'acharnent, cerveaux vides, sans mémoire, sans imagination, réduits eux-mêmes à l'outil le plus fruste pour extraire quelques décimètres cubes de terre supplémentaires, déchausser des fragments de roc, des caillasses, les ongles déjà cassés, usés, noircis. Ils auraient continué aussi bien pendant des heures, toute la nuit s'il l'avait fallu, ils avaient perdu le sens du temps mais Palo a levé la main.

— Cela va comme ça.

Ils l'ont allongé sur le dos, sur un linceul de coton offert par le Fou blanc, mains jointes, paupières closes. Ils l'ont regardé longuement, ont posé leurs mains sur ce visage. Ramiro, dont les gestes témoignent d'une fermeté inhabituelle, a jeté la première poignée de terre et ils l'imitent, mécaniquement, jusqu'à ce que le corps s'efface, perde ses formes, et que retourne à la terre le visage de José, paisible, éclairci par la mort. Pour eux il ne fut jamais que José. Ils s'immobilisent une dernière fois, par un accord tacite, pour regarder un instant ses mains nerveuses dont il savait si bien se servir pour prolonger la vie.

Soudain, Guadalupe est pris d'une sorte de rage, de frénésie, il culbute la terre dans la fosse, la pousse à pleins bras, la tasse à coups de sautillements précipités comme s'il voulait tisser autour du cadavre de José un suaire de poussière au grain si serré qu'il en deviendrait impénétrable... Il faut que Ramiro l'écarte avec une autorité inattendue pour qu'il puisse planter sa croix de bois. Ils ont gravé les quatre lettres de José, rien de plus. Et ils ont planté dans la terre meuble deux frailejones d'or que Chiqui et Palo sont allés cueillir au petit matin, mille mètres plus bas sur le plateau.

Au crépuscule, ils ont quitté la tour et le Fou blanc. Le vieil homme leur a donné l'accolade. Ils vont, sans trop savoir ce qu'ils font, somnambules, funambules, sur le fil étroit de leur conscience nocturne, tendu entre la muraille noire des plus hautes Andes et l'imprévisible, l'inépuisable demain. Mañana. Ils ont la conviction étrange que José savait bien mieux qu'eux-mêmes où ils allaient, la direction de leur ailleurs. Eux, ils ne voient rien, n'imaginent rien, ne conçoivent rien. Ils ne sont plus que brouillons et ratures, ils trébuchent, tâtonnent, pieds de plomb, cerveaux de plomb. Noire est la nuit.

— Nous allons faire halte ici, nous reposer quelques heures, essayer de dormir un peu, manger ce qui reste, ceux qui ont faim.

Ils grignotent des morceaux de galette, des bananes, mastiquent de la panela. José, que dois-je faire, dis-le-moi, je t'en prie. Je ne veux plus conduire d'autres hommes à la mort. Me coucher, ramper, me plier à l'injustice quotidienne, sans rien faire, je ne peux pas, tu le sais bien. Où dois-je aller ? La capitale, Bogotá, ce n'est pas mon truc. Le llano, je veux bien, mais ce n'est pas ma terre. Je suis un andino, tu comprends. Pour l'autre, José, n'aie pas d'inquiétude... Je vais le lui dire tout de suite.

— Patricio, tu peux partir quand tu voudras. C'était ce qu'il voulait, lui. J'espère qu'on ne te reverra plus.

Patricio n'a pas répondu. Il ne savait quoi dire. Puis, il est allé embrasser Chiqui, tendrement.

— Rien que pour te connaître, Chiqui, ça en valait la peine... Et même les autres, je ne regrette rien. Enfin, je ne voulais pas dire, pour José, bien sûr que je regrette... C'est ma faute, ce n'est pas la tienne, Guadalupe... Je vais me reposer un peu encore. Je partirai à l'aube.

La nuit est froide et claire. Les étoiles frissonnent au-dessus de lui. Patrick rassemble son corps sous la ruana de laine grise Il redevient fœtus. Impossible sommeil. Marina ! Il n'y a au-delà de ce nom que des éclats de couleur. Les plages heureuses du passé sont désertes. Un souvenir n'est jamais plus qu'un souvenir.

Il ignore ce qu'il fera de cette liberté miraculeuse, ce bouquet de fleurs nouvelles rassemblées pour lui par le destin. La liberté dramatique des pistes brouillées, des chemins de ronces, des marches nocturnes, aux lumières éteintes, l'éblouissement, le vertige.

Cette nuit, il ne dormira pas. Le sommeil, si près du cadavre de José, ressemble trop à la mort. Soudain, Patrick redoute de ne pas savoir mourir. Si, quelque jour, il fait un enfant, il lui parlera de la mort.

Autant partir sans plus attendre. Il se lève. Il prend sa ruana et un sac vide. Ramiro dort, paisible. Guadalupe, lui, ne dort pas. Patrick distingue dans l'ombre les yeux grands ouverts qu'il fixe sur lui. Il s'approche du métis. Il murmure :

— Je m'en vais. La Colombie est très belle. Adios, amigo.

— Adios. Marche vers l'ouest.

Palo Alto et Chiqui ne sont pas avec eux. Ils se sont installés à l'écart, comme ils le font chaque nuit ou presque mais ils ne sont pas loin. À peine Patrick a-t-il parcouru une ou deux centaines de mètres qu'il les entend. À force de se donner tant de mouvement, ils vont finir par faire un enfant, c'est inéluctable. C'est peut-être ce qu'ils veulent. Il ne les voit pas mais il sait qu'ils sont tout près de lui. Il reconnaît l'acharnement émouvant qu'ils mettent à s'aimer pour survivre. Il n'y a plus dans le cerveau de Patrick que ce halètement pathétique.

— Edison ! Edison !

GLOSSAIRE

Abuelo : célèbre bar du centre de Madrid.

Abrazo : accolade virile, habituelle dans les pays hispaniques, plus « nature » que la poignée de main.

Altiplano : désignation courante pour les hauts plateaux andins, de la Colombie jusqu'à la Bolivie.

Antioqueña : l'Antioquia, capitale Medellín, est un des départements (= provinces) de Colombie, une des principales zones caféières. La Banque Antioqueña est une des principales du pays.

Artesonado : plafond à caissons, en bois peint et orné, d'origine musulmane, dont il existe des exemples très nombreux dans l'Amérique hispanique, notamment à Lima, Quito, Bogotá, etc.

Atocha : l'une des gares de Madrid.

Bagre : poisson d'eau douce des llanos.

Bargueño : petit coffre ouvragé avec marqueterie et incrustations, dont il existe des exemplaires de grande valeur.

Bolívar : unité monétaire du Venezuela. Dans les années 1960 et 1970, la production pétrolière avait assuré à cette monnaie une valeur élevée et les Vénézuéliens passaient pour de nouveaux riches. Profitant de la différence des prix ils venaient en foule faire leurs achats à Cúcuta, ville frontière.

Ceiba : arbre de la savane et des altitudes moyennes, au tronc volumineux, à la ramure très fournie, qui constitue un immense parasol.

Chapinero : quartier huppé de Bogotá.

Chibchas : ensemble des peuples ou ethnies qui habitaient les

257

Andes du Nord avant la conquête espagnole, créateurs de « cultures de l'or ».

Choco, Tolima, Nariño, etc. : la Colombie est une république divisée en départements. Le Choco, le Tolima, le Nariño et autres noms cités – Boyacá, Caldas, Meta, Quindio, Huila, Vaupés – sont ceux de départements. Le Choco, au nord-ouest du pays, l'un des départements les plus pauvres, a été le théâtre en avril 2002 d'un massacre à l'occasion d'un choc entre guérilleros et paramilitaires.

Chulos : soldats, en argot colombien.

Comuneros de Socorro : ils furent les héros de l'un des premiers mouvements favorables à l'indépendance.

Comuneros de Socorro : lors des premiers mouvements d'indépendance, au début du XIXe siècle, des groupes de révoltés ont pris le nom de comuneros par analogie avec ceux de Castille au XVIe siècle.

Corée : la Colombie a été le seul pays d'Amérique latine qui ait envoyé un bataillon participer à la guerre de Corée.

Cuadras : les centres anciens et, de façon plus générale, les villes latino-américaines sont, depuis l'époque coloniale, construites selon un quadrillage régulier. Une cuadra est un carré de 100 mètres de côté, délimité par des rues et avenues perpendiculaires. La numérotation des rues s'organise en fonction des distances mesurées en mètres.

Dios-te-dé : mot à mot « Dieu te donne », trois syllabes qui correspondent à peu près au cri du toucan.

District spécial : le territoire du municipe de Bogotá, capitale de la République de Colombie, constitue un « District spécial » (Cf. le District fédéral de Washington).

El Tiempo : le plus grand journal de Bogotá et de la Colombie.

ERL (Ejercito Revolucionario de Liberación) : Armée révolutionnaire de libération.

FARC (Fuerzas Armadas Revolucionarias de Colombia) : aujourd'hui principale force guérillero.

Faena, faena-cumbre, sans *puntilla* : dans la conversation courante ou les dialogues, les Espagnols (et certains Latino-Américains) font grand usage de métaphores taurines. Le terme de faena qui, à l'origine, concernait les travaux agricoles, qualifie l'ensemble du travail de muleta d'un torero mais il est employé couramment pour définir une prestation, en politique, dans les affaires ou même en amour. Une grande faena est donc une belle prestation, une faena-cumbre définit l'exceptionnel. Une entière sans puntilla fait allusion à une estocade (ou une conclusion) si parfaite que le coup de poignard final, destiné à achever la bête, n'a pas été nécessaire.

Frailejones : magnifiques chardons dorés, de grande taille, que l'on trouve seulement dans les Andes du Nord.

Guadamecís : cuirs ouvragés à la manière cordouane, de couleur rougeâtre.

Guaviare : autre grand affluent de l'Orénoque, parallèle au Meta et plus méridional, qui descend comme le Meta des Andes orientales.

Llano : mot qui désigne les grandes plaines de savanes arborées au sud du Venezuela et à l'est de la Colombie, qui descendent vers l'Orénoque ou l'Amazone.

Loop, Oak Park, Garfield : quartiers de Chicagor. Le Loop est le cœur de la ville ; Oak Park un quartier résidentiel du nord ; Garfield une sorte de ghetto noir au sud.

Macho : c'est le surnom donné par les Latino-Américains au général de Gaulle (= le Mâle) en raison de l'indépendance dont il témoignait vis-à-vis des États-Unis. Cet épisode du roman se déroule donc durant la visite du général de Gaulle en Colombie, à la fin de septembre 1964...

Maraculla (ou maracuja) : fruits de la passion

Meta : grand affluent de l'Orénoque, qui a donné son nom au plus important département des llanos colombiens.

Mille Jours : autre guerre civile très sanglante (1899-1902).

MOP (Ministerio de Obras Publicas) : ministère des Travaux publics.

Moriches : petits arbres poussant sur des sols pierreux.

Nariño, Santander : héros de l'indépendance colombienne qui ont donné leurs noms à des départements (= provinces).

Nouvelle Grenade : région de l'Amérique espagnole coloniale, constituée par le Venezuela, la Colombie et l'Équateur, érigée en vice-royauté au XVIIIe siècle.

O'Hare : aéroport de Chicago. Les noms qui suivent sont ceux de gratte-ciel de Chicago.

Oriente : l'Orient, nom donné à l'ensemble des territoires colombiens situés à l'est des Andes, qui représentent la moitié de la superficie du pays et qui correspondent soit aux llanos (bassin de l'Orénoque), soit à l'Amazonie. Cette région qui comporte plusieurs départements (Meta, Vaupés, Vichada, Caquetá, etc.), où vivent quelques ethnies indiennes, est encore fort peu peuplée.

Para hoy : leitmotiv des aveugles qui vendent les billets de loterie « pour aujourd'hui ».

Páramo : haut-plateau.

Paseo : par dérision, promenade au cours de laquelle, au début de la guerre civile d'Espagne, les adversaires politiques étaient abattus par les miliciens ou les sicaires de l'autre camp.

Paulina : à cette époque le pape était Paul VI.

Peones : ici, ouvriers agricoles dépourvus de terre, embauchés à la journée ou à la saison.

Pérou : allusion à la « révolution » conduite au Pérou par une junte militaire présidée par le général Velasco et qui avait réalisé une réforme agraire relativement importante.

Quebradablanca : littéralement « Ravin blanc ». C'est le nom d'un lieu-dit sur la route qui relie Bogotá à la capitale du Meta et des llanos, Villavicencio. La quebrada c'est le ravin, mais très profond.

Ruana : équivalent colombien du poncho mais ouvert.

Sábana : haute plaine fertile, au centre de laquelle Bogotá est construite.

Salto Angostura : il s'agit de deux chutes de grande hauteur suivies de rapides, dans la dernière montagne qui domine les llanos.

San Carlos (Palais) : à l'époque du roman résidence du président de la République de Colombie.

Selva nublada : à la lettre « forêt nuageuse », manière de désigner la forêt la plus dense.

Sierra Nevada du Cocuy : chaînon le plus oriental et le plus élevé des Andes de Colombie, qui culmine à 5 493 mètres d'altitude. C'est sur cette barrière que se sont brisées, dans le drame, plusieurs expéditions de conquistadores parties de la péninsule de Coro, au Venezuela, à la recherche de l'Eldorado.

Sol : station de métro du centre de Madrid.

Tequendama : un des plus grands hôtels de Bogotá.

Toronjos : variété d'orangers, qui peuvent pousser à l'état sauvage, et donnent des fruits très savoureux, de forte taille (toronjas).

Vaquero : en quelque sorte cow-boy.

Violence : en Colombie, on désigne par Violence la période 1948-1963 qui fut marquée par d'atroces guerres civiles où périrent, semble-t-il, plusieurs centaines de milliers de personnes. Sous

Glossaire

l'apparence d'un conflit entre les partis traditionnels, les conservateurs (bleus) et les libéraux (rouges), qui entraînèrent dans la lutte leurs clientèles paysannes, se sont exprimées des revendications agraires confuses et de sordides intérêts en même temps qu'une volonté d'émancipation de masses paysannes et ouvrières en cours de politisation. La Violence s'est apaisée provisoirement à la suite du « compromis historique » signé entre les deux grands partis qui réglait leur alternance au pouvoir mais n'apportait aucune solution aux questions agraires.

Viracocha : divinité ou prophète des Incas qui avait annoncé l'irruption au Pérou d'envahisseurs blancs venus de la mer.

X –2 : concours de pronostics de football en Espagne.

TABLE

Impression réalisée sur CAMERON par

BUSSIÈRE CAMEDAN IMPRIMERIES

GROUPE CPI

à Saint-Amand-Montrond (Cher)
en juillet 2002

Nº d'édition : 437. Nº d'impression : 023027/4.
Dépôt légal : juillet 2002.

Imprimé en France